名家散文经典译丛

无人
爱我

〔英〕D.H. 劳伦斯 著
黑马 译

人民文学出版社
PEOPLE'S LITERATURE PUBLISHING HOUSE

D. H. Lawrence
SELECTED ESSAYS

图书在版编目(CIP)数据

无人爱我/(英)D. H. 劳伦斯著;黑马译. —北京:
人民文学出版社,2018(2022.1 重印)
(名家散文经典译丛)
ISBN 978-7-02-014092-3

Ⅰ. ①无… Ⅱ. ①D… ②黑… Ⅲ. ①散文集-英国-
现代 Ⅳ. ①I561.65

中国版本图书馆 CIP 数据核字(2018)第 063936 号

责任编辑 **朱卫净 邱小群 骆玉龙**
装帧设计 **钱 珺**

出版发行 **人民文学出版社**
社 址 **北京市朝内大街 166 号**
邮政编码 **100705**

印 刷 **宁波市大港印务有限公司**
经 销 **全国新华书店等**

开 本 **890 毫米×1240 毫米 1/32**
印 张 **11.75**
字 数 **227 千字**
版 次 **2019 年 7 月北京第 1 版**
印 次 **2022 年 1 月第 2 次印刷**

书 号 **978-7-02-014092-3**
定 价 **49.00 元**

如有印装质量问题,请与本社图书销售中心调换。电话:010-65233595

目录

似听天籁（译者序）

在一个人云亦云、匆匆忙忙赶潮头搭便车的时代，人们从一个梦中醒来又匆匆做起另一个梦，换一个梦后自称比以前清醒了，便开始在新的梦里蔑视起旧的梦，称之为往事不堪回首。到底人有了多大长进？人性有了多大的改变？谁也说不清。当我们在诅咒自己的过去肯定自己的今天时，一旦发现那最基本的需求并没改变时，我们只能扼腕，悲叹人性的不可改变。方式与手段的改变并没有改变人的本性，这似乎就是劳伦斯所说的“人类似乎有一种保持原样的巨大能力，那就是人性”(《女人会改变吗？》)。在昆德拉的作品中我们领略了“媚俗”这个字眼儿的悲凉，尽管我们至今找不到一个更合适的词来代替对人类状况的这种描述（语言是多么贫乏！）。我把其意思理解为无论怎样变幻手段也无法改变的人性之恶。到目前为止的一切人类的变革与斗争还没有超出为手段的斗争。人性之恶仍然如初。当我们看到昆德拉笔下的人物逃出一种手段，或人类状况又进入另一种并非惬意的手段或人类状况时，我们真正感到了人性的悲哀。

由此我想到了劳伦斯文学的革命性，那就是个性，一种毫不媚俗的独立性，一种对轰轰烈烈的代表多数的人类惰性的反抗。这种个性正如同媚俗是一种天性一样，它也是一种天性，是少数艺术人格的天性。也正如同媚俗和人性恶有不同的手段甚至是相排斥的手段，这种艺术天性也有不同的表现形式并受制于其生长的环境而带上“地域”色彩。但终归它是一种绝对的革命性。有时一个“地域”的天才的声音仅仅凭着它的一点灵性就能得到另一个“地域”中同类的认同，有时则难以被认同甚至像不同的人性恶相互排斥一样，它们也相互排斥。但独立的声音终究会给人类以不同凡响的启迪，“时间”会让这些个不同的独立的声音显示出它们共同的本质。于是我们发现：如果把劳伦斯与鲁迅对换一下，如果把萨克雷与林语堂对调一下，如果让鲁迅多活三十年，如果让索尔仁尼琴生长在另一个国度……可能最富有说服力的就是昆德拉了，他自己完成了这所有的设想与对换。艺术的天然革命性这一马尔库塞的断言着实令人叹服。当然令人感喟的亦是人类状况、手段、人性恶的难以改变。由此我们发现艺术家这一特殊的超越种族的人种是人性的试金石。

这样空谷足音般独立的声音往往成为一种形态的丧钟和另一种新形态的开场锣鼓。或许只有这样的声音才代表着人类的一点点长进也未可知。也正因此，这样的声音在历史上绝不是太多而是太少。

对这样划时代的声音，我们似乎更该注意的不是它说什么而是怎么说，即它的精神与本质，风格与内涵。其灵魂所附丽的肉体可以死也必须死，但灵魂的转生却是永恒的。或许我们读任何一个大师的作品都是在完成着这种灵魂转生。

读劳伦斯似乎更加重在“灵魂转生”，尤其在这个仓促的时代、迷惘的时代也是最需要倾听那空谷足音的时代。

劳伦斯属于那种如果就事论事则最容易被迫害、最容易被误解（歪曲）、也最容易过时的天才。因为“地域”与“时间”决定了他的文学之灵所附丽的是一个古老的“性”。当八十年代中期劳伦斯在中国还被当成“黄色”受到假正经的攻击和低级趣味的欢呼时，一转眼到九十年代他却因为其纯文学性而受到一心奔钱的社会潮流的冷落。总之，两方面都不需要劳伦斯，因为他代表的是文化，反抗的是金钱文明，所以他过时了。这个时代从来没有真正需要过文化。匆匆的历史进程除了让人们不断地变着手段革文化的命，还能怎样嘲弄人类的努力？

所以，在这个时候读劳伦斯的作品倒成了一种对天籁的倾听，成了一种孤独的享受与贫穷的奢侈。若非是有着“过时的”情调，哪有心境手捧劳伦斯作品，雪天围炉品茗或深秋凭窗听雨？

但我必须说，只有那一切喧嚣与骚动都过去，劳伦斯只成为劳伦斯的时候——这个时候，我们才能进行他的“灵魂转生”。想当年黑市上二十块一本炒卖《查泰莱夫人的情人》时，有几个是在真正读劳伦斯的？真正的“灵魂转生”只有在静谧的心中。

谨在这喧哗与骚动的时刻，默默地译出我喜欢的一部作品，供人们闹中取静地消闲，在会心之顷，谛听那一声声天籁。那是一个孤独者在六十年前另一个喧哗的时代、另一个骚动的文化氛围中发出的生之感喟。无论他倾诉乡愁乡怨、放谈性爱男女还是狂论文学艺术，字里行间都透着诗意的真，读之回肠荡气，绝非无病呻吟、为上层楼强说愁，或故作婉约。你看不到人们定义中的那种“散文”。那是滔滔不绝的自白。若非孤独之人，哪有这种自言自语也风流成章的本事？劳伦斯，果真是“一个天才，但是……”(此乃英人评价劳氏的名言)。

黑　马

1993 年于北京莲花河畔

回声绕梁（再版序）

这本译文经过 1993 年深圳初版和 2016 年上海再版，如今回到了我最早编选翻译它的地方——北京，出版第三版，四分之一个世纪过去了，但我和出版者一直在利用再版的机会对译文加以修订，以求慰藉我们热爱的劳伦斯在天之灵，也为广大文学爱好者提供最好的译本，这是我们的责任和义务。

本书首版是 1993 年海天出版社出版的《劳伦斯随笔集》，是国内最早的两本劳伦斯散文随笔集之一（另一本文论类随笔集也是拙译）。彼时由于英文出版物来源有限，根据的选本多为几十年前的初期版本。二十多年过去，剑桥大学出版社已经出版了大量劳伦斯作品的注释本和校勘本，再版这本译文集，既要完全保留原书的篇目格局以纪念当年的开拓之举并唤起很多本书的老读者的历史记忆，又要根据新的英文版本修订中文译文，以体现译文的与时俱进和译者水平的进步，以求为广大读者提供最佳译本。

在篇目上，有四篇的篇名发生了变化：旧版中《乏味的伦敦》根据剑桥新版恢复原标题《我为何不爱在伦敦生活》；旧版中的《性与美》根据剑桥新版恢复原标题《性感》；旧版中《唇齿相依论男女》与《实质》合并为《唇》，这次在新版中按照剑桥版恢复原貌，拆为两篇，因此《实质》并非是多出的一篇文章；另外旧版中的《淫秽与色情》恢复为《色情与淫秽》。

在行文上，译者根据新的英文版做了相应的文字修订，补充了旧版中没有的字句和段落，也改正了一些当初的错译句子，增加了很多注解。这都是一个译者应该做的。

在编辑过程中，第二版责任编辑陈蕾女士额外要求我为很多篇目专门写作了相应的说明文字，追溯每篇散文的创作与发表过程中的轶事，帮助读者加深对劳伦斯作品的理解，这是一项很有意义的不同凡响的工作，是对我的劳伦斯版本研究做出的新贡献。为此我要特别感谢陈蕾这样对读者高度负责的编辑，也感谢她此举对我的研究的促进，希望读者能从中获益并能欣赏我们继往开来的新努力。通过研究这些版本，我还有了一些新的发现，如当年英国的出版社曾经为劳伦斯的一些优秀中短篇小说和散文出版过精美的单篇单册薄本，如《性感》一文曾配上当年的性感影星的画像出了单册，作为圣诞节礼品发售。这对我以后以新的模式推出劳伦斯作品也是一个启发。

我很幸运，在劳伦斯的散文随笔翻译出版方面是一个早期的开拓者，多年下来还能不断修订出版旧译并继续我的劳伦斯翻译研究事业，仍然拥有众多的读者，享受一个译者的殊荣。再次感谢出版者，也感谢众多的劳伦斯作品爱好者对我的支持。

黑　马

2017 年岁末于北京

鸟语啁啾

严寒一直持续了数周，冻死的鸟儿骤然增多。田野里、树篱下，死鸟横陈，一片残尸，有田凫、欧椋、画眉和红翼鸫。这些死鸟被一些看不见的食肉兽叼走了肉，只剩下血淋淋烂糟糟的外壳。

随后的一个早上，天气突然变好了。风向转南，吹来温暖平和的海风。午后现出丝丝斜阳，鸽子开始缓缓地喁喁细语。鸽子的咕咕叫声仍有点吃力，似乎还没从严寒的打击下缓过劲来。但不管怎样，在路上的冰冻仍未融化时，鸽子们却在暖风中呢喃了一个下午。夜里微风徐拂，仍然卷起坚硬地面上的凉气。可再到夕阳西下时分，野鸟儿已经在河底的黑刺李丛中喳喳细语了。

一场冰冻的沉寂后，这声音真令人吃惊，甚至让人感到恐怖。大地上厚厚地铺了一层撕碎的鸟尸，鸟儿们怎么能面对此情此景同声歌唱呢？但是夜空中就是有这样犹豫但清亮的鸟鸣，令人心动，甚至胆寒。在大地仍封冻着的时候，竟有如此银铃般的小声音急速地划过暖空，这是怎么回事？不错，鸟儿们在不住地鸣啭，叫声虽然很弱，断断续续，可它却是在向空中发出清越的、富有生命力的声音。

意识到这个新世界，且是那么快地意识到它，这几乎令人感到痛苦。国王死了，国王万岁！可鸟儿们省略了前边半句，只剩下微弱盲目但充满活力的一声“万岁”！

另一个世界来了。冬天已去，春天的新世界来了。田野里传来了斑鸠的叫声。这种变化还真让人猛然打个冷战。泥土仍然在封冻中，这叫声让人觉着来得太早了点，再说田野上还散落着死鸟的翅膀呢！可我们别无选择。从那密不透风的黑刺李丛中，一早一晚都会传出鸟儿的啁啾。

这歌声发自何处？一段长长的残酷时期刚过，它们怎么如此迅速地复苏了？可这歌声真是从它们的喉咙里唱出的，像泉眼里汩汩而出的春水。这由不得它们，新的生命在它们的喉咙里升华为歌声了，是一个新的夏天之琼浆玉液在自顾涨潮的结果。

当大地被寒冬窒息扼杀过后，地心深处的泉水一直在静静等待着。它们只是在等待那旧秩序的重荷让位、融化，随后一个清澈的王国重现。就在无情的寒冬毁灭性的狂浪之下，潜伏着令所有鲜花盛开的琼浆。那黑暗的潮水总有一天要退去。于是，忽然间，会在潮尾凯旋般地摇曳起几朵藏红花。它让我们明白，天地变了，变出了一个新天地，响起了新的声音，万岁！万岁！

不必去看那些尸陈遍野的烂死鸟儿，别去想阴郁的冰冻或难忍的寒天。不管你怎么想，那一切都过去了。我们无权选择。我们若愿意，我们可以再冷漠些日子，可以有所毁灭，但冬天毕竟离我们而去了，我们的心会在夕阳西下时不由自主地哼唱。

即使当我们凝视着遍野横陈的破碎鸟尸时，棚屋里仍然飘来鸽子柔缓的咕咕声，黄昏中，仍从树丛中传出鸟儿银铃般的鸣啭。就是在我们伫立凝视这惨不忍睹的生命毁灭景象时，残冬也就在我们眼皮底下退却了。我们的耳畔萦回着的是新生命诞生的嘹亮号声，它就尾随着我们而来，我们听到的是鸽子奏出的温柔而快活的鼓声。

我们无法选择世界，我们几乎没什么可选择的。我们只能眼看着这血腥恐怖的严冬离去。但是我们绝无法阻拦这泉水，无法令鸟儿沉寂，无法阻挡大野鸽引吭高唱。我们不能让这个富有创造力的美好世界停转，它不可阻挡地振作着自己，来到了我们身边。不管我们愿不愿意，月桂很快就要散发芬芳，羊儿很快会立起双脚跳舞，地黄连会遍地闪烁点点光亮，那将是一个新天地。

它在我们体内，也在我们身外。也许有人愿意随冬天的消失而离开尘世，但我们有些人却没有选择，泉水就在我们体内，清冽的甘泉开始在我们胸膛里汩汩涌动，我们身不由己地欢欣鼓舞！变化的头一天就断断续续奏出了一曲非凡的赞歌，它的音量在不可思议地扩大着，把那极端的痛楚和无数碎尸全抛在脑后。

这无比漫长的冬日和严寒只是在昨天才结束，可我们似乎记不得了，回忆起来它就像是天地遥远的一片黑暗，就像夜间的一场梦那么假，当我们醒来时已是现实的早晨。我们体内身外激荡着的新的生命是自然真实的。我们知道曾有过冬天，漫长而恐怖的冬天；我们知道大地曾被窒息残害，知道生命之躯曾被撕碎散落田野。可这种回顾又说明什么呢？它是我们身外的东西，它跟我们无关。我们现在是，似乎一直是这种纯粹创造中迅速涌动的美丽的清流。所有的残害和撕裂，对！它曾降落在我们头上，包围了我们。它就像一场风暴，一场大雾从天而降，它缠绕着我们，就像蝙蝠飞进头发中那样令我们发疯。可它从来不是我们真正最内在的自我。我们内心深处一直远离它，我们一直是这清澈的泉水，先是沉静着，随后上涨，现在汩汩流泻而出。

生与死如此无法相容，真叫奇怪。在有死的地方，你就见不到生。死降临时，它是一片淹没一切的洪水，而另一股新潮高涨时，带来的全然是生命，是清泉，是欢乐之泉。非此即彼，非生即死，两者只能择其一，我们绝无法两者兼顾。

死亡向我们袭来时，一切都被撕得血红一片，没入黑暗之中。生命之潮高涨时，我们成了汩汩曼妙的清泉，喷薄而出，如花绽放。两者全然不相容。画眉鸟儿身上的银斑闪着可爱的光亮，就在黑刺李丛中唱出它的第一首歌。如何拿它与树丛外那血腥一片、碎羽一片的惨景相联系？那是它的同类，但没有联系，它们决然不可同日而语。一个是生，另一个是死。清澈的歌声绝不会响彻死的王国。而有生的地方就绝不会有死。没有死，只有这清新，这欢乐，这完美。这是全然另一个世界。

画眉无法停住它的歌，鸽子也不会。这歌声是自然发出的，尽管它的同类刚刚在昨天被毁灭了。它不会哀悼，不会沉默，也不会追随死者而去。生命留住了它，让它无法属于死亡。死人必须去埋葬死人[①]，现在生命握住了它，把它抛入新创生的天空中，在那儿它放声歌唱，似乎要燃烧自己一般。管它过去，管它别人什么样，现在它跨越了难言的生死之别，被抛入了新的天空。

它的歌声唱出了过渡时的第一声破裂和犹豫。从死的手掌中向新生命过渡是一个从死亡到死亡的过程，灵魂转生是一种眩晕的痛苦挣扎。但过渡只须一刻，灵魂就从死的手掌中转生到新的自由之中。顷刻间它就进入了一个奇迹的王国，在新创生的中心歌唱。

鸟儿没有后退，没有依偎死亡或它已死的同类。没有死亡，死者已经埋葬了死者。它被抛入两个世界之间的峡谷之中，恐惧地扑棱起双翅，凭着一身冲劲不知不觉中飞起来了。

我们被抬起，准备被抛入了新的开端。在我们心底，泉水在翻腾，要把我们抛出去。谁能阻断这推动我们的冲力？它来自未知，冲到我们身上，使我们乘上了天国吹来的清新柔风，像鸟儿那样在混沌中优雅地款步从死转向生。

（此文写于1917年，发表于1919年。1916—1917年的冬天极为寒冷。）

① 见《圣经·新约·马太福音》8：22："让死人去埋葬死人吧。"

归乡愁思

一个灵魂已死的男人在喘息
他从未对自己说
——这是我的，我自己的故土——[①]

真受不了！

四年前，我眼瞅着一层薄雪下肯特郡那死灰色的海岸线从眼帘中消逝[②]。四年后，我又看到，在远方地平线上，最后一抹夕阳辉映着寒冷的西天下一星微弱灯光，像信号一样。这是英国最西角的灯塔之光。我这个有点近视的人几乎是第一个看见了它。人往往凭预感也能看得见。夕阳过后，这英国最西端的灯塔之微光，在从大洋对面的墨西哥湾来的人眼中，的确是太遥远了。

我绝不佯装我心已死。不，它就在我心中爆裂着。“这是我

① 见司各特（Sir Walter Scott）之《最后一个吟游诗人之歌》（The Lay of the Last Minstrel）第六章第二节。

② 劳伦斯四年前的1919年在绝望中出国漫游，四年后第一次归乡。在小说《迷途女》和《袋鼠》中均有“死灰色的棺材”段落描述主人公出国之前对英国的最后一瞥。

的，我自己的故土！”天啊，那灯光之后是什么呀？

两小时以后再上甲板，会发现黑暗中一片耀眼的白光[①]，似乎是什么人在黑夜的树丛中晃动着一束强烈的信号灯光。白光下，航船悄然在黯淡的海上行驶。我们正驶入普利茅斯湾。

那儿有“一个灵魂已死的男人在喘息”吗？

微暗中星星点点的灯光在闪烁，那一定是陆地了。远处的一排微光，那儿定是岬角了。航船缓缓前行，速度减半，要进港了。

英格兰！那么静！看上去是那么遥远！英格兰静卧在怎样神秘孤独的地带啊！“它看上去不像一个文明大国，”我身后的古巴人说，“似乎那上面没人。”

“说得对！”那德国女人叫道，“太安静了！太静了！好像谁也不会来似的。”

你在黑夜中缓缓进入港湾，看到幽暗中那一星星儿闪光时，生出的就是这种感觉。这里的黑夜是沉默的，而美国或西班牙的夜岸却是喧闹的。

航船渐渐陷入沉寂中。一只小汽艇上亮起了红、白、黄三色光，在船尾兜了一圈就驶到了背风处。那德国女人称之为“圣诞树样的船儿”，尽管亮着灯，可看上去很空荡，好生奇怪。英国船员们在沉默中快手快脚地拴着船。听到小艇里英国人的说话声，好奇怪，是那么轻声细语，与我们船上西班牙人和德

---

① 普利茅斯港口上有一座巨大的灯塔。

国人的喧哗形成了对比。

这些正在拴缆绳的英国海员正如同这英国土地那样安宁。他们不会打扰夜的宁静，他们不会刺破这静夜。梯子很快就在静悄悄中搭上了；随之警察和护照检察官也在静悄悄中快步上了船。一切都静得出奇，使得喝茶时分还是各国游客云集的航船像被遗弃了似的。英国上了船，船上的一切就都静了下来。

一切手续都在静悄悄中迅速办完，我们上岸了。我心中立即生出一种奇特的失落感，一切事物一切人都让人感到有点缺憾。我觉得，在日常生活的来来往往中，只有英国人算得上是文明人了。就这么轻手轻脚迷迷糊糊上了岸，轻描淡写地看一眼行李就算过关，糊里糊涂进了普利茅斯的旅馆，一切都轻柔、散淡、文明到极点。就这么结束了，下了船，上了岸，进了旅馆。

这是第一次上岸过夜，静得出奇。我说不清，从西边[①]回到英国后，怎么会感到那么一种死样的静谧。在旧金山靠岸时，那种狂躁的嘈杂声令我无法忍受。可伦敦又让我感到一种压抑的死静，似乎什么都没有共鸣。一切都受着压抑、杳然无声，没有半点有力的接触，没有半点激烈的反响。似乎交通是在深深的沙漠中进行着，心被重重地扭曲了、喑哑了。

我必须坦白说，故乡这种奇特的喑哑比纽约或墨西哥城的嘈杂更令我恐惧。自打我看到英国最西角上的一线微光和港湾

① 劳伦斯这次是从美国回英国。

口上那大树样的灯塔发出的强光后，还没感到英国有什么让我怦然心动。一切似乎都拴上了沙袋，就像轮船船帮拴上沙袋以缓和与码头相撞的冲击力。这种情形即是如此。任何的冲击和接触都被拴上了沙袋以减缓其力量。每个人说的每句话都被事先淡化了，是为了防止冲撞。每个人对每件事的感受也都降了温，化为乌有，是为了不影响人们的感受。

这情景最终令人发疯。坐在开往伦敦的火车餐车中用早餐，会感到一种奇特的紧张。是什么奇特的不安缠绕着这火车？在美国，普尔门火车比我们的车重，因此震动得没这么厉害。那里似乎里里外外都有更多的空间，让人无论精神上还是肉体上都感到宽松。可能美国人举止不够好，尽管我即使在美国也不大会同意这种说法。至于英国人，如果他觉得不是与自己的"同类"在一起，他就会沉默不语，这毛病很不好，常遭人谴责。当然了，他从不说在嘴上也不表现在行动上，因此可以说他在自己的环境中既安全又得体。

可现在是坐在餐车中，车身晃得厉害。侍者们行动快捷轻柔，很专心致志。可饭食不够好，令人感到是一群已经休眠的人在昏睡中伺候你这个鬼魂样的人。空间太小，挤得人真想砸碎点什么才能轻快一下子。车窗外，那挤挤巴巴的景致儿一闪而过。真令人难以置信，阳光如同一层薄薄的水雾，半英里开外的景物拥挤着直冲向你的脸，令你不得不仰着头边躲闪边倒吸一口气，如同有人把他的脸径直伸向你眼皮子底下一样。太挤了！

我们吃着腌鱼和咸肉。车里挤满了人。人们，大都是男人们，都三缄其口，似乎是要保住他们的气味不发散出自己的座位。在那个自我蜷缩的小圈子里，他们坐着，一张张英国式的脸上笑容可掬。当然，他们都试图显得更“大气”一点，让人觉得他们有更多的人伺候着。这就是英国人的幼稚了。如果他们有两个仆人，他们要装出有四个的样子，不少于四个。

他们故作“大气”，自鸣得意地坐在一个透明的气泡中，微笑着吃饭，往粥上撒着糖。但他们也会偷偷地瞟一眼那透明气泡之外的东西。他们不允许“大气”的气泡之外还存在别的什么，除了别样的“大气”气泡。

在生活琐事上，英国人算得上是唯一完全文明的人。上帝总算把我从这种文明中解脱了出来，饶了我一命。这种文明的把戏在于狠狠地克制自己，严严地捂住自身的气味，直到它在自己周遭形成一个自我封闭的透明的小球体。在这个小球体中间，端坐着英国人，自以为是、自尊自大，同时又自我否定。他似乎是在表白：我知道我不过如此一个人而已。我不会拿你怎么样，绝不会。嘀，还绝不会！归根结底，你是什么人对我来说毫无意义。我在我那透明的世界中是个神，那小小领地，没人能否认那是我的领地。我只是在沉默寡言的气泡中才是个神，我怎么会去侵犯别人呢？我只是敦促别人也变得同样沉默寡言、同样不爱冒犯别人。如果他们乐意，他们也可以在自己的气泡中做个神。

于是你感到被封闭得透不过气来。从海上来，进入英吉利海峡时就算入了第一口箱子中，普利茅斯湾是第二口箱子，海关是第三口，旅店是第四口，再进入餐车，就是第五口箱子了。如此这般，就像中国式的连环箱，一个套一个，最中间套着一个半英寸长的小瓷人儿。就是这种感觉，感到像一层套一层，一层紧似一层的箱子中套着的小瓷人儿，这真要令人发疯。

这就是回乡，回到故乡人身边来！在生活琐事上，他们算得上全世界最讲究、最文明的人了。可这一个个完美的小人儿却是紧紧地锁在沉默寡言的箱子或气泡中的。他还为了自身的安全为自己做了其他这样那样的箱子。

他心里感到自鸣得意，甚至是“优越”。回到故土，你会被英国人的这种微妙的“优越”感狠狠一击。他倒不会怎么样你，不会的，那是他“优越”的一部分——他太优越了，不屑于拿你怎么样，他只须在自己的气泡中洋洋自得，自以为优越。比什么优越呢？哦，说不上比什么，就是优越。如果非要他说，他会说比什么都优越。见这优越的鬼去吧。这气泡中的自我克制和自我幻觉恰恰是他做作自傲的畸形萌芽。

这是我的，我自己的故土。

餐车里进早餐的绅士在粥上撒着糖，似乎自作潇洒的把戏玩得很油了。他知道他往粥上撒糖的架势很优雅，他知道他往糖罐里放回茶匙的动作很漂亮。他知道与世界上的别人比，他的谈吐很文明，他的笑容很迷人。很明显，他对别人不怀恶意。

很明显，他是想给人们留下最好的印象。如果留下的是他的印象，这印象并非如此美好。还有，他知道他能够克制自己。他是英国人，是他自己，他能自制，只生活在那永不破灭的自我克制气泡中，不让自己的气味泄露一旁，也不与别人的气味相混淆。真是毫不危险的可爱贵族!

可他还是露馅儿了。好好儿看看他那美好明亮的英国人眼睛吧，那眼在笑，可它们并没笑意。再看看那张姣好的英国人的脸，似乎对生活很满意。他的笑还不如里奥德·乔治①笑得真切呢。那目光并不潇洒，那好气色的脸也并不神情自若。在那微笑的眼神中深藏着的是恐惧。甚至英国人的和蔼大度满足中都藏着恐惧。那得意的脸上，笑纹奇怪地颤抖着，看上去像是歹意的笑纹。就是这笑，不管他如何克制自己，还是流露出一丝恐惧、无能、恶意和克制的怨恨。是的，在轻柔的文明外表下，是恐惧、无能和怨恨。

他的心不曾燃烧，
当他流浪的脚步
从异国土地转回家乡！②

回到英国会发现国内的人就是这样。于是你会明白在国外

---

① 里奥德·乔治（Lioyd Geroge），1916—1922年担任英国首相。劳伦斯在作品中经常嘲讽他。

② 劳伦斯引用的司各特诗句，因记忆错误，与原诗略有出入。

的英国人的痛苦，特别是有点地位的英国人。

不可否认，大战（指第一次世界大战）之后，英国的尊严在全球大打折扣。英国人会说，那是因为美国人的美元造成的。从这话音里你就可以听出英国垮掉了。

英国的尊严绝非建立在金钱上，而是建立在人的想象上。英国被认为是骄傲自由的国度。自由与骄傲相辅相成，在某种程度上慷慨大度，慷慨之至。

这就是曾经领导过世界的英国。窃以为这是人们对英国最佳的概念了，在别国人眼中英国最好的一面即是如此，而英国人便据此获得了一种荣耀。

现在呢？现在她仍旧获得了一丝荣耀的残羹，但很有点嘲讽意味了。正如穷兮兮的俄国伯爵，他们现在得去卖报纸了，因此招来的是嘲弄，倒是与众不同啊。真正的英国骄傲已去，取而代之的“优越”是愚蠢的优越，招来全世界人的笑话。

对这大千世界来说，英国不仅优越不起来，反而受着羞辱。在世人眼中，她正一天天丢人现眼下去，虚弱、寡断、无主无张，甚至失去了最后一丝骄傲，英格兰在世界舞台上不停地申辩着、发出反对的声音。

海外的英国人当然对此感同身受。在外边你几乎很难碰上哪个英国人对他的故乡不深感焦虑、恶心甚至蔑视的。故国似乎是个废物，如果回来了，你会感到她比从远处看起来更像废物。

如果在国外的办公室里遇上个英国人，他会与你无言以对，一脸的愤世嫉俗。“我能怎么着！”他说，“我怎么能违反国内来的命令？命令我不能流露出丁点儿对美国的不满。我要做的就是防止冒犯美国人。在美国面前，我必须总是跪着，求她别理会对她的冒犯，其实她一点也不理会。”

这就是一个生活在外的人的感受。他知道，当你冲某人下跪时，这人就会冲你吐口水。他做得对，因为人的膝盖不是用来下跪的。

“有个英国人想来美国，华盛顿发放了签证，说：什么时候想来就来吧。可伦敦来了电报：别让这人进美国，华盛顿可能不喜欢。这可怎么办好？”

哪儿都有这样的事。一个人与黑人劳工一起修铁路，某个蛮横的牙买加黑人（是英国籍，但比英国人牛气多了）控告了他的老板，英国人严肃地审了这案子，受政府的影响，这英国老板受了惩罚，于是那黑人笑了，还冲他脸上吐了口水。

倒霉鬼万岁！但愿他全吞吃了我们大家。

同样的事发生在印度、埃及和中国。国内是一群莫名其妙的蠢货，半男不女，女人也比他们更有胆量；可国外，倒有那么几个英国汉子在斗争。

英国在我看来的确是变软了，腐烂了。如果要从全球的眼光来看英国，现在就该这样做。于是你看到英国这个小岛不过是世界的一座后花园，挤满了一群井底之蛙，却自以为是在引领着世界的命运。真是可悲又可笑。那所谓的“优越”就更是做作到抽风的地步了。

这帮可怜的“优越”绅士们，剩下的唯一一招儿就是抱怨美国人了。英国人一说起美国人来，那股子怨恨真令我吃惊。原因很简单，就是因为那儿的共和党老鹰们不愿为别人呕心沥血地当鹈鹕[①]。凭什么要为他人当鹈鹕?

说到底，怨恨对于一个高尚的人来说是个坏毛病，它表明你无能。高尚的英国人惹不起美元，因无能而怨恨——但只是在私下，当美国人听不到的时候。

我是个英国人，我深知，如果我的同胞还有灵魂可出卖，他们会卖了灵魂换美元，并且会苦苦地讨价还价一番。

这就是面对美元表现出的真正优越。

这是我的，我自己的故土!

它许多年来是那样勇敢的一个国家，勇往直前，无所畏惧，雄性的英格兰。甚至染了胡子的帕麦尔斯顿[②]也算个勇敢的人。太勇敢，太勇猛了，从不会使暗绊儿，那是我的英格兰。

看看我们现在吧，那千百万条裤裆中，一个男人也没剩下，一个也没剩下。一帮子和善的胆小鬼全躲在自负的气泡中，锁在一个接一个的连环箱中保了平安。

---

① 据说鹈鹕是用自己胸口上的血哺育幼崽，于是成了牺牲自我救济他人的象征。

② 亨利·约翰·帕麦尔斯顿（Henry John Palmerston，1784—1865），英国政治家，作为托利党人入内阁，后又加盟辉格党。在国内奉行保守政策，却支持国外的自由运动，曾任英国首相。

面对这无休止的连环保险箱中的小人儿，你非狠狠嘲笑一通不可。嘲弄了半天你还是个英国人，所以只剩下瞠目结舌的份儿了。我的，自己的故土，简直令我目瞪口呆。

（此文写于1923年，但被杂志退稿，理由是文辞过于尖刻。四十五年后才被收入劳伦斯的文集发表。）

我为何不爱在伦敦生活

你刚刚走下旋梯上岸，心儿就突然莫名其妙地一沉。不是因为恐惧，恰恰相反，似乎是因为生命的冲动消退了，心也就随之黯淡下来，沉了下去。你随人流穿过慈悲的警察和善良的护照官身边，穿过繁琐又有点愚蠢的海关——如果有人偷带进两双冒牌丝袜似乎算不得什么大罪过——然后上了慢吞吞的火车（它慢，但不伤害你），与懒散但不会伤害你的人坐在一起，从好心肠不害人的侍者手中接过一杯无害的茶水。我们坐着车穿过狭小、慵懒但淳朴无害的乡村，直到抵达庞大但毫无生气的维多利亚火车站，随后一个不坏的脚夫过来把我们送上一辆不坏的出租车[①]，车子穿过拥挤但出奇乏味的伦敦街市来到旅店，这旅店舒适但让人觉得慵懒、乏味得出奇。出国几年回到伦敦，这头半个钟头真叫过得难受，心头只觉得让一种难言的沉闷压抑着，几乎要被它压死。不过，很快这感觉就会过去，你会承认刚才的说法有点夸张。你又合上了伦敦的节拍并告诉自己伦敦一点也不乏味。可是，无论你睡着还是醒着，那可怕的感

① 劳伦斯在此连用七个 inoffensive 表达不同但相近的意思，译文难以传神，只能分别翻译为“不伤害”“不坏”和“无害”等聊以对应。

觉一直都挥之不去：乏味！无聊！这里的日子十分乏味！我没劲！我让它弄得没劲！我精神没劲！我的生命与伦敦的乏味一起乏味。

这就是初来伦敦几周内纠缠你的噩梦。自然，待长了，这感觉会消逝，你会发现伦敦与巴黎、罗马或纽约一样令人激动。可这里的天气我受不了，我在这儿待不长。离开伦敦的那个早上，我睁着酸痛的眼从出租车中好奇地往外看去，眼看着伦敦一阵阵乏味起来，死一样的乏味。只有当我坐上了赶班船的火车，才觉得生命与希望又还阳了，我听到一阵阵的“再见”声！感谢上帝，再见了。

对自己的故土生出这种感受来，真是可怕。我相信，我是个例外，或者说我的情况至少是个被夸大了的例子。可我看得出，大多数我的同胞都是一脸的痛苦和可怜，隐约透着这样的感受：没劲！压根儿就没劲！我的日子太乏味了！

当然了，英国是世界上顶安逸的国家了，安逸、闲适而美好。人们个个儿不错，个个儿好脾气儿。总的来说，英国人是世界上顶好的人，人人都为别人创造了方便，没有什么跟你过不去的。可就是这种方便与善良最终变成了噩梦。似乎空气中都弥漫着这样那样的麻药，它让一切都变得容易美好，祛了一切东西的锐气，无论好坏。你吸进这种安逸与美好之药，你的生命活力也随之下降——倒不是你的肉体生命，而是别的——你个性生命的熊熊火焰。英格兰本来是能自由起来，能个性起来的，可现在没有哪团个性的生命之火燃得猛烈而生动。这里的火只是温乎乎的，手指头伸过去都烧不痛。善良、安全、安逸，很理想。可在这一切安逸之下埋伏着不安之痛，这情形正如吸毒者一样。

早先可不是这样。二十年前的伦敦[①]在我看来是个十分十分刺激的地方，特别刺激，是一切冒险的巨大喧嚣中心，它不仅是世界的心脏，而且是全世界冒险的心脏。斯特兰德大街，英格兰银行，查灵克罗斯[②]之夜，海德公园[③]的清晨！

不错，我现在是老了二十岁，可我并未失去冒险精神。我觉得伦敦与冒险无缘了。交通太拥挤！这里的车辆曾驶向某个冒险的场地。可现在，它们只是挤成一团向前涌着，没个方向，只是成群结队无聊地向前拱而已，前头半点冒险也没有。车辆陷入了一种乏味的惯性中，然后再乏味地重新启动。伦敦的交通车辆曾经与男人在生命的大海上冒险的神秘同咆哮，如同一只巨大的贝壳在喃喃自语，讲着一个激动人心但又含糊其辞的故事。这会儿她发达了，倒像一门遥远但声音单调的大炮，乏味地轰炸着这个那个，粉碎了大地，毁灭了生命，把一

① 二十年前应该指的是1908年前后。那时劳伦斯正值弱冠之年，风华正茂，从诺丁汉大学学院毕业到伦敦郊区的自治市镇克罗伊顿教小学，业余从事文学创作，迅速成为一个文学新星，发表了诗歌、小说并出版了长篇小说。

② 原文为Charing Cross，又译为查灵十字架，是伦敦市中心的一处地名的统称，其中有一条同名的街道，其与斯特兰德大街交汇处是著名的特拉法加广场。该处被视为伦敦的中心，以其为起点计算与英国其他地方之间的距离。

③ 这里经常举行政治集会表达民意而成为政治自由的象征。

切都炸死。

那么，在伦敦做点什么呢？我没个事由儿，就只剩下闲逛，为这里无尽的乏味百思不得其解。我也时而与朋友吃个午饭晚餐什么的，边吃边聊。现在我对伦敦感到最害怕的就是这种聊天了。我在国外的日子中，大多数时间里没什么话可说，偶尔说上几句也就沉默了。而在伦敦，我感到像一只蜘蛛，我的蜘蛛线让某个人给逮住了，被人给拉扯着没完没了地织网，织呀织，毫无目的。他甚至织的压根儿不是自己的网[①]。

因此，在伦敦的午餐晚餐或茶会上，我不想开口说话，无意说。可我的话被人无休止地拉扯了出来，别人也是没完没了地絮叨着。说不完的话，人人沉醉其间，这是我们这些不会演奏爵士乐或随爵士乐跳舞的人的唯一真正职业。简直是徒劳，这就像俄国人那样为谈话而谈话，没有半点儿行动。干坐着大聊特侃，这也是我眼里伦敦的一面。由此而生出的可怜徒劳感只能加深可悲的乏味感，摆脱它的唯一办法就是一走了之。

（此文写于1928年，发表在《晚报》时编辑将标题改为《乏味的伦敦》，后一直以此标题收入各种选集，中文版亦然。现根据剑桥版劳伦斯散文集恢复劳伦斯最初的标题。）

---

① 劳伦斯于1926年回国后在伦敦居住过一段时间，会见了很多旧雨新知，不断出席午餐和晚餐会，最高的纪录是同一个人一聊就是八个小时。他在国外多年，基本是沉默寡言，猛一回故国，既渴望接触朋友又难以适应这种无尽的闲聊。

诺丁汉矿乡杂记

大约四十四年前我出生在伊斯特伍德，那是一座矿乡，住着三千来口人。它距诺丁汉有八英里光景，一英里外的埃利沃斯小溪是诺丁汉郡和达比郡的分界线。这片山乡往西十六英里开外是克里奇和麦特洛克，东部和东北部是曼斯菲尔德和舍伍德林区。在我眼中，它过去是、现在依然是美丽至极的山乡：一边是遍地红砂岩和橡树的诺丁汉，另一边是以冷峻的石灰石、桉树和石墙著称的达比郡。儿时和青年时代的故乡，仍然是森林密布、良田万顷的旧英格兰，没有汽车，矿井不过是偶然点缀其间，罗宾汉和他乐观的伙伴们离我们并不遥远。

B.W. 公司[①] 在我出生前六十年就在这里开煤矿了。有了矿才有了伊斯特伍德镇。在十九世纪初，它一定是个小村落，散落着一些村舍和一排排四间一户的联体矿工住家楼。十八世纪的老矿工们就住这样的房子。他们在露天小煤窑里干活。有的矿是在山的一侧开洞，矿工们钻进去干活，还有的是靠驴拉卷

① 即 Barber，Walker & Company，该公司从 1840 年左右开始在伊斯特伍德地区开矿采煤。

扬机，把矿工装在车斗里一个个送上地面。我父亲年轻时，那种卷扬机还在用着。我小的时候，还能看到卷扬机的轴架。

1820 年左右，公司的卷扬机轴架肯定是塌了，尽管掉得不太深，但从此装上了机器，矿井成了真正的工业化矿井了。就在那时，我祖父来了。他学会了裁缝，从英国南部漂泊到此地，在布林斯里矿上找到了一份裁缝工作。那时矿上给工人们发法兰绒衬衣或背心，那种奇大的老式缝纫机缝着成堆的裤子。可在我还很小的时候，矿上就不再给工人们发工作服了。

我祖父就在老布林斯里矿的小溪旁，找了一间采石场边上的老农舍住了下来。那是近一百年前的事了。现在看来伊斯特伍德是在山上占了一个可爱的位置。一边是向着达比郡的陡峭山坡，另一边是通向诺丁汉的长长山坡。人们建起了一座新教堂，它尽管样子不怎么样，却占了居高临下的位置，隔着难看的埃利沃斯谷地与黑诺的教堂遥遥相望，那座教堂也同样占据了远处的一座山头。良机难遇，良机难遇！这些煤镇子完全可以像意大利的小山镇一样别致迷人。可事实又怎么样呢？

大部分老式矿工的一排排小房子都给拆了，代替它们的是诺丁汉街上沿街开的小店铺，单调无味。而在这条街北面的下坡上，公司建起了所谓的新建筑，也可以称之为方块广场。这些建筑围出了两方广场，建在粗鄙的斜坡上。这些一户四间的联体楼，正面对着阴郁空旷的街道，背面带一个矮砖墙四方小院子，里面有一间厕所和一个炉灰坑，外面是沙漠似的广场。陡斜的广场地面坚硬、坑坑洼洼、黑魆魆的，四周全是这些小后院，院角上开着门。广场很大，实在只能叫沙漠，不同的是上面戳着晾衣竿子，人们从中穿行，孩子们在硬地上玩耍。这种建筑四面封闭，像兵营，样子十分古怪。

即使在五十年前，这种广场也不那么招人喜欢。住在这种地方算“粗俗”的一类了。不那么俗的则住在另一处叫布里契的地方，那是有六个街区的一个住宅区，是公司在谷地里建起的一批稍微像样的住房。一边三排房子，中间是条小路。最粗俗掉价的地方是达金斯罗那一片儿，那是两排十分破旧，黑乎乎的四间一户联体楼，就在离方块广场不远的山上。

这地方就是这么发展起来的。就在陡峭的街那边，在广场中间的斯卡吉尔街上建起了美以美会教堂，我就出生在教堂上方小街角的店铺里。在广场另一边，矿工们建起了一座高大如谷仓的原始卫理公会教堂。诺丁汉街就从山顶上穿过，街旁是丑陋的维多利亚中期样式的商店。倒是镇边上的小集市样子挺好看，集市那边就是达比郡了。集市的一边是太阳客栈，对面是药店，摆着金色的杵和臼，街角上是另一家商店，那正是阿尔弗里顿街与诺丁汉街相交的街角。

就在那新旧英国混乱交替的时代，我开始懂事了。我还记得，一些本地区的小投机商们早已开始乱建成排的房子，总是成排地建，在田野上建起单调讨厌的红砖青石板顶的排房，外立面是平的。外飘窗式的房子在我童年时已经出现了，但乡间没盖这样的房。

广场周围和街上一定有三四百座公司的房子，围起来就像兵营的大墙。布里契那边大约有六十到八十座公司的房子。而破旧的达金斯罗地区则有三四十座小房子。再加上有园子的旧农舍和排子房遍布胡同和诺丁汉大街，人们有足够的房子住了，不必再建新房了。我小时候已经不怎么看得到人们建房子了。

我家住在布里契街角上的房子里，一条山楂树篱掩映的土路一直伸延到我家门口。另一边是那条溪水，小溪上架着一座牧羊桥，直通草场。溪边上的山楂树篱长得老高，像大树一样。我们爱下溪里去洗澡，就在磨房水坝附近，流水在那里形成了一个瀑布，人们就在那里给羊洗药澡[①]。我小时候，磨房里不再磨面了。我父亲一直在布林斯里矿上干活，总是在早晨四五点钟起床，黎明时分就出门穿过田野去康尼·格雷上班，一路上在草丛中采些蘑菇或捕一只怯懦的野兔，晚上下班时揣在工作服里带回家来。

我们的生活处在一个奇特的交叉点上：介于工业时代和莎士比亚、弥尔顿、菲尔丁和乔治·艾略特的农业英国。那地方的人讲一口浓重的达比郡方言，总把你（you）说成 thee 和 thou。那儿的人几乎全然本能地活着。我父亲同辈的人根本不识字。矿井并未把他们变成机器，相反，在采煤承包制下，井下的工人像一家人一样干活儿，他们之间赤诚相见、亲密无间。井下的黑暗和矿坑的遥远以及不断的危险使他们之间肉体上、本能上和直觉上的接触十分密切，几乎如同身贴身一样，其感

① 在剪羊毛前要用杀虫药给羊洗澡。

触真实而强烈。这种肉体上的意识和亲密无间在井下最为强烈。当他们回到井上的光线中，眨眨眼，他们会改变他们之间的交流方式。但他们仍然把井下那黑暗中亲密的、近乎赤裸的接触带到井上来。每每回想起童年，都觉得似乎总有一种内在的黑暗闪光，如同煤的乌亮光泽，我们就在那种黑暗的光泽里穿行并获得了自己真正的生命①。我父亲喜爱矿井，他不止一次受了重伤，可他决不逃脱矿井。他喜欢那种接触和亲昵，正如同战争黑暗的日子里强烈的男性情谊。他们失去这情谊后仍然不知道失去了什么。今日的年轻矿工想必也是这样。

现在的矿工也有审美的本能，但他们的妻子却没有。矿工们本能地生机勃勃，但在白日里他们却毫无雄心，毫无智慧。他们其实是在躲避理性生活，愿意本能地、直觉地活着。他们甚至并不怎么在乎钱，反倒是他们的老婆为这类琐事唠叨个没完没了，这倒也自然。我小时候，矿工和他们的老婆之间很不平等。矿工们只能见到几个钟头的日光，而冬天几乎一点也见不到。他们在井下时，他们的老婆则享有整个白天。

最大的谬误是可怜这些男人。他们从没想到可怜自己，可那些鼓动家和感伤主义者却教会了他们可怜自己。其实他们本来是幸福的，甚至不止是幸福，他们十分满足。可以说他们是感到满足却难以言表。矿工们下酒馆喝酒是为了继续伙伴间的

---

① 见《圣经·新约·使徒行传》17：28："我们活在主的身体里，在那里穿行并获得自己的生命。"

亲情。他们无休止地聊，但聊的多是奇闻奇事甚至政治，而非现实里的真事儿。他们离家下酒馆儿、下井，要逃避的是沉重的现实——老婆、钱和有关家庭必需品的唠叨。

矿工能逃出来就逃，他们要逃离女人唠唠叨叨的物质主义。跟女人在一起，总是诸如这个断了快修补上或我们要这要那，钱从哪儿来？矿工对此一无所知，也不怎么在乎，他的生活跟这不搭界。所以他要逃。他喜欢乡下，带着他的狗在乡间游荡，打兔子，掏鸟蛋，采蘑菇，什么都干。他喜爱乡下，不由分说地喜欢。或者他就喜欢那么蹲着，看什么或什么都不看。他并不爱动脑筋，生活对他来说不是这事那事，而是一种流动。他爱他的园子，真心爱花草。对矿工的这种爱我实在是太了解了。

爱花容易引起误解。大多数女人爱花儿，但是把花当成自己的所有和装饰品。她们不会看花儿，不会对花畅想一番。如果她们被一朵花迷上，她们就会马上摘下来。占有！占为己有！我又有什么东西了！现在大多数人所说的爱花儿，不过就是这种伸出手去占有，是一种利己主义——我有了什么东西，它把我打扮得漂亮了。可我看到许多矿工站在他们家后院低头采花的那种奇特而渺远的沉思状，那表明他们真的感受到了花的美丽，那表情甚至不是仰慕，不是欢欣鼓舞，不，不是常见的那种占有欲的表情。那是一种沉思，表明他们是萌动中的艺术家。

依我看，英国真正的悲剧是丑陋。乡村是那么可爱，而人造的英国却是那么丑陋不堪。从小我就知道，那些普通的矿工怀有一种奇特的美感，这美感来自于他们的直觉和本能，是在井下被唤醒的。可是他们上井来到白天的光线中看到的尽是冷酷和丑陋，面对的是赤裸裸的物质主义。特别是当他们回到方块建筑地带和布里契居住区，回到他们自己的餐桌前，他们内心里就有什么被扼杀了，在某种意义上说他们作为人是被毁了。家里的女人几乎总是在唠唠叨叨说些物质方面的事儿。女人是被教会说这个的，被鼓励去这样做的。做母亲的责任就是盯着儿子“有出息”，男人的责任就是挣钱。我父亲那一辈男人，他们背负着野性的旧英国，也没受什么教育，所以他们还算没给撂倒。可到了我这一辈儿，当年一块儿上学的男孩子们（现在做矿工了）全给撂倒了，是让铃声叮咚的寄宿学校、图书、电影院和牧师给撂倒的，整个民族和人类的思想都把物质繁荣当成天下头等大事来孜孜以求。

男人算是被撂倒了。一时间出现了繁荣，但是以他们的失败为代价的，接踵而来的就是灾难。所有的灾难之根就是颓丧。男人颓丧了，英国男人，特别是矿工们颓丧了。他们被出卖了，被打趴下了。

现在或许没人知道，十九世纪出卖男人之精神的是丑陋。兴旺的维多利亚时代里，有钱阶级和工业家们作下的一大孽，就是让工人沦落到丑陋的境地，丑陋，丑陋，卑贱，没人样儿。丑陋的环境，丑陋的理想，丑陋的宗教，丑陋的希望，丑陋的爱情，丑陋的服装，丑陋的家具，丑陋的房屋，丑陋的劳资关系。人的灵魂更需要实在的美，甚至胜于需要面包。中产阶级的人嘲笑矿工买钢琴，可钢琴是什么物件儿？其实他们往往买的不是什么钢琴，买琴是一种对美的盲目追求。对女人来说它是一件财产、一种家具，是一件足以让她感到优越的东西。可是看看那些老大不小的矿工学钢琴的样子吧，看看他们怎样神情专注地听女儿弹奏《少女的祈祷》[①]，你会发现一种对美的盲目、永不满足的渴求。男人的这种渴求比女人来得更强烈。女人只想炫耀，而男人想要的是美。

山顶那边是个不错的去处，如果公司不是在那儿建起肮脏丑陋的方块儿建筑，而是在小小的集市中央竖起一根高高的柱子，在这可爱的地方建起三圈拱廊供人们散步、坐憩，身后是漂亮的房子，那该多好！如果他们建起宽大实用的住房，五六间一套的公寓，有漂亮的门该多好。最重要的是，如果他们鼓励人们唱歌跳舞（矿工们仍然爱唱爱跳）、并为此提供漂亮的场地该多好。如果他们倡导衣装美、家居美——家具和装饰美，该多好。如果他们能奖励人们做出最漂亮的桌椅、织最可爱的披巾、造最迷人的房屋，那该多好！工业化的问题在于卑鄙地强使人们的精力用于仅仅为获得而进行竞争。

你可能会说，工人们不会接受这样的生活，因为他们把英国人的家看成是自己的城堡——“我的小家”。可是，如果你能听到隔壁人家说话，那就不叫城堡了，如果你能看到人们在方

① 著名钢琴曲，曲作者是波兰作曲家巴拉诺斯卡（Tekla Badarzewska-Baranowska，1838—1861）。

块儿广场里出没，看到他们去上厕所，那成什么了？你的愿望会不会就是逃出这“城堡”和你“自己的小家”？！算了，别说这些了。只有女人才把“她自己的小家”给偶像化。女人总是最差劲、最贪婪、最有占有欲，也最下作。“小家”之类真没什么好说的，那是胡乱涂抹在大地上丑陋的小东西。

其实，直至一八〇〇年，英国人还是绝对过着乡间生活的人，很有点泥土气。几个世纪以来，英国一直有城镇，可那绝不是真正的城镇，不过是村路串成的一片村落而已，从来就不是真正的城镇。英国人性格中从未表现出人城市性的一面，即市民的一面。意大利的锡耶纳是个小地方，但它算得上是个真正的城市，市民与城市生活密切相关。诺丁汉是个大地方，正向百十来万人口发展，可它只是乱糟糟一团。诺丁汉与锡耶纳绝不可同日而语。英国人很难变成市民，部分应归咎于他们维护“小家”的雕虫小技，部分应归咎于他们不可救药地认可了环境的小气。在罗马人的标准下，美国的新兴城市倒比伦敦和曼彻斯特更算得上城市，甚至爱丁堡都比任何英格兰的城市更像真正的城市。

这种“英国人的家就是他的城”和“我的小家”之傻气的个人主义早就过时了。那是一八〇〇年前的事了，那会儿英国人只是村民老乡。工业制度一下子就让这些变了个样。尽管英国人仍爱把自己当成“老乡”，爱想点儿什么“我的家，我的园子”，可这已经显得孩子气了。今天，甚至农场劳工都觉得自己是只城市鸟儿。英国人被彻底工业化了，因此不可救药地变成了彻头彻尾的城市鸟儿。可他们不知道如何建设一座城，不知怎么设想一座城，不知怎么住在一座城里头。他们都是些市郊人，半农村人，没一个懂得怎么变得有城市气——一直到第一次世界大战。他们都不知道怎么变成罗马市民、雅典市民甚至巴黎市民。

这是因为，我们一直压抑着自己的群体本能，它可以使我们团结一致，以市民的姿态表现出骄傲和尊严，而非村民。伟大的城市意味着美、尊严和某种辉煌。英国人的这一面一直被压抑着并被惊人地放弃了。英格兰是一片零零落落的小破房子，这等卑贱东西被称之为“家”。我相信，英国人打心眼里恨他们自己的小家，但女人除外。我们要的，是一种更高的姿态，更宽广的视野，某种辉煌，某种壮丽和美，一种恢宏的美。在这方面，美国人比我们干得漂亮多了。

一百年前，工业家们敢于在我的家乡干下那些丑事。而今更恶魔般的工业家们则在英国大地上胡乱建起绵延数英里的红砖“住家”，像一块块可怕的疥癣。这些小捕鼠笼子中的男人们越来越无助，越来越像被夹住的老鼠那样不满，因为他们受的屈辱日甚一日。只有那些下贱的女人才仍然喜欢她们男人眼里鼠笼一样的小家。

抛弃这一切吧。不管付出什么代价，开始改变。别再管它什么工资和工业争吵吧，把注意力转向别的什么事。把我的故乡拆个精光吧，计划一个核心，固定一个焦点，让美好的东西从中放射而出。然后建起高楼大厦来，美丽的大厦，由此扩展成一个城市中心，把它们装饰得美丽无比。先有一个绝对洁净的开始，一个地方、一个地方地收拾过去，建设一个新的英国。去它的小家吧！去它的散落在大地上的小破屋子。看看大地，在这上面建设起高尚来。英国人尽管心智发达，可在辉煌的城市里他们却比兔子还卑贱。他们像下作、小心眼儿的家庭妇女，整天吵吵吵，吵吵吵，却原来为的竟是什么政见和工资这类事儿。

（这篇随笔是1929年劳伦斯应英国《建筑评论》杂志之约而写，杂志社本意是希望劳伦斯对工业文明过程中乡镇建设的杂乱无章进行批评。此篇后来成了劳伦斯最有名的随笔，经常被收入各种随笔集中。）

性　感

真可惜，性竟成了一个丑陋的字眼儿，一个小小的丑陋字眼儿，甚至教人无法理解的字眼儿。性到底是什么？我们越想越不得其解。

科学说，它是一种本能。可本能又是什么？很明显，本能，就是某种古而又古的习惯变得根深蒂固后成了一种习性。一种习惯，即使再老，也是有个开头的。可性却没有开端。有生命的地方就有它。所以说性绝非是从“习惯”而来。

人们又把性说成欲望，像饥饿一样。欲望，什么欲望？繁殖的欲望吗？真叫荒唐。他们说，雄孔雀竖起他全部漂亮的羽毛来，令雌孔雀眩惑，从而雌孔雀会让他满足一下繁殖的欲望。可为什么雌孔雀不这样表现一下去眩惑雄孔雀从而也满足她的繁殖欲？她肯定同他一样对蛋和幼雀充满欲望。我们无法相信，她的性冲动太弱，竟需要雄孔雀来展示那蓝色羽毛的奇景，以此激起自己的欲望。绝不是。

反正我从没见过哪只雌孔雀注意过她的丈夫展示其黄蓝相间的光彩。我不信她注意过这个。我一点也不信她能辨别黄、蓝、褐或绿这几种颜色。

如果我见过雌孔雀凝神注意过她男人的花花风采，我会相信雄孔雀竖起羽毛是为了“吸引”她。可她从来不看他。只是当他扑棱一下用他的羽毛碰到了她，就像风暴穿过树丛那样，她才似乎有了点生气，这才瞟他一眼。

这类性理论真叫人吃惊。雄孔雀竖起羽毛风光一番却原来是为雌孔雀，可雌孔雀的眼睛却从不看他。你就想象一个科学家有多么幼稚吧，他甚至赋予雌孔雀一双深邃灵活的目光去欣赏雄孔雀的色彩与造型。哦，多么会审美的雌孔雀啊！

还有一说是，雄夜莺歌唱是为了吸引雌夜莺。可让人好奇的是，求偶期和蜜月都过了，雌夜莺也不再对雄夜莺感兴趣，而只顾起幼莺来。这时那雄的还唱得那么欢是为什么呢？看来他唱歌不是为了吸引雌的，而是要分她的心，逗正在抱窝的她一乐。

理论是多么令人高兴又是多么幼稚！可这些理论背后隐藏着一种意愿。所有性理论背后都藏有一个不可饶恕的意愿，那就是否定并要抹杀美的神秘。

因为美就是一种神秘。你既不能吃又不能用它来做法兰绒。于是，科学说，追求女性并引诱她繁殖，这是一种美的诡计。好不幼稚！好像女性需要勾引。她甚至可以在黑暗中繁殖。那么，哪里有美之诡计呢？

科学对美怀有一种神秘的仇恨，因为美无法适应科学的因果之链。社会对性怀有一种神秘的仇恨，因为它永远有悖于社会的人之美妙的赚钱计划。于是这两者联手把性与美说成仅仅是繁殖的欲望。

其实，性与美是同一的，就如同火焰与火一样。如果你恨性，你就是恨美。如果你爱活生生的美，那么你就会对性抱以尊重。当然你尽可以喜欢陈旧、死气沉沉的美并仇视性。但是，只要你爱活生生的美，你必然敬重性。

性与美是不可分的，正如同生命与意识。与性和美同在、源于性和美的智慧就是直觉。我们文明造成的一大灾难，就是仇恨性。举个例子说，还有什么比弗洛伊德的精神分析法更恶毒地仇视性？它同样极端恐惧美，活的美。它使我们的直觉官能萎缩，使我们直觉的自我萎缩。

现代男女之心理顽症就是直觉官能萎缩症。本来有一个完整的生命世界是可以靠直觉去认知、去享受的，而且只能靠直觉。可我们丢了这直觉，因为我们否定了性与美——这直觉生命与悠然生命的源泉，它在自由的动物与植物身上显得十分可爱。

性是根，根之上，直觉是叶子，美是花朵。为什么女人在二十来岁时显得可爱？因为此时性正悄然爬上她的脸，正如一朵玫瑰正爬上枝头一样。

它用美来吸引人们。我们竭尽全力否定它，我们尽可能试图让这美变得浅薄、变成废品。可说到底，性的吸引就是美的吸引。

美这东西，咱们受的美育太浅，几乎谈不出个所以然。我们试图装懂，把它说成某种固定的安排：高鼻、大眼儿什么的。

我们认为一个可爱的女人一定要长得像莉莲·基什[1]；英俊的男人必定要像鲁道夫·瓦连蒂诺[2]，我们就是这么想的。

可在实际生活中我们却不这样。我们会说："她挺美，可我不拿她当一回事儿。"这说明我们用错了美这个字眼儿。我们应该这样说才对："她有美的固定特征，可在我眼中她并不美。"

美是一种体验，而不是别的。它不是某种一成不变的特征与模式，它是某种被感受到的东西，是一道闪光或通过美感的传导获得的感受。我们的毛病在于我们的美感受了挫伤，变迟钝了，我们错过了一切最好的东西。

就说电影吧，查理·卓别林那张怪模怪样的脸上透着比瓦连蒂诺多得多的美。卓别林的眉毛和眼睛里有一种真切的美，一种纯洁的光芒。

可是，我们的美感大受挫伤，迟钝至极，以至于我们看不到这美，看到了也不懂。我们只能看到那些明显的东西，如所谓的鲁道夫·瓦连蒂诺的美，它令人愉快因为它满足了某种固有的关于英俊的看法。

可是那些最普通的人也可以看上去是美的，可以是美的。只需性之火微微上升，就可以使一张丑脸变得可爱。那才是真正的性吸引力：美感的传导。

相反，再也没有比一个真正标致的女人更令人生厌的了。

---

① 莉莲·基什（Iilian Gish，1896—1993），美国早期女影星。

② 鲁道夫·瓦连蒂诺（Rudolph Valentino，1895—1926），美籍意大利电影明星，二十世纪二十年代的"伟大情人"偶像。

这是因为，既然美是体验而非具体的形式，那么，一个最标致的女人肯定是十分丑陋的了。当性之光芒在她身上失去以后，她以一种丑恶的冷漠相出现，那模样该多么可恶。外表的标致只能使她更丑。

性是什么，我们并不知道。但它一定是某种火，因为它总传导一种热情与光芒。当这光芒变成一种纯粹的光彩，我们就感到了美。

没有什么比一个性火熄灭了的人更丑的了。人人都想躲避这样一个讨厌的泥人。

可当我们勃勃有生气的时候，性之火就在我们体内文燃或烈燃。年轻时，这火星星点点，光焰四射。上了年纪，这火燃得柔和了、平缓了，但它仍然存在。我们可以控制它，但只能是部分地控制，因此社会仇恨它。

性火是美之源泉，也是怒之源泉，它在我们体内燃烧着，我们的智力是无法理解它的，正像真火一样，当它燃烧时，我们的手指不小心碰上它就会被灼痛，正因此，那些只想“安全”的社会人仇恨性之火。

幸运的是，并非太多的人能成功地仅仅做一个社会人。老亚当之火在文燃。这火的一个特点是它会点燃别的火。这里的性之火会引燃那里的性之火。它会使文火变成微火，它会点亮一星耀眼的火花或引燃一团火焰，火焰与火焰相遇就会引燃一场大火。

无论何时这性之火燃起，它都会得到这样那样的回应。它唤醒的只能是热情与乐观。当你说："我喜欢那姑娘，她真是个好样儿的。"此时性之火会燃起一团火焰让这世界看上去更友善，让人感觉生活更好。于是你就会说："她是个迷人的女人，我喜欢她。"

或许她会用自己的火焰先燃亮自己的脸庞，然后去点燃宇宙。那时你会说："她是个可爱的女人，我觉得她美。"

能真正激起别人美感的女性并不多见。一个女人绝不是天生就美。我们说女人的美是天生的，这样说是为了掩饰我们对美的理解有多么可怜，不承认我们的美感受到了挫伤，变迟钝了。曾有成千上万个女人像戴安娜·德·波依蒂厄斯[①]或兰特莉夫人[②]这样的名女人一样容貌姣好。今天又有成千上万容颜闭月羞花的女人，可是，唉，美的女人却太少了。

为什么？因为她们没有性的吸引力。一个美貌女子，只有当性之火在她体内纯洁而美好地燃烧并透过她的面庞点燃我体内的火时，她才算得上一个美人。

她在我眼中成为一个美女，是因为她是个活生生的血肉之躯，而不是一张照片。一个美的女人是多么可爱！可是这样的人又是那么难觅！这世上太少非凡美丽的女性了，这真叫人伤感！

---

① 戴安娜·德·波依蒂厄斯（Diane de Poitiers，1499—1566），法国佛兰西斯一世和亨利二世的情妇。

② 兰特莉夫人（Mrs Lantry，1853—1929），英国著名佳丽和演员，爱德华七世的情妇。

漂亮，姣好，但不可爱，不美。漂亮和姣好的女子有着好看的面容和好看的头发。可是，美的女人只能是一种体验，她意味着火之传导，意味着性的吸引。我们现代人的词汇太贫乏，只能用这个词儿了。性的吸引这个词适用于戴安娜·德·波依蒂厄斯。甚至适用于每个人的老婆最美的时候——哦，这么说倒像是在诽谤和侮辱了。可如今，爱之火没了，取而代之的是性吸引力，这两者可能是一回事，但层次却差得远了。

商人的女秘书标致而忠心耿耿，她的价值主要取决于她的性的吸引力。这样说一点也不含有“不道德关系”的意思。

甚至今日，一个有点慷慨的女子总愿意感到她是在帮助一个男人（如果这男人接受她的帮助）。希望他接受她的帮助，这愿望本身就是她的性的吸引力。这是一团真正的火，即便热量极小。

但它有助于使“买卖”活跃。或许，若没有女秘书进入商人的办公室，商人早就全然垮了。是女秘书唤起体内的圣火并将之传达给她的老板，老板感到浑身能量倍增，感到更为乐观，于是生意兴隆。

当然了，性的吸引力亦有其另一面，它对被吸引者也可以是一种毁灭力量。当一个女人开始利用自己的性吸引力捞好处时，此时就有某个可怜的男人倒霉了。性吸引力这一面最近已经用滥了，已经不止像以往那样危险了。

巴尔扎克笔下那些毁了许多男人的性感交际花现在会发现干这行没那么容易了。男人现在变狡猾了，他们会躲避动了情的妓女。事实上，现在的男人一感到女性的性吸引力就认为这里面有问题。

真可惜，性吸引力成了生命火焰的肮脏代名词了。任何男人，只有当某个女人在他的血管中燃起一团火时他才能工作有成。任何女人，除非她在恋爱着，否则她就无法真正快活地干家务——一个女人可以默默地爱着，一爱就是五十年甚至还不曾意识到自己是在爱。

真希望我们的文明教会我们如何使性吸引力适度微妙地释放，如何令性之火燃得纯洁而勃发，以不同程度的力量和不同的传导方式溅起火花，闪着光芒，熊熊燃烧，那样的话我们每个人或许都可以一生在恋爱中度过。这意味着我们应该被这火点燃，浑身充满热情，对一切报以热情……

可在眼前的生活中，却是满眼的死灰。

（1928年，劳伦斯应英国《星期日快报》编辑之约为其发起的《何为性感》系列杂文供稿。文章发表后受到高度评价，人们认为劳伦斯这位著名小说家、诗人对“性感”这一晦涩之词做出了“最佳分析”。文章后来被做成单行本，配以当时的性感电影明星画像作为圣诞节礼品发行，还被《名利场》等英美报刊转载。此篇收入《劳伦斯杂文集》时题目改为《性与美》，现根据剑桥版的《劳伦斯文集》恢复作者最初的标题《性感》。）

与音乐做爱

“对我来说，”罗密欧说，“跳舞就是与音乐做爱罢了。”

“所以你永远也不会跟我跳舞，我猜得对吧？”朱丽叶说。

“你瞧，你这人个性太强了。”

这话听着奇怪。可是，前一代人的想法竟会变成下一代人的本能。我们总的来说，都继承了我们祖母的想法并无意识地依此行动。这种意识的嫁接是冥冥中进行的。观念迅速变幻，它会带来人类的迅速变化。我们会变成我们设想的那种人。更坏的是，我们已变成祖母设想的那样了。而我们的孩子的孩子又将会变成我们设想的样子，这真叫人觉得悲伤。这不过是父辈的罪孽给后代心灵带来的惩罚[①]。因为，我们的心灵绝没有我们的祖母所设想的那么高尚美好。哦，不！我们只是祖母之最强有力的观念的体现者，而这大多是些隐私观念，它们不被公众所接受，而是作为本能和行为动机传给了第三代和第四代人。我们的祖母偷偷摸摸想过的那些东西真叫倒霉，那些东西即是

① 参见《圣经·旧约·出埃及记》20：5：“惩罚其父的罪恶，直到第三、四代子孙。”

我们。

她们都有过什么想法和意念？有一点是确定无疑的：她们希望能与音乐做爱。她们希望男人不是粗蛮的动物，达到目的就算完事。她们想要天堂的旋律在他拉着她们的手时响起，想要一段新乐章在他的手搂住她们的腰时勃然奏响。这音乐无限变奏着，变幻着优雅的舞姿从做爱的一个层次向另一个层次递进，音乐和舞蹈二者难分彼此，两个人也一样。

最终，在做爱欢愉的顶点到来之前，是巨大的降潮。这正是祖母的梦境和我们的现实。没有欢愉的顶峰，只有可耻的降潮。

这就是所谓爱的行为本身，即争论的焦点——一个可耻的降潮。当然争论的焦点是性。只要你与音乐做爱，迈着慢步与雪莱一起踏云而行，性就是件十分美丽令人愉快的事儿。可最终到来的却是荒谬的突降，不，先生，绝不可以！

甚至像莫泊桑这样明显的性之信徒也这样说。对我们许多人来说，莫泊桑是个祖父或曾祖父了。可他说，交媾行为是造物主同我们开的一个玩笑，意在玩世不恭。造物主在我们身上种下这些个美好而高尚的爱之情愫，令夜莺和所有的星星歌唱，不过是把我们抛入这荒谬的情境中做出这种可耻的动作，这是一件玩世不恭之作，不是出自仁慈的造物主之手，而是出自一个冷嘲热讽的魔鬼。

可怜的莫泊桑，这就是他自身灾难的根源！他想与音乐做爱，可他气恼地发现，你无法与音乐交媾。于是他把自己一劈两半，厌恶地痛骂着自己的双目，然后更起劲地交欢下去。

作为他的儿孙，我们变聪明了。男人一定要与音乐做爱，女人也必须让男人做爱，由弦琴和萨克斯管来伴奏。这是我们内在的需要。因为，我们的祖父，特别是我们的曾祖父们在交媾时把音乐给忘却了，所以到了我们这辈就只顾音乐而忘却了交媾。我们必须与音乐做爱，这是我们祖母的梦，它变成了我们内在的需求和潜在的动力。既然你无法与音乐交媾，那就丢掉它，解决问题吧。

现代的大众舞蹈毫无“性感”可言，其实是反性的。但我们必须划清一条界线。我们可以说，现代的爵士舞、探戈和查理斯顿舞不仅不会激起交媾欲，反而是与交媾作对的。因此，教会尖着声音竭力反对跳舞、反对“与音乐做爱”就显得毫无意义了。教会和社会一般都对性没有特殊的厌恶，因此，这反对声就显得荒唐了。性是个巨大的、包容一切的东西，宗教激情本身也多属于性，不过是人们常说的一种“升华”罢了。这是性的一个绝妙出路——令它升华！想想水银加热后微微冒着毒气而不是重重地滚着融为一体，那样子很怪，你就明白了这个过程：升华，就意味着与音乐做爱！道德与“升华”的性确实无争。大多数好东西均属“升华的性”之列。道德、教会和现代人类所仇视的只是交媾。话又说回来了，“道德”又是什么？不过是多数人本能的反感而已。现代的年轻人特别本能地躲避交媾。他们喜欢性，可他们打心里厌恶交媾，即便当他们玩交媾的把戏时也是这样。至于说玩这游戏，玩具既是给定的，不玩这个又玩什么？可他们并不喜欢这个。他们是以自蔑的方式这样做的。这种骑在床上的动作一完结，他们就厌恶地释然，转而与音乐做爱。

不错，这样只能有好处，如果年轻人真的不喜欢交媾，他们会很安全。至于婚姻，他们会依照老祖母的梦，完全因为别的原因结婚。我们的祖父和曾祖父们的婚姻很单纯，没有音乐做伴，只为了交媾。这是事实。所以音乐就全留给梦了。那个梦是这样的：两个灵魂伴着六翼天使轻柔的节奏交合。而我们这第三四代人正是梦做的肉体。前辈梦想的婚姻是排除一切粗鄙之物，特别是交媾之类，婚姻只意味着纯粹的平等和谐和亲密无间的伴侣。现在的年轻人实践了这个梦。他们结了婚，敷衍马虎、几分厌恶地交媾，只是要证明他们能干这个而已。就这样他们有了孩子。但他们的婚姻是与音乐的结合，唱机和无线电为每一种小小的家庭艺术配上了乐，伴人们跳着婚姻美满的小步爵士舞，这幸福美满意味着友爱、平等、忍让和一对夫妻能分享的一切。与音乐结婚！这音乐伊甸园里有一条半死不活的蛇，恐怕它是促使人们交媾的最后一丝微弱的本能了，是它驱使已婚夫妇为双方器官的不同而交火，从而阻止了他们成为一双相同的肉体。不过我们现在聪明了，很快就学会把这耻辱的行为全扔个精光。这是我们唯一的智慧。

我们正是我们老祖母的梦之产物，我们弱小的生命被箍着。

当你在舞厅中目睹现代舞者与音乐做爱，你会想，我们的孙辈会跳什么样的舞呢？我们母亲的母亲跳的是四对舞和成套的方块舞，华尔兹对她们来说几乎是一种下作的东西。而我们母亲的母亲的母亲跳的是小步舞和罗格·德·考瓦利斯舞[①]，还跳一些活泼快捷的乡村舞。这些舞会加快血液的流动，促使男人一步步靠近交媾。

可是瞧啊，就在她旋转而舞时，我们的曾祖母梦想着的是温柔律动的音乐和“某个人”的怀抱，和这个更为高雅点的人在律动和滑动中结成一体，他不会粗鲁地推她上床交媾，而是永远拖着她在黯淡而轰响的景物中滑行，永不休止地与音乐做爱，彻底甩掉那灾难性的、毫无乐感的交媾——那是末日的末日。

我们的曾祖母双手紧握着被甩起来抛上床，他们像一头双背怪兽震颤着。她就是这样梦想的。她梦想男人只是有肉体的灵魂，而不是令人厌倦的粗鲁的男性和主子。她梦想着“某个人”，他是集所有男人于一身的人，是超越了狭隘的个人主义的人。

于是现在她们的曾孙女就让所有的男人带着与音乐做爱了，似乎它就是一个男人。所有的男人如一个男人一样和她一起与音乐做爱，她总是在人们的怀抱里，不是一个个人，而是现代人的怀抱里。这倒不错。而现代的男人与音乐、与女人做爱，就当所有的女人都是一个女人一样。把所有的女人当成一个女人！这几乎像波德莱尔了，与自然贵妇的大腿做爱[②]。可我们的

① 一种古老的英国乡村舞。

② 劳伦斯在此指的是波德莱尔《恶之花》中一首诗《女巨人》中的句子。

曾祖父仍做着交媾的梦，尽管梦中什么都有。

可现代女人，当她们在男人怀抱里伴着音乐滑行而过或与男人面对面跳着查理斯顿时，她灵魂深处悄然萌动着的是什么样的梦？如果她心满意足了，那就没有梦了。可女人永不会心满意足。如果她心满意足，查理斯顿舞[①]和黑底舞[②]就不会挤掉探戈舞。

她不满足。她甚至过了一夜后，比她那被交媾企图所激动的曾祖母还不满足。所以，她的梦尽管还没有上升到意识层面，却更可怕，更有害。

这个十五六岁的姑娘，变着花样跳着两步舞的苗条女子，她梦到的是什么？能是什么？她的梦是什么样，她的孩子、我的孩子或孩子的孩子就会变成什么样，就如同我的梦是精子一样，她的梦就是卵子，是未来灵魂之卵子。

她能梦的东西可不多了，因为，凡是她想的，她都能得到了。要所有的男人或一个男人不要，这个男人或那个男人，她可以选择，因为没谁是她的主子。在无尽的音乐之路上滑行，享有一份无休止的做爱，这她也有了。如果她乐意在走投无路中选择交媾，也可以，不过是证明交媾这东西多么像猴子的行为，在死胡同中这该有多么笨拙。

没有什么她不可以做的，所以也就没有什么可想的了。没

---

① 二十世纪二十年代流行的一种活泼的交际舞。

② 1926 年前后流行的一种舞。

了欲望，甚至梦也是残破的。残破的梦！她可能有残破的梦，但她最后的希望是无梦可做。

可是，生命既如此，是件睡和醒的事儿，这种希望就永远不会被恩赐。男人女人都不能摆脱梦。甚至深受绅士们喜欢的金发碧眼儿的小女子[①]也梦着什么，只是她、我们和他不知道而已。甚至那是个超越绿宝石和美元的梦。

是什么呢？那女子残破、泯灭了的梦是什么样的？无论什么样的，她永远也不会知道。直到有人告诉了她，渐渐地，经过一番轻蔑的否定后，她会明辨这梦，这梦会渗透她的子宫。

我反正不知道这弱女子的梦是什么。但有一点没错，它同眼下的情形全然不同。梦与这东西永不相容。这梦不管是什么，也不会是“与音乐做爱”，而是别的什么。

可能它是在重新捕捉人之初的一个梦，永远不会结束，永远不会被完全地展示。我在塔奎尼亚观看伊特鲁里亚墓穴中残剩的壁画[②]时突然想到了这个问题。那画上，跳舞的女人身着鲜艳花边的透明麻衣，与四肢裸露的男人对舞，舞姿绝妙，浑然忘我。她们那样子很美，就像永不枯竭的生命。她们跳的是希腊舞，但又不全像希腊舞那样。这种美绝不像希腊的那么单纯，可它更丰富，绝不狭隘。再有，它没有希腊悲剧意志所表现的抽象和非人化。

---

① 此处化用一小说名。原书名为 *Gentlemen Prefer Blondes*，1920 年代中期的畅销书，作者是安尼塔·卢斯（1893—1981）。

② 见劳伦斯游记《伊特鲁里亚各地》。

伊特鲁里亚人，至少在罗马人毁掉这些壁画之前，似乎不像希腊人那样天生为悲剧所缠绕。他们身上流露着一种特别的散淡，很有人情味而不为道德所约束。看得出，他们从不像我们这样说什么行为不道德就不道德。他们似乎有一种强烈的感情，真诚地把生命当成一件乐事。甚至死也是件开心可爱的事。

道学家说：神之规律会抹去一切。答案是，神之规律会按时抹掉一切，甚至它自身。如果说那践踏一切的罗马人的力量就如同神之规律，那我就去寻找另一个神圣了。

不，我确实相信，这短发的现代女子灵魂深处不确定的梦，梦的就是我眼前的伊特鲁里亚女人，忘情地与四肢裸露狂舞的小伙子对舞，与他们相伴的是双笛的乐声。他们疯狂地跳着这既沉重又轻快的舞，既不反对交媾也不那么急于交媾。

伊特鲁里亚人的另一大优点是，因为到处都有阳物象征，所以他们对此习以为常了，而且毫无疑问他们都为这象征献上了一点小祭品，把它看作是灵感的源泉。作为日常生活的一部分，对此也用不着牵肠挂肚，而我们反倒这样。

很明显，这里的男人，至少是男性奴隶们，都一丝不挂地快活来去，一身古铜色的皮肤就权当衣服了。伊特鲁里亚的女人对此毫不介意。何必呢？对赤裸的牛我们不在乎，我们仍然不会给宠犬穿上小衣服，我们的理想就是自由嘛！所以，如果奴隶是赤裸着冲跳舞女人快活地喘着气，如果她的伙伴是裸着的而她也穿着透明的衣服，没有人理会这个的，没什么可羞耻的，唯一的快乐就是跳舞。

这就是伊特鲁里亚之舞令人愉快的特质。它既不是为避免交媾而与音乐做爱，也不是在铜管乐伴奏下冲向交媾。他们仅仅是用生命跳舞。说到他们向象征阳物的石柱献上一点祭品，那是因为他们浑身充满着生命之时他们感到心里充满希冀，而生命是阳物给予的。如果他们向奇形怪状的女性象征献上一点祭品，就摆在女性的子宫口处，那是因为子宫也是生命的源泉，是舞蹈动作力量的巨大源泉。

是我们使跳舞这东西变狭窄了，变成了两个动作——要么跳向交媾，要么通过滑动、摇摆和扭动来诱发交媾。与音乐做爱和让音乐成为做爱者都是荒唐的！音乐是用来伴舞的！现代的女青年对此有所感，深有所感。

人们就该与音乐跳，跳，跳。伊特鲁里亚的女青年在二千五百年后仍快活地这样跳着。她不是在与音乐做爱，皮肤黝黑的男伴儿也不是。她只是要跳出灵魂的存在，因为她一面向男人的阳物献上了祭品，又一面向女人封闭的子宫象征物奉上了祭品，并且她自己与这两者相处得很好。所以她平静，像一股生命运动的喷泉在跳，与之对舞的男子亦是如此，她们是对手也是相互平衡物，只有双笛在他们的赤足边鸣啭。

我相信这是或将是今日被音乐吓呆的可怜女子的梦，从而这梦成为她孩子的孩子的实质，直到第三和第四代。

（此文不是报刊约稿，劳伦斯 1927 年将之寄给代理人后一直没有发表，直到他逝世多年后才得以收入《凤凰集》出版。）

爱

爱是尘世的幸福，但幸福并非满足的全部。爱是相聚，但没有相应的分离就没有相聚。在爱中，一切都凝聚为欢乐和礼赞，但是如果它们以前不曾分离，它们就不会在爱中凝聚。一旦聚成一体，这爱就不再发展。爱就像一股潮水，在一瞬间完成了，随后必有退潮。

所以，相聚取决于分离；心脏的收缩取决于其舒张；潮涨取决于潮落。从来不会有永恒不灭的爱。正如海水绝不会在同一刻高涨覆盖整个地球，绝不会有毫无争议的爱统领一切。

这是因为，爱，严格来说是一种旅行。“旅行总比到达强”①，有人这样说。这就是怀疑的本质，这意味着坚信爱是相对的永恒，这意味着相信爱是手段而非目的。严格地说，这意味着对力量的相信，因为爱就是一种凝聚的力量。

我们何以相信力量？力量是功能型的东西，是工具；它既不是开始也不是结束。我们旅行是为了到达目的地，而不是

① 此句源于史蒂文森（Robert L.Stevenson，1850—1894）的诗句：“满怀希望的旅行胜于到达。”

为旅行而旅行，后者至少是徒劳的。我们是为到达目的地而旅行的。

而爱就是一种旅行，是一种运动，是相聚。爱是创造的力量，但任何力量，无论精神还是肉体的，都有其正负两极。任何东西坠落，都是受地球引力而落。不过，难道地球不是靠其反引力甩掉了月亮并且在时光久远的天空中一直牵制着月亮？

爱亦然。爱，就是在创造的欢欣中使精神与精神、肉体与肉体相吸的加速引力。但是，如果一切都束缚在爱之中，就不会有再多的爱了。因此说，对那些相爱中的人来说，旅行比到达终点更好。因为，到达意味着穿过了爱，或者干脆说，以一种新的超越完成了爱。到达，意味着走完爱旅之后的巨大欢乐。

爱的束缚！还有什么束缚比爱的束缚更坏呢？这是在试图阻挡高潮；是要遏制住春天，永不让五月渐入六月，永不让山楂树落花结果。

这一直是我们的不朽观——爱的无限、爱的广博与狂喜。可这难道不是一种监牢或束缚吗？除了时光的不断流逝，哪有什么永恒？除了不断穿越空间的前进，哪有什么无限？永恒，无限，这是我们有关停息和到达的了不起的想法。可永恒无限只能意味着不断的旅行。永恒就是穿越时间的无边的旅行，无限就是穿越空间的无边的旅行，我们怎样争论也是这样。不朽，不过也是这个意思罢了。继续，永生，永远生存与忍受，这不就是旅行吗？升天，与上帝同在——到达后的无限又是什么？无限绝无终点。当我们的确发现上帝意味着什么、无限意味着什么、不朽意味着什么时，我们发现它们同样意味着不止的继续，朝一个方向不断旅行。朝一个方向不息地旅行，这就是无限。所谓爱之上帝就是爱的力量无限发展的意思。无限没有终点。它是死胡同，或者说它是一个无底洞也行。爱的无限难道不是死胡同或无底洞么？

爱是向其目标的行进。因此它不会向反方向行进。爱是朝天上旅行的。那么，爱要别离的是什么呢？是地狱，那儿有什么？归根结底，爱是无限的正极。那负极是什么？正负极一样，因为只有一个无限。那么，我们朝天上无限旅行或朝相反方向旅行又有什么不同？既然两种情况下获得的无限都一样——无与有意思都一样，那就无所谓是哪一个了。

无限，无限没有目标，它是一条死胡同或者说是一个无底洞。落入这无底洞就是永远旅行了。而一条夹在赏心悦目的墙中间的死胡同是可以成为一重完美的天的。但是，到达一个天堂般宁静幸福的死胡同，这种到达绝不会令我们满意的。落入那个无底洞也绝对要不得。

爱绝非目的，只是旅行而已。同样，死不是目的，是朝另一个方向的旅行，泯入自然的混乱之中，是从自然的混乱中，抛出了一切，抛入创造之中。因此说，死也是条死胡同，一只熔炉。

世上有目标，但它既非爱，也非死；既非无限也非永恒。它是宁馨的欢欣之域，是另一个极乐王国。我们就像一朵玫瑰，是纯粹中心的一件奇物，纯粹平衡中的一个奇迹。这玫瑰在时间与空间的中心完美平稳地开放，是完美王国中的完美花朵，不属于时间也不属于空间，只是完美，是纯粹的上帝。

我们是时间和空间的产物。但我们像玫瑰一样，能变得完美，变得绝对。我们是时间和空间的产物，但我们同时也是纯粹超验的动物，超越时空，在绝对的王国这极乐的世界中完美起来。

爱，爱圆全了、被超越了。优秀的情人们总能使爱变完美并超越它。我们像一朵玫瑰，完美地到达了目的地。

爱有着多层意思，绝非一种意思。男女之爱，既神圣又世俗；基督教之爱，说的是“爱邻如爱己”，还有对上帝的爱。但是，爱总是一种凝聚。

只有男女之爱有双重意思。神圣的和世俗的，它们截然相左，可都算爱。男女间的爱是世间最伟大和最完整的激情，因为它是双重的，因为它是由两种相左的爱组成的。男女间的爱是生命最完美的心跳，有收缩也有舒张。

神圣的爱是无私的，它寻找的不是自己。情人对他所爱的人做出奉献，寻求的是与她之间完美的一体交流。但是，男女间全部的爱则是集神圣与世俗于一身的。世俗的爱寻求的是自己。我在所爱的人那里寻找我自己的东西，我与她搏斗是要从她那里夺取到我的东西，我们不分彼此地交织、混融在一起，她中有我，我中有她。这可要不得，因为这是一种混乱，一场混战。所以我要全然从所爱的人那儿脱身而出，她也从混乱中脱身而去。我们的灵魂中现出一片薄暮之火，既不明亮也不黯淡。那光亮必须纯洁而聚，那黑暗必须退居一旁，它们必须是全然不同的东西，谁也不分享谁，各自独立。

我们就像一朵玫瑰。我们满怀激情要成为一体，同时又要相分相离。这是一种双重的激情，既要那难言的分离又要那可爱的相联，于是新的形态出现，这就是超验，两个人以全然的独立化成一朵玫瑰的天空。

男女之爱，当它完整的时候，它是双重的。既是融化在纯粹的交流中，又是纯粹肉欲的摩擦。在纯粹的交流中我完完全全地爱着；而在肉欲疯狂的激情中，我燃烧着，烧出了我的天然本性。我被从子宫里驱赶出来，变成一个纯粹的独立个体。作为独自的我，我是不可伤害的，是独特的，就像宝石，它或许当初就是在大地的混沌中被驱赶出来成了它自己。女人和我，我们就是混乱的尘土。在极端的肉欲爱火中，在强烈的破坏性火焰中，我被毁了，变成了她的他我。这是破坏性的火焰，是世俗的爱。但这也是唯一能净化我们，让我们变成独自个体的火焰，把我们从混乱中解脱出来，成为独特的宝石一样的生命个体。

男女之间完整的爱就是如此具有双重性：既是融化成一体的爱，又因着强烈肉欲满足的摩擦而燃烧殆尽，燃成清晰独立的生命，真是不可思量的分离。但男女间的爱绝非都是完整的。它可以是绅士派的融为一体，像圣方济各与圣克莱尔、伯大尼的马利亚和耶稣。对于他们，没有分离、独立和独特的他我可讲。这是半爱，即所谓神圣的爱。这种爱懂得最纯粹的幸福。而另一种爱呢，可能全然是肉欲满足的可爱的战斗，是男人与女人间美丽但殊死的对抗，像特里斯坦和伊索德[1]那样，这是些最骄傲的情人，他们打着最壮观的战旗，是些个宝石样的人——他，纯粹孤独的男人，有宝石般孤独而傲慢的男性；她是纯粹的女人，有着百合花般美丽而傲慢芬芳的女性。这才是世俗的爱，他们太独立，终被死亡分开，演出了一场多姿多彩辉煌的悲剧。但是，如果说世俗的爱终以令人痛心的悲剧而告结束，那神圣的爱留下的则是痛楚的渴望和压抑的悲凉。圣方济各死了，剩下圣克莱尔哀伤不已。

两种爱——交流的甜美之爱和疯狂骄傲的肉欲满足之爱，合二为一，那样我们才能像一朵玫瑰。我们甚至超越了爱。我们两个既相通又独立，像宝石那样保持自身的个性。玫瑰包含了我们也超越了我们，我们成了一朵玫瑰但也超越了玫瑰。

基督教之爱——即博爱——永远是神圣的。爱邻如爱己。还有什么？我被夸大了，我超越了我自己，我成了整个完美的人类。在完美的人类中我成了个完人。我是个微观世界，是巨大微观世界的缩影。我说的是，男人可以成为完美的人，在爱中变得完美，可以只成为爱的造物。那样，人类就成了爱的一体，这是那些爱邻如爱己的人们的完美未来。

可是，天啊，尽管我可以是那微观世界，可以是博爱的样板，我仍要独立，成为宝石样孤独的人，与别人分离，像一头

---

① 瓦格纳1859年所写的一部歌剧中的男女主人公。

狮子般傲慢，像一颗星星般孤独。这是我的必然。越是不能满足这种必然，它就变得愈强烈，全然占据我的身心。

我会仇恨我的自我，强烈地仇恨这个微观世界，这个人类的缩影。我愈是成为博爱的自我，我愈是发疯地仇视它。可我还是要坚持成为整个相爱人类的代表，直到那未被满足的向往孤独的激情驱使我去行动。从此我就可以恨我的邻居像恨我自己一样。然后灾难就会降临到我的邻居和我的头上！神要毁灭谁，必先让他发疯。我们就是这样发疯的——我们不会改变可憎的自我，而潜意识中对自我的反抗又驱使着我们去行动。我们感到惊诧、晕眩，在博爱的名义下，我们无比盲目地走向了博恨。我们正是被自身分裂的两重性给逼疯了。神要毁灭我们，只因为我们把它们惯坏了。这是博爱的终结，自由、博爱、平等的结束。当我不能自由地成为别的而只能是博爱与平等时，哪里还有什么自由？如果我要自由，我就一定要能自由地分离，自由地与人不平等。博爱和平等，这些是暴君中的暴君。

必须有博爱，有人类的完整。但也必须有纯洁独立的个性，就像狮子和苍鹰那样独立而骄傲。必须两者都有。在这种双重性中才有满足。人必须与他人和谐相处，创造性地、幸福地和谐相处，这是一种巨大的幸福。但人也必须独立地行动，与他人分离，自行自责，而且充满骄傲，不可遏止的骄傲，自顾自走下去，不理会他的邻居。这两种运动是相悖的，但它们绝不相互否定。我们有理解力，如果我们理解这一点才能在这两种运动中保持完美的平衡——我们是独立、孤独的个人，也是一个伟大和谐的人类，那样，完美的玫瑰就能超越我们。这玫瑰尚未开放过，但它会开放的——当我们开始理解了这两个方面并生活在两个方向中，自由自在毫无畏惧地追随肉体和精神最深处的欲望，这欲望来自于“未知”。

最后，还有对上帝的爱，我们与上帝在一起时才完整。但是我们知道上帝要么是无限的爱要么就是无限的骄傲和权力，不是这个就是那个。基督或耶和华，总是一半排斥另一半。因此说，上帝永远好妒忌。如果我们爱一个，早晚必要仇恨这一个，而选择另一个。这是宗教经验的悲剧。但是，那不可知的圣灵却只有完美的一个。

还有我们不可去爱的，因为它超越了爱或恨。还有那未知和不可知的东西，它是所有创造的建议者。我们无法爱它，我们只能接受它，把它看作是对我们的局限和对我们的恩准。我们只知道是从未知那里我们获得了深广的欲望，满足这些欲望就是满足了创造。我们知道玫瑰就要开放。我们知道我们正含苞待放。我们要做的就是忠诚地、纯粹按自发的道德随着冲动而行，因为我们知道玫瑰是会开放的，懂得这一点就够了。

（这是劳伦斯最早的一篇思辨性随笔，写于1916年困居康沃尔时期，与《鸟语啁啾》属同一时期的同一风格作品。它们与长篇小说《恋爱中的女人》相伴相生，或许对比阅读更有收获。）

无人爱我

去年，我在瑞士的山上租了一小间房子避暑。一位五十来岁的女性朋友来喝茶做客，并带来了她女儿，都是老朋友了。她落座时我问候道："你们都好吗？"她在炎热的下午从山下爬上来，满脸通红，还有点恼火，正用一块小手帕擦着脸上的汗。"挺好！"她几乎是恶狠狠地看着窗外那静止的山坡和对面的山巅。她还说："我不知道你对这山有什么感受？！哼，我一到这儿就失去了宇宙意识，也失落了对人类的爱心。"

她是那种老派的新英格兰人，这类超验主义者[①]往往是很平静的人。正因为如此，此时她那恼怒的样子（她真的恼怒了），加上她那略带口音的新英格兰腔，使她看上去实在有点滑稽。我当着这位可怜的宝贝儿的面笑道："别在意！忘了你的宇宙意识和人类之爱，歇歇儿也好嘛！"

但我却常想起这档子事来——她说那话到底是什么意思？我一想起那次对她有点不恭，心里就隐隐作痛。我知道，她那

---

① 超验主义是十九世纪发源于新英格兰、在作家和哲学家中流行的一种思潮，相信世间万物有基本的共性，人天性善良，强调人的洞察高于逻辑和经验。惠特曼的思想与之有关。

种对宇宙和人类全副身心的爱是新英格兰超验主义者的习惯，但着实让我心里不舒服。可她就是在那种习惯中成长的。对宇宙的爱并不影响她爱自己的园子，尽管有一点影响；她对全人类的爱也没影响她对朋友怀有真切的感情。只不过，她感到她应该无私慷慨地爱他们，这就招人嫌了。无论如何，在我看来，什么宇宙意识和人类之爱的疯话表明这话并非全然是理智的产物。我后来意识到，它说明了她内心里是与宇宙和人宁静相处的。这是她不能没有的。一个人尽可以与社会对抗，可他仍然可以与人类在内心深处宁静相处。与社会为敌并非是件愉快的事，可有时要保持心灵的宁静就只有这一条路可走，这意味着与活生生的、斗争中的真正的人类宁静相处。尤其后者，是不可失去的。所以，我没有权利对我的朋友说让她忘了对人类的爱、自顾歇息片刻。她不能，我们谁也不能那样——如果我们把爱人类解释为自己与我们的同胞之斗争的灵魂或精神是一体的话。

现在叫我吃惊的是，年轻人确实用不着有什么“宇宙意识”或“人类之爱”而照样可以活着。他们总的来说是把“宇宙”和“人类”这种理性概念之壳从情感上甩了出来。可在我看来，他们也把这壳中的鲜花一并抛弃了。当然了，你可以听到某个女子在高呼：“真的，矿工们很可爱，可他们的待遇却是那么坏。”她甚至会跑出去投矿工一票。可她并非真的在乎，这一点很让人难过。这种对看不见的人的屈辱表示出的关怀做得有点过分了。尽管这些矿工或棉农之类的人离我们有十万八千里远，而我们又不能为他们尽点心，我们内心深处仍觉得与他们遥遥地生生相连。我们隐隐觉得人类是一体，几乎是血肉一体。这是个抽象说法，但这也是实际存在。无论如何，卡罗莱纳的棉农或中国的稻农都以某种方式与我相连着，至少是与我部分相连。他们释放出的生命振幅在我不知觉中波及到我，触到了我并影响了我。我们多多少少是相连的，整个人类都如此，这是毫无疑问的，除非我们扼杀了我们敏感的反应神经——这种事如今发生得过于频繁了。

这大概就是那位超验主义者所谓的"人类之爱"，尽管她那仁慈、居高临下的表达几乎扼杀了其真正含义。她隐隐约约表达了她对整个人类生命的参与感，这种感觉，当我们内心平静的时候都有细腻而深刻的感知。可是一旦失去内在的平静，我们就会用别的东西来代替这种内在微妙的对整个人类生命的参与感，这就是那种讨厌的仁慈——对人类做善事，这不过是一种自我表白，是一种骄横而已。请仁慈的主把我们从这种人类之爱中解脱出来吧，也把可怜的人类从中解脱出来吧！我的朋友确实有点染上了这种自大的毛病，所有的超验主义者全是这样。所以，如果说这大山野蛮地夺走了那受过污染的爱，大山算做了件好事。可我亲爱的露丝——我喜欢称她为露丝，她可不止如此，别看她都五十了，可她却像小姑娘那样幼稚地与她的同胞宁静相处。她不能不这样。只是她犯了点抽象的毛病，还有点任性，即便在瑞士山上的那半小时中她也是这样。她所谓的"宇宙"和"人类"是要符合她的意志和感情的，可那大山却让她明白“宇宙”并不听她的。一旦你同宇宙作对，你的意识就会大受一番震撼。人类也一样，当你下凡其中时，它会给你的“爱”狠狠一击让你恶心。你没别的办法。

而年轻的一代让我们感觉到，什么“宇宙意识”，什么“人类之爱”，早从他们身上飞逝得无影无踪。他们就像一堆彩色碎玻璃，摇晃一下，他们感到的只是他们能触到的东西。他们与别人结成偶然的关系，至于别的则全然无知，也全然不顾。

所以说，那个宇宙意识和人类之爱（姑且用这种荒诞的新英格兰词儿吧）是真的死去了。它们遭到了玷污。在新英格兰，“宇宙”和“人类”让人生产得太多了，没有真的了。这些不过是用高雅的词来掩饰自我表白、妄自尊大和恶意霸道，不过是丑恶的自我意志勾当，自行裁定新英格兰可以让人类和宇宙生，亦可教其死。这些字词被霸道的自我主义给玷污了，而年轻人灵敏的嗅觉闻出了这股子味儿，干脆弃之而去。

要想扼杀一种情感，最好的办法就是对之锲而不舍，反复唠叨并夸大之。坚持要爱人类，可你肯定会仇恨每一个人。因为，如果你坚持爱人类，那你就会坚持要人类可爱，可它远非如此可爱。同样，若坚持爱你的丈夫，就难免会偷偷地恨他。因为没有哪个人是永远可爱的。如果你强求他们这样，就等于对他们行霸道，于是他们就不那么可爱了。如果你在他们并不可爱的时候强使自己去爱他们（或装爱），这等于是你把一切变成假的，等于自投仇恨之网。强装任何感情的结果是令那感情死亡，代之而起的是某种与之对立的东西。惠特曼坚持要同情一切事和一切人，如此坚持的结果是最终他只相信死亡，不只是他个人的死，而是所有人的死。那“笑下去！”的口号会最终激起笑者的狂怒，而著名的“欢乐晨礼”也令所有的快乐者心中积怨。

没好处，每当你强迫自己的感情，你就会毁了自己并适得其反。强使自己去爱某个人，你注定会最终恨起他来。你要做的就是有真情实感，而不要做作。这才是唯一让别人自由的办法。如果你感到想杀了你丈夫，那就别说“可是我太爱他了，我情有独钟”之类的话。那不仅是害你自己，也是害他。他并不想被强迫，即便是爱也不行。你只需说：“我可以杀了他，这是事实。可我想还是别杀他。”这样你的感情就平衡了。

对于人类之爱来说亦如此。上辈人和上上辈人都坚持要爱人类。他们极其关注受苦受难的爱尔兰人、亚美尼亚人和刚果的割胶黑人。可那大抵是装出来的，是一种自傲和妄自尊大的表现。其潜台词是：“我极善，我极优越，极仁慈，我强烈地关注受苦的爱尔兰人、死难的亚美尼亚人和受压迫的黑人[①]，我要去拯救他们，即使是惹恼了英国人、土耳其人和比利时人也在

① 劳伦斯尽管同情爱尔兰人民，但他还是认为1916年复活节起义反抗英国统治的领袖们“多数是空谈家，乏善可陈，碰巧死了才显得悲壮”。1894—1896年间，奥托曼帝国大批基督教亚美尼亚人被穆斯林土耳其人屠杀，在第一次世界大战期间更多的人遭到更为野蛮的屠杀。刚果在1908—1960年间被比利时统治，大片的橡胶园、咖啡种植园和棉田在严厉的统治下得到开发，1919—1923年间劳动者的反政府起义遭到镇压。

所不惜。”这种对人类的爱一半出于妄自尊大，一半出于干涉别人的欲望，是要给别人的车轮安一个刹车。而年轻的一代人则看出了基督教慈善这羊皮下面藏匿着的问题，于是他们对自己说：别跟我说爱什么人类!

说实话吧，他们暗中很讨厌那些需要“拯救”的受苦受压迫的人民。他们其实十分仇视“穷矿工”、“穷棉农”和“挨饿的可怜的俄国人”之类。若再来场战争，他们一定十分厌恶“罹难的比利时人”。事情就是如此：老子作孽，儿子倒霉。[①]

同情过了分，特别是爱人类爱过分了，现在我们开始躲避同情。年轻一代没了同情心，他们根本不想有。他们是利己主义者，而且坦白承认这一点。他们十分诚实地说：“就是到了地狱里，我也不理会受苦受难的张三李四。”谁又能责备他们这样呢？是他们那一片爱心的先辈发起了这场大战（指“一战”）。如果说大战是“人类之爱”引起的，那就让我们拭目以待，看看这坦率诚实和利己主义会干出什么来。我们可以保证，不会比这个更可怕的了。

那坦诚的利己主义自然会给利己主义者自己带来坏处。诚实固然好，抛弃战前那种假惺惺的同情心和虚伪的情感固然不错，可这并不应导致一切同情和深情的死亡，现在的年轻人似乎就是这样。这些年轻人在故意要弄同情心和感情。“亲爱的孩

---

① 原文是 the father eats the pear, and the son’s teeth are set on edge，典出《圣经·旧约·耶利米书》31：29：父亲吃了酸葡萄，儿子的牙酸倒了。

子，今天晚上你看上去真叫可爱！我就爱看你！”可一转脸说话者就会放出一支恶箭来。年轻的妻子会这样对丈夫说：“我英俊的爱人，你那样拥抱我真叫我觉得自己是个宝贝儿，我最亲爱的哟！给我来杯鸡尾酒吧，天使，好吗？我需要点刺激，你这光明的天使！”

时下的年轻人很会在感情和同情的键盘上弹奏小曲子，叮叮作响地演奏那些夸大了的激情、温柔、爱慕和欢乐的词儿。干这个的时候他们干得毫不动情，只觉得这类儿戏似的东西好玩，拿爱情和亲昵的珍贵用语开玩笑，只是玩笑而已，就像玩八音盒一样。

可一旦听人们说他们对人类无半点爱，他们又会十分气恼。比如英国人吧，他们就很会表演对英国的爱，那演技很可笑。“我只有一件心事，除了可爱的菲利浦，那就是记挂着英国，我们珍贵的英国。菲利浦和我都随时准备为英国而死。”可说这话时，英国并未陷入什么险境需要他们去舍命，应该说他们挺安全。若是你彬彬有礼地问：“可是，在你想象中英国意味着什么？”他们会激情荡漾地回答：“意味着英国的伟大传统，意味着英国的伟大观念。”这话说得轻巧，毫无使命感。

他们还会大叫：“我愿为自由奉献出一切。一想到英国的自由被践踏，我就以泪洗面，以至于给我们珍贵的婚床带来不快的气氛。不过，现在我们冷静了，决心冷静地竭尽全力去战。”这种冷静之战意味着再来一杯鸡尾酒，再给什么丝毫不用负责的人发一封感情狂放的信。随之一切全过去了，自由什么的全然抛在脑后。或许此时该轮到宗教了，为葬礼上的某些用语疯狂一番。[①]

这就是今日先进的年轻人。我承认，他们大放厥词如鞭炮时，这很有趣。可难办的是，当鞭炮放尽后（就着鸡尾酒它们也长不了），黑暗时刻就来临了。对先进的年轻人来说，没有温暖的白天和沉寂的夜晚之分，只有鞭炮的激动和黑暗的空虚，然后是更多的鞭炮声。还是承认这可怕的事实吧，十分无聊。

现在，在现代青年人黯淡无聊的生活中，有一种事实对他们自己和旁观者都显得很清楚，这就是：他们很空虚，他们对别的事别的人都不关心，甚至不关心他们孜孜以求的享乐。这丑他们是不愿让人揭的。“亲爱的天使，别让我讨厌。玩这游戏吧，天使，玩吧，别说不中听的话，别在那儿啃死人骨头！说点好事儿，逗乐儿的事。要不就真正严肃起来，说说布尔什维主义（Bolshevism）或金融行情。做个光明天使吧，振作起来，你这最好的宝贝儿！”

事实上，这些年轻人开始害怕他们自己的空虚了。往窗外抛东西自然是件乐事，可一旦你把什么都抛了出去，在空荡荡的地板上坐上几天，你的骨头就会痛，于是你会怀念一些旧家具，即便是顶丑的那种维多利亚式填了马鬃的玩艺也行。

在我看来，至少年轻的女子们开始有这样的感觉了。现在，

---

① 1927—1928 年间英国国内曾有过修改英国国教祈祷书的动议，但遭到下院的拒绝。

她们抛弃了一切后，开始惧怕空落落的房间了。她们的小菲利浦们或小彼得什么的似乎一点新家具也不往新一代人的屋里搬。他们介绍进来的唯一一件东西是鸡尾酒混合器，或许还有一台无线电。至于别的，完全可以不要。

年轻的女人们开始感到不安了。女人不愿意感到空落。一个女人顶不爱感到自己什么都不相信，不愿感到自己无足轻重。教她成为世上最愚蠢的女人，她会把自己的容貌、衣着和房子之类的东西看得极重。若不太蠢的话，她要的比这更多。她本能地想感觉有分量，她的生活有意义。有些女人常生男人的气，那是因为，男人不能仅仅是“活着”，还必须追求生活中的某种意义。这样的女人本身或许就是促使男人追求生活意义的根源。我似乎觉得，女人比男人更需要感到其生活有意义、有价值、有分量。这种女人自己可能竭力否定这一点，因为，为她的生活提供目标是男人的天职。不过，一个男人，他可以流浪，毫无目的，但仍是幸福的，可女人就做不到这一点。很难找到这样的女人：感到自己被排除在生命之伟大目标之外了，还觉得幸福。而另一方面，我十二分深信，不少男人却乐意当浪子去漂泊，只要有地方可去漂泊。

女人可忍受不住空虚与失落感，可男人却可以为有这感觉开心。男人可以在纯粹的否定中寻到真正的自豪与满足：“我的感觉空空荡荡，除了我自个儿，对世上别的人别的事我半点儿也不关心。我确实关心自己，不管别人如何，反正我要生存下去。我要有所作为，至于怎么成功，我毫不在意。这是因为，即使我虚弱，我也比别人聪明，比别人狡诈。我必须设法保护自己并扎下根来，那样我才安全。我可以坐在我的玻璃塔中，对什么都无所感觉，也不受什么影响，但可以透过自我的玻璃墙释放我的力量和意志。”

这大概就是一个男人接受真正利己主义和空虚处境的条件。在这种处境中他仍感到些自豪，因为在真正感情的纯粹空虚之中他仍能成功地实现他的抱负和利己意愿。

我怀疑女人会有这样的感觉。最利己主义的女人总是被仇恨所缠绕，如果不是被爱所缠绕的话。但真正的利己主义男人则既不恨也不爱。他内心深处十分空荡。他只是在表面上有感知，他总在试图逃避它，在内心里，他毫无感知。毫无感知地沉溺于自我之中，自以为很安全。在他的城堡中、他的玻璃塔中，他很安全。

我甚至怀疑女人能懂得这种男人的内心境况。她们把这种空落错当成了深沉。她们认为，感知空荡的利己主义男人那种平淡的表象是一种力度。她们想象道：若利己主义男人抛弃防御手段，那无法穿透的玻璃塔里面就是一个真正的男人。于是她们疯狂地扑向这些防御屏障，要把它们撞碎，从而可以触到真正的男人。可她们压根儿不知道，根本就没有真正的男人，那些防御手段保护着的不过是一个空荡荡的利己主义，根本不是一个人。

不过，现在的年轻人开始怀疑了。年轻的女人们开始尊敬那些防御屏障，因为她们害怕最终触到利己主义者的空虚。她们宁可让其保持不被昭示的原状。空洞、虚无，它们令女人感到恐惧。她们无法成为真正的虚无主义者，可男人却可以。男人可以满足于全部感觉和关系的虚无，可以满足于否定的空虚，当没什么东西可以从窗口抛出时，就关上窗户。

女人需要自由，其结果却是空洞和虚无，这令最勇敢的心灵惧怕。于是女人去向女人寻找爱。可这爱长不了，无法保持，而空虚却坚定不移。

人类之爱已经消逝，留下一个巨大的鸿沟。宇宙意识在一个巨大的真空上崩溃。利己主义者坐在他空虚的胜利之上窃笑着。那女人怎么办呢？生命之屋已经空荡无物，她已经把感情的家具全部抛出窗外，她那永恒的生命之屋就像坟墓一样空荡了，那可爱悲凄的女人可怎么办呢？

（本文与《实质》和《唇齿相依论男女》是劳伦斯生前一次性投出的最后三篇散文随笔。他获知它们即将在美国发表的消息后就去世了，文章均在几个月后面世，成为劳伦斯的三篇散文绝笔。）

唇齿相依论男女

男人和女人相互需要。我们还是承认这一点为好。我们曾拼命否认这一点，对此厌烦、气恼，可归根结底还得认输，还得对此认可才是。咱们这些个人主义者，利己主义者，无论什么时候，都十分信仰自由。我们都想成为绝对完美的自我。在这种情况下，如果说我们其实还需要另外一个人，岂不是对自尊心的一个巨大打击？我们自由自在地在女人中进行挑选——同样女人也如此这般地挑选男人，这都不在话下。可是，一旦让我们承认那个讨厌、如鲠在喉的事实：上帝，离了我那任性的女人我就没法儿活！——这对我们那孤傲的心是多么大的污辱！

当我说“没有我那女人”时，绝不意味着法语中与“情妇”的性关系。我指的是我同这女人自身的关系。一个活生生的男人如果不与某个特定的女人有一种关系他就很难快活地存在，除非他让另外一个男人扮演女人的角色。女人也是如此。世上的女人若同某个男人没有亲昵之情几乎难以快活地存在，除非她让另一个女人扮演男人的角色。

就这样，三千年来，男男女女们一直在对抗这一事实。在佛教中尤其如此。如果一个男人的眼睛中有女人的影子，他就永远达不到那种尽善尽美的涅槃境界。“我孤独而至！”这是达到涅槃境界的男人骄傲的声明。“我孤独而至！”灵魂得到拯救的基督教徒亦这样说。这是自高自大的个人主义宗教，由此产生了我们有害的现代个人利己主义。神圣无比的婚姻终为死亡的判决而解散。在天上并没有给予和索取的婚姻。天堂上的人是绝对个性化的，除却与上帝之间的关系，相互间不再有什么关系可言。在天上，没有婚姻，没有爱，没有友谊，没有父母、兄弟姐妹，更没有什么表亲了。只有“我”，绝对孤独，单单同上帝有关。

我们说的天堂，其实是我们极想在人间获得的。天堂的环境正是我们眼下企盼、争取得到的。

如果我对某男或某女说：“你愿意摆脱一切人际关系吗——不要什么父母、兄弟姐妹、丈夫、情人、朋友和孩子？摆脱一切人际的纠缠，只剩下你纯粹的自己，单单与上苍发生联系。”答案是什么？请问，你将如何诚恳地回答我？

我期待着一个肯定的“愿意”。过去，有不少男人这样回答。而女人则回答“不”。可如今，我以为不少男人会犹豫再三，反之，几乎所有的女人都会毫不犹豫地回答：“愿意。”

现代的男人，达到了近乎涅槃的境界，没有任何人的关系了，他们甚至开始揣测：他们是什么物件，身在何方。请问，当你获得了巨大的自由，砍断一切纽带或“束缚”，变成了一个“纯粹的”个体时，你算个什么？你算个什么？

你可以想象你是个很了不起的人，因为压根儿没几个人能接近这种独立境界而又不会落入死一般的利己主义、自鸣得意和空虚之中。真正的危险是，你形单影只，与一切活生生的人断绝关系。危险的是你孑然一身，几近一无所有。无论是男是女，若只剩下其自然要素，那看看他们都还是些什么吧。极其渺小！把拿破仑单独困到一座孤岛上，且看他如何？全然一个乖戾的小傻瓜。把玛丽·斯图亚特关入龌龊的石头城堡监狱中，她就变成了一个狡诈的小东西。当然，拿破仑并不是一个乖戾的小傻瓜，即使被关在与世隔绝的圣·赫勒拿岛上后他变成了这样。可是苏格兰的玛丽女王独囚在福色棱格之类的地方后就变成一个狡诈的小人了。这种大肆的孤立隔绝把我们变得只剩下自身，这是世间最大的诡计。这就如同拔光孔雀的毛令其露出"真鸟"的面目。当你拔光了全部的毛以后，你得到的是什么呢？绝不是孔雀，而不过是一具秃鸟的肉体罢了。

对于我们和我们的个人主义来说，情况亦然。若让我们只成为我们原本的样子，我们会是何种情形？拿破仑成了一个乖戾的小傻瓜，苏格兰的玛丽女王变成了狡诈小人，圣·西蒙斯达立特斯[①]住在柱子上变成了自高自大的神经病，而我们这些了不起的人则成为自鸣得意的现代利己主义者，真是一文不值。如今的世上，尽是些个傻里傻气却又傲慢无礼的利己主义者，

① 公元五世纪时的一位苦修者，住在柱子上修行长达三十九年，直至去世。

他们断绝了一切美好的人际关系，依仗着自身的固步自封和虚张声势假充高高在上的姿态。可空虚早晚会露馅儿。这种空城计只能一时唱唱、偶然骗骗人罢了。

其实，如果你封闭孤立一个人，只剩下他纯粹和美好的个性，等于没有这个人一样，因为只剩下了他的一星半点。把拿破仑孤困起来，他就一文不值了。把康德孤困起来，他那些伟大的思想就只能在他自己心中嘀嘀嗒嗒转悠——他如果不把他的思想写下来予以传播，这些思想就只能像一根无生命的表针。甚至就是如来佛他自己，如果把他孤困在一个空寂的地方，令其盘腿坐在菩提树下，没有人见到他，也没人听他讲什么涅槃，我看他就不会津津乐道于涅槃之说，他不过只是个怪物而已。一个绝对孤独的人，没有多大价值，那灵魂甚至都不值得去拯救，或者说不配存在。“我呢，如果我升天，我会把所有的人都引到我身边。”[①] 可如果压根儿就没有别人，你的表演就不过是一场惨剧。

所以我说，一切，每一个人都需要自身与他人的联系。“没有我，上帝就做不成事。”一位十八世纪的法兰西人说。他这话的意思是，如果世上没有人，那么，那个人的上帝就毫无意义了。这话真对。如果世上没有男人和女人，基督就没了其意义。同理，圣·赫勒拿岛上的拿破仑与他的军队和民族没有关系，他就没了意义，法兰西民族也就失去其一大半意义了。一股巨

① 参见《圣经·新约·约翰福音》12：32。

大的力量从拿破仑身上流出，而又有一股相应的力量从法国人民那里回流向拿破仑，他和他们的伟大就在于此，就在于这关系之中。只有当这种循环完成以后，这光环才会闪光。如果只是半个圈，它是不会闪光的。每一个光环都是一个完整的圈子。每个生命亦然，如果它要成为生命的话。

是在与他人它物的关系中，我们获得自己的个性，让我们承认这一重要事实，吞下这颗刺人的果子吧。如果不是因了与他人的关系，我们就只能是一些个体，是微不足道的。我们只有在与他人、其他生命和其他现象活生生的接触中才能行动，才能获得自身的存在。除去我们的人际关系和我们与活生生的地球和太阳的接触，我们就只能是一个个空气泡。我们的个性就毫无意义。一座孤岛上的孤云雀不会发出歌声，它毫无意义，它的个性也就如同一只草丛中的老鼠一样逃之夭夭。可是如果有一只母雀与它同在，它就会发出高入云霄的歌声，从而恢复自己真正的个性。

男人和女人均如此。他们真正的个性和鲜明的生命存在于与各自的关系中：在接触之中而不是脱离接触。可以说，这就是性了。这和照耀着草地的阳光一样，就是性。这是一种活生生的接触——给予与获得，是男人和女人之间伟大而微妙的关系。通过性关系，我们才成为真正的个人；没有它，没有这真正的接触，我们就不成其为实体。

当然，应该使这种接触保持活跃，而不是使之凝固。不能说与一个女人结了婚这接触就完结，这种做法太愚蠢，只能使人避免接触，扼杀接触。人们有许多扼杀真正接触的可能性的诡计：如把一个女人当成偶像崇拜（或相反，对她不屑一顾）；或让她成为一个“模范”家庭妇女、一个“模范”母亲或一个“模范”内助。这些做法只能使你远离她。一个女人绝不是这个“模范”那个“模范”，她甚至不是一个鲜明固定的个人。我们该摒弃这些一成不变的观念了。一个女人就是一束喷泉，泉水轻柔地喷洒着靠近她的一切。一个女人是空中一道震颤的波，它的振动不为人知也不为己知，寻找着另一道振波的回应。或者可以说她是一道不协调、刺耳而令人痛苦的振波，它一味震颤着，伤害着振幅之内的每一个人。男人也是这样。他生活，行动，有着自己的生命存在，他是一束生命震颤的喷泉，颤抖着向某个人奔流，这人能够接受他的流溢并报之以回流，于是有了一个完整的循环，从而就有了和平。否则他就会成为恼怒的源泉，不和谐，痛苦，会伤害他附近的每个人。

但是，只要我们是健康、乐观的人，我们就会不懈地寻求与他人结成真正的人际关系。当然，这种关系一定要发生得自然而然才好。我们绝不可勉为其难地寻求一种人际联系，那样只能毁灭它。毁灭它倒是不难。从好的方面说，我们至多能做的是关注它发生，不应强迫或横加干涉。

我们是照一种虚假的自我概念在做事。几个世纪以来，男人一直是征服者，是英雄，女人则只是他弓箭上的弦，只是他装备上的一部分。而后女人被允许有自己独立的灵魂，于是有了对自由和独立的呼唤。如今，这种自由和独立都有些过火了，走向了虚无，走向死亡的感情和荒芜的幻想。

所谓征服者英雄[①]已像兴登堡元帅[②]一样陈旧过时了。这个世界似乎试图再兴起此种花招来，但归根结底会证明这些人是愚蠢的。男人已不再是征服者，不再是英雄好汉。他也不是宇宙间敢于直面死亡的永恒世界中未知物的孤胆超灵。这种把戏也不再让人信服了。当然今日还有不少可怜的年轻人还坚持这么认为，尤其是在最近一次大战（指第一次世界大战）中大受其苦并沉溺其中自怜自艾的可怜的小伙子们。

可这两种骗术都玩儿完了——无论是征服一切的英雄还是故作沧桑状、一袭孤魂直面死亡的悲情英雄，全都玩儿完了。第二种骗术在今日更年轻的人中似乎更时兴，但这种自怜自艾更危险。这是一种僵死的骗术，没戏了。

今天的男人们要做的，就是承认，这些一成不变的观念归根结底是无益的。作为一个固定的客体，甚至作为一个个人，人，无论男女，都没什么了不起。所谓了不起的大写“吾者”[③]对人类来说不算什么，人类可以置之不理。一旦一个人，无论男女变成了了不起的大写“吾者”，他就一钱不值了。男人和女人，各自都是一个流动的生命。无论没有哪一方，我们都无法流淌，就如同没有岸的河不是河流一样。我生命之河的一条

---

① 据说“征服者英雄”这个词来自亨德尔的咏叹调《约书亚》。

② 第一次世界大战中德国陆军元帅。

③《圣经·旧约·出埃及记》中，上帝不肯道出自己的姓名，便让摩西指称上苍为“吾者”，英文为大写的I AM。

岸是女人，另一条岸是世界。没了这两条河岸，我的生命就会是一片沼泽。是我与女人及同胞的关系使我自身成为一条生命之河。

这种关系甚至赋予我以灵魂。一个从未与别人结成生命关系的人是不会真正拥有灵魂的。我们无法以为康德有灵魂。所谓灵魂是指我与我所爱、所恨或真正相知的人在生命的接触中形成并自我满足的一种东西。我自身具有通往我灵魂的线索。我必须获得我灵魂的完整性。我说的灵魂就是我的完整性。我们今日缺的正是自身的完整感，有了完整感人才会宁静。而今天我们，还有我们的青年们所缺的正是自我的完整感，他们深感自身支离破碎，因此他们无法获得宁静。所谓宁静并非凝滞，而是生命的奔流，像一条河那样。

我们缺少宁静，那是因为我们不完整的缘故。我们不完整，因为我们只了解生命关系的一星半点，其实我们或许会获得更多。我们生活在一个对剥离这种关系深信不疑的时代。人们要像剥葱头那样剥离生命关系，直至你变得纯而又纯或变成无比虚无。空虚。大多数人的境况正是如此：意识到了自身彻底的空虚。他们太渴望成为“自己”，反倒变得空空荡荡或者说差不多空空荡荡。

“差不多空空荡荡”绝非乐事。可生活本应是快乐的，应该是顶快乐的事。“过得好”并不是为了“远离自我”。真正的乐事是成为自己。人类有两大关系，可能就是男人与女人及男人和男人的关系。眼下，这两种关系我们都弄得很乱，很让人失望。

当然，男女关系是实际人生的中心点，其次才是男人与男人的关系，再远，才谈得上其他各种关系：如父母姐妹兄弟朋友等等。

前些日子有个年轻人很嘲弄地对我说："恐怕我无法相信性可以使英国复活。"我说："我肯定你无法有这等信念。"他其实是教训我，说他对性这样的脏东西和女人这样的寻常玩艺儿不屑一顾。他这人没什么生命力，是个空虚而又自私的年轻人。他只顾自己，就像个木乃伊一样萎缩成小小的自我，作茧自缚，一旦拆除包装他就碎了。

那么归根结底什么是性呢？它只是男女关系的象征吗？其实男女关系像所有生命关系一样意义很广泛。它存在于两种生命之间决然不同的生命流动中，不同，甚至是相反的生命流。贞洁，亦如肉欲一样，是这种生命流的一部分。除此之外，还有我们无法得知的无止境的微妙交流。我敢说，任何一对体面结了婚的人，他们之间的关系每隔几年就大有改观，时常他们对此竟毫无意识。每次变化都带来痛苦，即使它带来乐趣。漫长的婚姻生活就是永久变化的漫长过程，在这当中，男人和女人相互培育他们的灵魂和完整的自我。这就如同河水不断流动，流过一个个新的国家，这些国家都是未知数。

可我们却被有限的观念所掣肘，变得很愚蠢。有个爷们儿说："我再也不爱我老婆了，再也不想与她同床共枕。"我倒要问问他为何总想到与她同床共枕呢？他可知道，当他不想与她同房时是否还有别的微妙的生命交流在他俩之间进行，它可以使他们变得完整。还有她，她本可以不抱怨，不说一切都结束了，她非要跟他离婚、再投奔另一个男人不可，她为什么不能三思去倾听自己灵魂中新的旋律并在她男人身上寻找新的动向？每发生一次变化，就会有一新的生命和节奏应运而生；我们随着年龄的增长而更新我们的生命从而获得一种真正的宁静。那么，为什么我们非要人人像一张菜谱那样一成不变？

我们真该多一点理智。可我们却受制于几个固定的观念如性、金钱或人“应该”如何等等，从而我们失落了生命的整体。性这东西是变化的，一会儿生机勃勃，一会儿平和，一会儿恼怒，一会儿又会随风飘去，飘去。可普通人却经受不了这些变化。他们要的是粗暴的性欲，他们总要这样，一旦不这样，那就算了！全结束。离婚！离婚！

人们说我想让人类回到野蛮状态中去，这话真让我讨厌至极。好像一到了男女这事上，现代的城市人与最粗野的猴子有什么两样似的。我看到的是我们这些自诩文明的男女们相互在感情上和肉体上摧残，我所做的就是请他们三思。

在我看来，性意味着男女关系的全部。其实这种关系比我们所理解的要深刻得多。我们懂的不外乎这么几类毛皮——情人、妻子、母亲和恋人。在我们眼里女人就像一种偶像或一个提线木偶，总得扮演个什么角色：恋人、情人、妻子或母亲。我们真该破除这种一成不变的观念，从而认识到真正女人之难以捕捉的特质：女人是一条流淌着的生命之河，与男人的生命之河很是不同。每一条河都得循着自己的方向流动，并不冲破界限；男女之间的关系就是两条河并行，有时甚至会交汇，随后又会分流，自行其径。这种关系是一生的变化和一生的旅程。这就是性。在某些时候，性欲则全然离去，但整个关系仍旧向前发展，这就是活生生的性的流动，是男女间的关系，它持续终生。性欲只是这种关系的一种表现，但是生动的、极生动的表现。

实　质

绝大多数革命都是爆炸，而绝大多数爆炸所炸毁的东西都超过了原计划的规模。晚近的历史证明，十八世纪九十年代，法国人并不真想把君主政体和贵族体制彻底炸毁。可他们却这样做了，再怎么努力也不能将其真正重新拼接起来。俄国人也是如此：他们只想在墙上炸出一条通道来，可他们却把整座房屋都炸毁了。

所有为自由而进行的斗争，一旦成功，就会走得太远，继而成为一种暴政。比如拿破仑和某个苏维埃。比如妇女自由运动。或许现代最了不起的革命就数妇女解放了；或许两千多年来最了不起的斗争就是妇女独立或自由的斗争。这斗争很艰苦，但我觉得它胜利了。它甚至过头了，变成了女人的暴政——家庭里的女人和世界上的女性思想和理想的暴政。不管你怎么说，这世界为今日女性的情绪所动摇着。今日男人在生产上和家务事上取得了胜利，而不是像以前那样打仗、冒险、炫耀。现在这种胜利其实是女人的胜利。男人遵从女人的需要，表面上屈从于女人。

可他们内心又如何呢？毫无疑问，他们心里有斗争。女人不斗争就得不到自由，她仍然在斗争，斗得很苦，有时即便在没必要斗时她们也要斗。男人算完了，在女性精神动摇着当代人类时，很难指出哪个男人是不屈从女性精神的。当然，一切并不平和，总有斗争和冲突。

女人作为一个群体是在争自己的政治权利。可具体到个人，个别的女人是在与个别的男人作斗争——与父亲、兄弟、特别是与丈夫斗。在过去的年代里，除了某些阶段的反抗外，女人总是在扮演服从男人的角色。或许，男性和女性天生就需要这种服从关系。不过，这种服从一定得是出自无意识的信念，是发自本能的、无意识的服从。在某些时候，女人对男人所抱的这种盲目信心似乎削弱了，随后就崩溃了。这种情形总出现在一个伟大阶段的末尾和另一个伟大阶段伊始之时。似乎它总是以男人对女人的无限崇拜和对女王的美誉为开端。它似乎总是先带来短暂的荣耀，而继之而来的是长久的痛苦。男人以崇尚女人的方式屈膝，崇拜一过去，斗争重又开始。

这并不见得是一种两性斗争。两性并不是天生敌对的。敌对状况只出现在某些时候：当男性失去了无意识中对自身的信任而女性则先是无意识地而后又有意识地失去对他的信任。这不是生理意义上两性的斗争，绝不是。本来性是最能使两性融合的。只是当男人天性的生命自信心崩溃时，性才会成为一大攻击的武器和分裂工具。

男人一旦失去了对自己的信心，女人就会开始与他斗争。克莉奥帕特拉与安东尼之间真的斗起来了——安东尼其实是为这才自杀的。当然，他是先对自己失去了信心，继而用爱来支撑自己，这本身就是虚弱与失败的征兆。一旦女人与自己的男人斗来斗去，表面上她是在为自由而斗，其实连自由她都不想要。自由是男人的座右铭，它对女人来说无甚大意义。她与男人斗，要摆脱他，是因为这男人并不真正自信了。她斗争来斗争去，无法从斗争中摆脱出来。今天的女人确实比有史以来的女人少太多的自由——我指的是女性意义上的自由。这就是说她拥有太少的安宁——太少那种涓涓细淌的女性之可爱的娴静，太少那种幸福女子花一样可爱的泰然自若，太少那种难以言表的纯属无意识的生命欢乐——自打男女相悦以来，女人越来越缺少这些女性生命的气息。今日的女性，总是那么精神紧张，时刻警觉着，赤膊以待，不是为了爱，而是为了斗争。她衣服穿得少，帽子像头盔，头发剪得短，举止僵硬，一眼看上去就会发觉她像个斗士，而绝不会像别的。这不是她的错，这是她的厄运。只有当男人失去了自信、连自己的生命都不敢相信时，女人才变成这副样子。

几个世纪以来，男人和女人之间结成了千丝万缕的联系。在怀疑的时代，这些联系让人觉得成了束缚，必须予以松懈才行。这是在撕碎同情心，割裂无意识中的同情关系。这是男人和女人之间无意识的柔情和力量的交流中发生的一种巨大摩擦。男人和女人并不是两个互不相干、各自完整的实体。尽管人们反对这种说法，可我们非这样说不可。男人和女人甚至不是两个分离的人或两种分离的意识和思想。尽管人们对此种说法表示激烈反对，可事实确实如此。男人永远与女人相连，他们之间的联系或明或暗，是一种复杂的生命流，这生命流是永远也分析不清的东西。不仅仅在夫妻之间如此，在其他男女之间亦如此，如：在火车上与我面对面而坐的女人或卖给我香烟的女子，她们都向我淌出一条女性的生命之流，喷发出女性生命的浪花与气息，它们都浸入我的血与灵之中，这才造就了我。随后我也把男性生命的溪流送还给女人，安抚她们，满足她们，把她们造就成女人。这种交流最时常地存在于公共接触中。男女间这种普遍的生命交流并没有中止过。倒是在私生活中难得交流了。所以我们都倾向于公共生活，在公共生活中，男女仍旧颇为相敬如宾。

可在私生活中，斗争仍在继续进行着。这斗争在我们的曾祖母那里就开始了；到了祖母那一辈斗争变激烈了；而到了我们母亲那一辈，这斗争成了生活中的主要因素。女人们认为这是为正义而进行的斗争。她们认为她们与男人斗是为了让男人变好，也是为了孩子们生活得更好。我们现在知道这种伦理的借口不过仅仅是借口而已。我们现在明白了，我们的父辈被我们的母亲们斗败了，这并不是因为我们的母亲真知道什么是“好”，而是因为我们的父亲们失去了对生命之流和生命真实的本能掌控。所以，女人们才不惜任何代价与他们盲目地斗，直到失败。

我们从小就目睹了这样的斗争。我们相信这种道德上的借口，可我们长大成人了，成了男人，就轮到我们挨斗了。现在我们才知道压根儿就没有什么借口，无论是道德的还是不道德的，没有，只是感觉想斗。而我们的母亲们，尽管她们坚称信“善”，可她们却对那种千篇一律的善厌恶透了，至死都不信。

不，这斗争仅仅是为了斗争而已。这斗争是无情的。女人与男人斗并不是要得到他的爱，尽管她会千遍万遍地说是为了爱。她与男人斗，因为她本能地知道，男人是爱不起来的，他已经不再自信，不再相信自己的生命之流，因此他不会爱了，不会。他愈是反抗，愈是坚持，愈是向女人下跪崇拜女人，他就爱得愈少。被崇拜的甚至被捧上天的女人，她内心深处本能地懂得，她并未被人爱着，她其实是在受骗。可她却鼓励这种骗局，因为这极能满足她的虚荣心。可最终复仇女神来报复这不幸的一对儿。男女间的爱既不是崇拜也不是敬佩，而是某种更深刻的东西，不是炫耀，也不是张扬。我们甚至说它就像呼吸一样普普通通而又必不可少。说真的，男女间的爱就是一种呼吸。

没有哪个女人是靠奋斗获得爱情的，至少不是靠与男人斗争来得到爱。如果一个女人不放弃她与男人的斗争，就没有哪个男人会爱她。可是女人什么时候才会放弃这种斗争呢？而男人又何曾明明白白地屈服于她了呢（即便是屈服，也是半真半假）？没有，绝没有。一旦男人屈服于女人了，她会跟他斗得更起劲、更无情起来。她为什么不放过他？即使放过一个，她又会再抓住另一个男人，就是为了再斗。她就需要这样不屈不挠地跟男人斗。她为什么不能孤独地过日子？她不能。有时她会与别的女人合起来，几个人合伙进行斗争。有时她也不得不孤独地过上一阵子，因为不会有哪个男人找上门来跟她斗。可她早晚会需要与男人接触，这是不以她的意志为转移的。如果她是个阔妇人，她会雇个舞男，让他受尽屈辱。可斗争并没完。了不起的大英雄海克特[①]死了，可死了不能算完，还要把他的脚拴在战车上，把他的裸尸拖来拖去，拖得肮脏不堪。

这斗争何时会了？何时？现代生活似乎给不出答案来。或许要等到男人再次发现自己的力量和自信心的时候。或许要等到男人先死一次，然后在痛苦中再生，生出别样的精神、别样的勇气和别样的爱心或不爱之心。可是大多数男人是不会也不敢让那旧的、恐惧的自我死去的。他们只会绝望地依傍女人，像遭虐待的孩子一样冷酷无情地仇视女人。一旦这恨也死了，男人就到了自我主义的最后一步，再也没什么真正的感情，让他痛苦他都痛苦不起来了。

如今的年轻人正是这样。斗争已经多多少少偃旗息鼓了，因为男女双方都耗尽了力气，个个儿变得玩世不恭。年轻男子们知道他们可敬的母亲给予的“仁慈”和“母爱”其实又是一种利己主义，是她们自我的伸延，这爱其实是凌驾于另一动物之上的绝对权威。天啊，这些个女人啊，她们竟是暗自渴求凌驾自己子女之上的绝对权力——为了她们自己！她们难道不知

---

① 史诗《伊利亚特》中特洛亚的首领，被阿基里斯所杀，尸体被马车拖行绕特洛亚城三圈。

道孩子们是被欺骗了吗？从来没有这么想过！这一点你尽可以从现代小孩子的眼中看出来：“我妈妈的每一口气都是为欺压我呼出来的。别看我才六岁，我真敢反抗她。”这就是斗争，斗争。这斗争已堕落为仅仅是把一个意志强加给另一个动物的斗争——现在更多地表现为母亲强加给儿女。她失败了，败得很惨，可她还不肯罢休。

这种与男人的斗争几乎结束了。为什么？是因为男人获得了新的力量，旧的肉体死了并再生出新的力量和信心？不，绝不是的。男人躲到一边去了。他受尽了折磨，玩世不恭，什么都不相信，让自己的感情流出自身，只剩下一个男人的躯壳，变得可爱可人，成了最好的现代男人。这是因为，只要不伤害他的安全，就不会有什么能真的打动他。他只是感到不安全时才害怕。所以他要有个女人，让女人挡在他与危险的感觉与要求之间。

可他什么也感觉不到。这是一种巨大的虚幻解放，这种虚幻的理想境界和平静让人无法理解。它的确是一种理想境界与平静，可它虚无空洞。起初女人无法意识到这一点。她发疯、发狂了。你可以看到一个又一个女人，她们拼命地冲撞着那些达到了虚伪的平静、力量与权力的利己主义男人，撞得粉身碎骨。这号利己主义者身上全无自然冲动，不会像人一样去受苦了。他的全部生命都成了残品，只剩下了自我意志和一种暗藏的统治野心，要么统治世界，要么统治别人。看看那些想凌驾于别人之上的男男女女们，你就知道利己主义者是如何作为的了。不过那些现代利己主义者摆出的架势是十足的媚相、慈爱相和谦卑相，哼，谦卑得过头了！

当一个男人变成了这样一个成功的利己主义者——今日世界上已经有不少男人“成功”了，这是些个无比可爱并“有艺术气质”的人。与他们有关的女人可真要发疯了。可她无法从他那儿得到回应。斗争不得不戛然中断。她撞向一个男人，可那个男人并不存在，那儿只有他呆滞的图像，感觉全无。她真要气得发疯了。不少三十来岁的女人之所以行为乖谬，这就是解释吧——在斗争中她们突然失去了对方的反响，于是她们像濒临深渊一样疯了。她们非疯不可。

随后，她们要么粉身碎骨，要么以典型的女人方式醒悟，几乎是一夜之间她们整个的表现就变了，一夜之间。一切都结束了，斗争完结了。男人从此靠边站了，变得无足轻重了。当然，仇恨也减少了，变得更微妙了。于是，我们的女性在二十几岁就变聪明了。她不再跟男人斗了，她让他我行我素去，自己则有自己的主意。她可以生个孩子以统治之，但结果往往是她把孩子越推越远离自己。她可孤独了。如果说男人没什么真的感觉了，她也是感觉全无。不管她怎样感知自己的丈夫，除非她发神经，她才会称他是光明的天使、长翅膀的信使、最可爱的人儿或最漂亮的宝贝儿。她像洒科隆香水一样把这些个美称一股脑儿赠给他。而他则视其为理所当然，还会提议再开下一个玩笑。他们的生活就是这样“一场欢乐”，直到他们的神经全崩溃为止。一切都是假的：假的肤色，假的珠宝，假的高贵气，假的魅力，假的亲昵，假的激情，假的文化，连对布莱克、《圣路易桥》[①]、毕加索或最新的电影明星的爱也是假的。还有假的悲伤和欢乐，假的痛苦呻吟，假的狂喜，在这背后是残酷的现实：我们靠金钱活着，只靠金钱，这让我们的精神彻底崩溃，崩溃。

当然现代年轻人中还有极端的例子。他们已经超越了悲剧或严肃这些过时的东西。他们不知道自己的位置，对此他们也不在乎。但是，他们在男女斗争的路上走到了尽头。

这种斗争看来没什么价值，可我们仍旧把他们看成是斗士。或许这斗争有其好的一面。

这些年轻人什么都经历过了，变得比五世纪拉温那的罗马人还空虚、幻灭。现在，他们满怀恐惧和哀伤，开始寻求另一种信任感了。他们开始意识到，如果他们不小心，他们就会失去生活。误了这趟车！这样精明的年轻人，他们是那样会赶时机，竟会失去生活！用伦敦土话说，就是“误了这趟车”！他们正在无所事事时，大好的时光流逝了！这些年轻人才刚刚不安地意识到这一点，即：他们忙来忙去、精明算计的那种“生活”或许压根儿不是生活，他们失去了真东西。

那么什么才是真东西？这才是关键。世上有千万种活法，怎么活都是生活。可是，生活中的真谛是何物？什么东西能让你觉得生活没毛病，觉得生活真正美好？

这是个大问题。答案则古已有之。但是，每一代人都应该

---

① 美国著名作家桑顿·怀尔德（1897—1975）的成名小说。

以自己的方式选择答案。对我来说，能让我感觉生活美好的东西是这样一种感觉，那就是，即使我身患病症，我还是活生生的，我的灵魂活着，仍然同宇宙间生动的生命息息相关。我的生命是从宇宙深处获得力量的，从群星之间，从巨大的“世界”中。我的力量就是从这巨大的世界中来，我的信心亦然。你尽可以称之为“上帝”，不过这样说是对“上帝”这个词的不恭。可以这样说，的确有一种永恒的生命之火永久地环绕着宇宙，只要我们能触到它，我们即可更新自己的生命。

只是当男人失去与这永恒的生命之火的联系，变成纯粹的个人，他们不再燃烧了，男人和女人之间的斗争才开始。这是无法避免的，它就像夜幕要降临，天要下雨一样。一个女人，她愈是因循守旧，中规中矩，她就愈是有害。一旦她感到失去了控制和支柱，她的感情就变得有害，这是不以她的意志为转移的。

看来，男人要做的唯一一件事就是转过头来，回归生命，回归那在宇宙间隐秘流动着的生命，它会永远流淌，支撑所有的生命，更新所有的生命。这绝不是犯罪与道德、善与恶的问题。这是一个更新、被更新、变得生机勃勃的问题。今日的男人被耗尽了生命，生命变得陈腐。怎样才能更新、再生、焕发新的生命？这是每一个男人和女人都必须自省的问题。

回答这个问题将很不容易。什么这腺那腺，什么分泌，什么生食，什么药品都不解决问题。什么启示录或布道也不解决问题。这不是个认识的问题，而是个行动的问题；这是个怎样再次触到宇宙之生命中心的问题。那，我们该怎样做呢？

恐惧状态

英国人这是怎么了？他们什么都怕，瞧他们那样子，就像某人脚跺地板时惊恐万状的一群老鼠。他们怕金钱，怕金融，怕轮船，怕战争，怕工作，怕工党，怕布尔什维克。最好笑的是，他们惧怕印刷的文字，怕到发呆的程度。对一个一贯英勇无畏的民族来说，这是一种奇怪而屈辱的心态。对这个国家来说，这是一种十分危险的心态。当一个民族陷入一种恐惧状态中时，那只能请上帝帮忙了。大众的恐惧早晚会导致大众的惶恐，那就只能重复说：上帝助我。

当然，这恐惧是有某种借口的。我们面临着一个变革的时代，我们必须改变。我们正在变，非变不可，无法不变，正像秋叶无法不黄、无法不稀疏，正像春天里植物的球茎那小小的绿尖尖不可阻挡地钻出地面一样。我们在变，在变化的痛苦之中，这变化将是巨大的，凭本能我们感到了这变化；凭直觉，我们知道它。可我们怕了，因为变化是令人痛苦的。还因为，在严峻的过渡期，什么东西都不确定，活生生的东西最易受伤害。

那又如何？尽管痛苦、危险、变幻无常，但没有理由陷入恐惧之中。仔细想想，每个孩子都是一颗生就的变化之种子，对其母来说都是一种危险——出生时承受巨大的痛苦，出生后又承担起新的责任，那是一种新的变化。若是我们惧怕它，那干脆别养育孩子算了。若是惧怕，最好一个孩子不生。可究竟为什么要怕呢?

为什么不像男人和女人那样看待问题？一个要分娩的女人会对自己说：是的，我不舒服，有时感到很可怜，等待我的是痛苦和危险。可是我很可能熬过来，特别是，如果我聪明的话，我可以给世界带来一个新生命。我总觉得挺有希望，甚至幸福。所以，我必须甘苦俱尝。世上哪有不疼就能生孩子的?

男人应该用同样的姿态对待新的情况、新的观念和新的情绪。遗憾的是，当代大多数男人并不如此。他们陷入了恐惧。我们都知道，前头是巨大的社会变革和巨大的社会调整。有些人敢于直面之并试图弄明白何为最佳。可我们没人知道何为最佳。绝无现成的答案，现成的答案几乎是最危险的东西。一种变化是一股缓流，一点一滴地发生。但它非发生不可。你无法像控制蒸汽机一样控制它。可你总可以对它保持警觉，智慧地对待之，盯准下一步，注意主流的方向。耐心、警觉、智慧、良好的人类意愿和无畏精神，这是变化的时代里你必须具备的，绝不是恐惧。

现在英国正处在巨大的变革边缘上，这是急剧的变革。在今后五十年中，我们社会生活的整个框架都会发生变化，会产生巨大的变更。我们祖父辈的旧世界会融雪般地消失，很可能酿成一场洪水。五十年后我们子孙的世界将是个什么样，我们不知道。但它的社会形式肯定与我们现在的世界大不相同。我们必须改变。我们有力量进行变革，我们有能力明智地适应新的条件，我们做好了准备，接受和满足新的需求，表达新的欲望和新的感情。我们的希望和健康都寄托在这一切之上。勇气，是个了不起的词。恐惧只是灾难的咒语。

巨大的变革正在来临，注定要到来。整个金钱的秩序会变的，变成什么样我不知道。整个工业制度都要变，工作与薪水会与现在不同。财产的占有方式会有所不同。阶级会是另一种样子，人与人的关系会变，或许会变得简单。如果我们有智慧、机智、不屈，那么生活会变得更好、更慷慨、更自然、更有活力、更少点低劣的物质主义味道。可是，如果我们恐惧、无能、困惑，事情就会比现在更糟。这取决于我们，我们男人应该有男人气才行。只要男人敢于并愿意改变，就不会发生什么可怕的事。可一旦男人陷于恐惧并不可避免地欺压别人，那只会有坏事发生了。坚定是一回事，欺压是另一回事。无论以什么方式进行欺压，结果只能是灾难。而当大众陷入恐惧，就会有大规模的欺弱现象，那就离灾难不远了。

整个社会制度的变化是不可避免的，这不仅仅因为境况在变（尽管部分地归于这个原因），而是因为人们在变。我们在变，你和我，我们随着岁月的前进在发生着重大变化。我们有了新的感受，旧的价值在贬值，新的价值在产生。那些我们曾经万分渴求过的东西，现在我们发现根本不把它放在心上了。

我们的生命曾经赖以生存的基础正在坍塌、消失，这过程真叫人痛苦。但这绝非悲剧。在水中欢欢喜喜摇尾巴的蝌蚪，一旦开始失去尾巴并开始长出小腿儿来，它会十分难受。那尾巴曾经是它最宝贵、最欢快、最有活力的部分，它全部的小命儿都在这尾巴上。可现在这尾巴必须离它而去，这对蝌蚪来说很有点残酷，可代之而生的是草丛中的小青蛙，它是一件新的珍宝。

身为小说家，我感到，个人内在的变化才是我所真正关心的事。巨大的社会变革叫我感兴趣也叫我困惑，可那不是我的领地。我知道一种变革正在来临，我也知道我们必须有一个更为宽容大度、更为符合人性的制度，但它不是建立在金钱价值上而是建立在生命价值上。我只知道这一点。可我不知道采取什么措施。别人比我懂这个。

我要做的是了解一个人内在的感情并揭示新的感情。真正折磨文明人的是，他们有着充分的感情，可他们却对此一无所知。他们无法发现它，无法满足它，更无法亲身感知。他们因此而备受折磨。这正如同你有力气却使不上一样，它只能毁灭你。感情就是一种巨大的能量。

我相信今天的大多数人都有善良和慷慨的感情，可他们永远也弄不清、永远也体验不了这些感情，因为他们恐惧，他们受着压抑。我就不信，如果人们从法律的约束下解放出来后，他们会成为恶棍、偷儿、杀人犯和性犯罪者。正相反，大多数人会更慷慨、善良、体面，只要他们想这样。我相信，人们想比我们这个金钱和掠夺的社会制度所允许的更体面、更善良。

我们全被迫卷入了金钱的竞争，这种竞争伤害了我们善良的天性，其伤害程度超出了我们的忍耐能力。我相信对大多数人来说这是真情。

对我们的性之感觉来说亦是如此，而且只能更糟。我们从一开始就全错了。在意识层面上说，人就没有性这东西。我们尽可能不谈它，不提及它，只要可能，连想都不想它。它招人心乱，总让人觉得有那么点不对头。

性之麻烦在于，我们不敢自自然然谈论它，自自然然地想它。我们并非偷偷摸摸的性恶棍，偷偷摸摸的性堕落分子。我们只是些有着活生生的性之人。若不是因为这说不清、道不明的对性之灾难性的恐惧，我们本来什么毛病也没有。我还记得我十八岁那年，清早醒来时，总为头天夜里产生的性想法和性欲感到羞耻和恼火。羞耻、恼火、恐惧，生怕别人会知道。我实在恨那个昨夜里的自己。

大多数男孩子都这样，当然这是不对的。那个有着兴奋的性思想和感觉的孩子就是活生生、热情而激情的我。那个清早醒来就满怀恐惧、羞耻和恼怒回忆起昨夜感觉的孩子正是社会的和精神的我——有点古板，当然是一脑子的害怕。这两者是分裂敌对的。一个男孩子自我分裂，一个女孩子自我分裂，一个民族也自我分裂，这是一种灾难性的境况。

很久以后我才能够对自己说：我再也不会为自己的性想法和欲望感到羞耻了，那正是我自己，是我生命的一部分。我会像在精神上和理性上接受我自己那样在性方面也接受我自己。

我知道我此时是这样，彼时是那样，可我永远是我自己。我的性即是我，正如我的头脑是我一样，没有谁能让我为此感到羞耻。

我下这样的决心已有好久了。可我仍记得下了这决心后我感到多么地自由，我对别人热心多了，更有同情心了，我再也用不着向他们隐瞒什么，再也用不着为什么而恐惧了。用不着怕他们发现什么了。我的性即是我，正如同我的头脑和我的精神是我。别个男人的性即是他，正如同他的头脑和精神是他一样。女人也是一样。一旦承认了这一点，人就更富有同情心，其同情就流露得更真切。承认这一点，无论对男人还是女人来说都是那么不容易——自然地默认它从而让同情的热血自然流动，没有任何压抑和抑制。

我还记得我年轻的时候，和一个女人在一起时，一想到她的性，我就十分恼怒。我只想知道她的性格、她的思想和精神。性应该全然排除在外，对女人自然的同情不得不排除、斩断一部分，这样的关系总算有点残缺不全。

现在，面对社会的敌视，我仍然比以前懂得多了。我现在知道，女人也是她自己性的自我，我可以感受到对她所怀有的正常的性之同情。这种默默的同情与欲望和什么狂热惊艳截然不同。如果我能真正同情性的女人，那同情只是一种热心和怜悯，是世上最自然的生命之流。她可以是位七十五岁的老妪，也可以是个两岁的小囡，对我来说都一样。可是，我们这染上恐怖、压抑和霸道病的文明几乎毁掉了男人与男人以及男人与女人之间同情心的自然流露。

而这正是我要还给生活的——正是这种男人与男人及男人与女人之间温暖的同情心之自然流露。当然了，有不少人仇视这个。不少男人仇视它，因为人们不拿他们当成单单是社会和精神的人，还是性的和肉体的人。不少女人也因此仇恨它。还有些人更糟，干脆陷入了极端恐惧中。有些报纸把我说成是“耸人听闻的”、“满脑子脏货的家伙”。有位女士，很明显既有钱又有教养，唐突地写信给我说：“你是类人猿到人之间的过渡动物与黑猩猩的杂种。”她还告诉我说，男人们对我的名字嗤之以鼻。她是个女士，倒该说女人们嗤之以鼻才对。这些人认为自己教养良好，绝对“正确”。他们抱着习俗不放，认为我们是无性动物，只是社会的人，冷漠、霸道、蛮横，缩在习俗中苟安。

我是最不耸人听闻的凡夫俗子，才不怕被人比作黑猩猩呢。若说我不喜欢什么，那就是性贱卖和性乱交。若说我要坚持什么，那就是性是件脆弱、易损但重要的东西，万万不可拿它当儿戏。若说我为什么哀叹，那就是没心没肺的性。性，一定要是一股同情的水流，慷慨而温暖的同情水流，不是花招儿，不是一时的激动，也不是欺凌。

如果我要写一本男女之间性关系的书，那并不是因为我想要所有的男人和女人没完没了地乱找情人、干风流韵事，这种乱作一团的风流韵事和卖淫不过是恐惧的一部分，是虚张声势，是做作。这种类行为正如压抑一样令人厌恶、有害，不过是一种暗自恐惧的标志。

你要做的是摆脱这种恐惧，性恐惧。为此，你必须变得十分大方，你还得在思想上全然接受性。在思想上接受性并恢复正常的肉体意识，让肉体意识回到你和别人之间来。这其实就是默认每个男人、女人、儿童和动物的性存在。除非那男人或女人是个暴徒，请满怀同情地意识到他们这一点吧。这种微妙的肉体意识现在来说是顶顶重要的东西了。在人们面临脆弱、僵硬、几近死亡的危险时刻，这种肉体意识能教我们温柔、生机勃勃。

承认你自己性的和肉体的存在吧，也承认别的生物性和肉体的存在。别惧怕它，别惧怕肉体的功能。别惧怕所谓的淫词秽语，那些字词本身没有什么错。令其成为坏东西的是你的恐惧，无尽的恐惧。你的恐惧从肉体上斩断了你与最近最亲的人的关系，当男人和女人在肉体上的联系被一刀两断后，他们会变得霸道、残酷、十分危险。战胜性的恐怖，让自然的水流回归吧。甚至重新起用所谓的淫词，那本是自然水流的一部分。如果你不这样，不把一点点古老的温暖还与生命，那么前头等待你的将是野蛮和灾难。

（劳伦斯的小说《查泰莱夫人的情人》1928 年在意大利出版后寄回英国时，遭到检查并被没收，诗集《三色紫罗兰》打印稿也在邮寄过程中遭官方扣留。于是 1929 年劳伦斯写了这篇文章表达抗争。但该文没有发表，作者死后收入《杂文集》出版。）

妇道模式

女人真正叫人头疼的一点是，她们非要使自己适应男人的女人观不可，她们一直这样。当一个女人全然是她自己时，那正是男人想要她成为的那种女人。她发疯，是因为她不大知道该成为什么样的人，追随一种什么样的模式，要符合男人对她怎样的想象。

当然了，既然世上有各式各样的男人，那就会有各种各样的男人之女人观。可男人要的是类型而非个别人。正是类型而非个性，才产生了他们的女性观或“理想”的女性。那些十足贪婪的罗马绅士就创造了一种女管家的理论或理想，这正符合罗马人的财产欲。“恺撒的妻子应该是无可置疑的。”[①] 于是他妻子就一直不容置疑下去，不管恺撒本人如何值得怀疑。后来，像尼禄[②] 这样的绅士创造出一种“放荡”的女人观，于是后来的淑女们在人们眼里都显得很放荡。但丁带来了一个贞洁无瑕的比阿特丽丝[③]，从此贞洁无瑕的比阿特丽丝们大摇大摆地

---

① 恺撒与妻子离婚，其理由是：“因为我要让妻子的贞洁不容置疑。”

② 尼禄（Nero，37—68），古罗马暴君。

③ 比阿特丽丝（Beatrice），见但丁《神曲》。

招摇过市达几个世纪。文艺复兴发现了有学问的才女，于是才女们便嘁嘁喳喳地混入诗歌散文中了。狄更斯发明了少女型的妻子，从此这号妻子就泛滥起来。他也弄出个他自己的贞洁的比阿特丽丝，这就是贞洁并可与之结为秦晋之好的阿格妮斯[①]。乔治·艾略特模仿这一模式并使之确立下来。高贵的女人、纯洁的配偶和爱心拳拳的母亲占据了女人这一领域，被写得无以复加了。我们可怜的母亲那辈人就是这样的女人。我们这辈男人因为有点怕我们高贵的母亲，就转而去娶那种少女型老婆了。我们这样做并算不上什么大发明，唯一新鲜点儿的是这种少女型老婆要有点男孩子样才好，因为年轻男子绝对是惧怕真正的女性的。真正的女性是一群太危险的人，她们像大卫的朵拉一样邋遢。算了，还是让她有点儿男孩子气吧，那样保险点。

当然了，还有别的类型的女人。有本事的男人会造就有本事的女人模式。医生造就了能力强的护士，商人造就了能干的女秘书。依此类推，就有了不同模式的女人。如果你乐意，你可以教女人生出男人才有的荣誉感来。

男人心中还有一种永恒的女人模式——妓女。不少女人正符合那个标准，因为男人想要她们那样。

就这样，可怜的女人让命运给毁了。这并非因为她缺少头脑，她本是有头脑的。男人有的她都有。唯一的不同之处是，

---

① 阿格妮斯（Agnes Wickfield），忠诚而谦卑，在大卫·科波菲尔那位漂亮但蠢笨的妻子朵拉死后，成为其继任妻子。见狄更斯小说《大卫·科波菲尔》。

她要求一个模式。给我个样子让我学吧！女人总这么叫喊。除非她在很年少的时候就选好了自己的模式，她才能宣称她是她自己，任何男人对女人的看法都影响不了她。

真正的悲剧不在于女人要求或必须要求得到一个女性的模式。这不是悲剧的根本。悲剧的甚至不是男人给予她们那么多可怕的模式：少女型妻子，男童脸型的姑娘，完美的女秘书，高尚的配偶，自我牺牲型的母亲，处女般生儿育女的圣洁母亲，低三下四取悦于男人的妓女。这些可怕的模式都是男人加给女人的，这些模式没一个代表真正完整的人。男人乐意把女人等同于什么，如穿裙子的男人，天使，魔鬼，孩儿脸，机器，工具，胸脯，子宫，一双腿，一个佣人，一部百科全书，一种样板，或某种淫秽的东西，独独不把她看成是一个人，一个女性的人。

另一方面，女人当然喜欢使自己符合一些奇怪的模式，怪诞的模式，越不可思议越好。还有什么比现在这种模式更神妙的？女孩子个个儿剪了短发，肤色如花似玉但透着假气，纯属怪模怪样。女人就喜欢这个样子，还有什么比这种男童脸的模式更可怕的？可女孩子们就是贪求这个样。

即便如此，这还不是悲剧的真正根源。像但丁——比阿特丽丝这种荒诞不经、毫无人味的模式，也算不上最悲剧（但丁的模式规定，比阿特丽丝一辈子都得保持贞洁，而他却在家中藏娇生子)。最悲惨的是，一旦女人照男人的模式做了，男人就会因此而厌恶她。男孩子们就极讨厌那种像伊顿公学里男童的女孩子，可这种模式的的确确是男人们制造出来的。不错，女孩子以这副模样出现了，可“制造”了她们的年轻男人却私下里厌恶这种模样，甚至对此感到恐怖。

一到结婚，这模式就全然土崩瓦解了。若一男子娶了个伊顿男童式的女子，他会立即恨之入骨。随之他会疯狂地想念别的类型的女人，如高贵的阿格妮斯们，贞洁的比阿特丽丝们，小鸟依人的朵拉们和快活的妓女们。他心无定准，不管可怜的女人变成哪种模式了，他都会马上想到另一种。这就是现代婚姻的境况。

现代女人并不是真傻。可男人是真傻无疑。这似乎是唯一明白的说法了。现代男人已够傻的了，而现代年轻男人则是大傻瓜。他比任何时候都更把握不住女人。因为他绝不知道他想让她变成什么样。我们会看到女人的模式走马灯似的变幻无穷，因为年轻的男人根本不知道他们想要什么样的。两年后女人可能会穿上有衬架的裙子，或像中非裸体女人那样给私处盖上珠子帘。没准儿她们会穿上铜甲或像保镖一样穿制服。她们不定变成什么样呢，全因为男人失了理智，根本不知道他们想要什么。

女人并不笨，可她们非得比照着什么模式活着不可。她们知道男人是傻瓜，也并非尊重男人给定的模式，可她们离了模式就无法存在。

女人并不笨。她们有自己的逻辑，尽管与男人的不尽相同。女人有的是感情的逻辑，而男人有的则是理性的逻辑。这两者是相反的，但也相互补充。女人的感情逻辑绝不比男人的理性逻辑更少真实性，它只是与后者运作起来不同。

女人从未真正失去这逻辑。她可以花许多年时间去做得符合男人的模式。但神奇而可怕的感情逻辑却会因为得不到满足而最终粉碎这种模式。这可以部分地说明女人为何会有惊人的变化。她们许多年中可以是贞洁的比阿特丽丝或少女型妻子。可突然，这贞洁的比阿特丽丝会变成一头咆哮的母狮！因为，这模式并不能在感情上满足她。

男人才是蠢货。他们的根是理性逻辑，可他们在行为上，特别是在对待女人的行为上，却表现得还不如缺少理性的女人。他们花上许多年“培养”小男童脸的女孩模式，直到教这模式完美。可一到结了婚，他们就开始想另外一种类型的女人。年轻的女人们，你们可要警惕那些追你们的年轻男人哟！一旦他们得了手，他们就会幻想与你截然不同的女人。他们一旦娶了小男童脸的女人，他们就会马上想要高贵的阿格妮斯，她纯洁而庄重，或有着宽大胸怀的母亲，或完美的女商人，或躺在黑绸子上俗艳的妓女。最傻的是，他们会想念这些类型的混合体。这就是理性逻辑！一到女人问题上，现代男人就犯傻。他们不知道他们想要什么，所以他们永远也不要他们已经得到的。他们想要一份奶油蛋糕，同时又想让它成为火腿、煎蛋和粥。他们是一群傻子。但愿女人不要命中注定去逢迎他们！

可生活事实是，女人非逢迎男人们定好的模式不可。只有当男人给女人一个满意的模式供她去逢迎时，女人才能把自己最宝贵的东西给予男人。可如今，能提供给女人的只是些呆傻、陈旧的模式供她去逢迎，在这种情况下，女人除了奉献其感情糟糕的一面外还能奉献什么？对一个只想要男童脸女子的男人来说，女人还能给他别的吗？除了给他一个口淌涎水的痴呆模样还能怎么样？女人并不蠢，也不会一次上当受骗得太久，因此让她用自己的利爪给男人挠上几下让他去哭爹喊娘吧！一爪下去就会马上让他换个模式。

男人是蠢人。如果他们想从女人那里得到什么，就该给她们一个有关妇道的体面而满意的观念，而不是玩点儿过了时的呆傻模式。

（这篇是英国《每日快报》的约稿，报社约请劳伦斯发表关于女人的观点。1929年，文章首先在美国《名利场》5月号发表，后在6月19日《每日快报》发表。）

女人会改变吗?

人们在谈论未来要发生的事——试管婴儿，所有爱的胡言乱语全没了，女人与男人别无二致。可我觉得那是胡说八道。我们特别喜欢把自己想象成地球上十分新奇的东西，其实我觉得这是在自我夸耀而已。汽车和飞机什么的是新奇的东西，可里面的人不过还是人，没什么太大长进，比起那些坐轿子坐马车的人或摩西时代靠双脚从埃及走到约旦的人没长进多少。人类似乎有一种保持原样的巨大能力，这就是人。

当然，做人有多种方式，但我想任何一种方式在今天都很时兴。今天，就像数不清的昨天一样，有小克莉奥帕特拉①、小泽诺比娅②、小萨米拉米斯③、小朱迪斯④、小路得⑤，甚至小夏娃妈妈。时势使她们成了小克莉奥帕特拉和小萨米拉米斯，而不是“大”的，那是因为我们的时代只重数量不顾质量的缘

---

① 克莉奥帕特拉（Cleopatra，68—30B.C.），古埃及艳丽女王。

② 泽诺比娅（Zenobia，267—272），古叙利亚女王。

③ 萨米拉米斯（Semiramise），神话中亚述女王，以美貌、智慧和淫荡著名。

④ 朱迪斯（Judith），《圣经》中一救民女英雄。

⑤ 路得（Ruth），《圣经·旧约》中一女子，大卫王的先祖。

故。但是复杂的民族总归是复杂的民族，无论是埃及还是阿特兰蒂斯[①]。复杂的民族是十分相似的。不同的是，“现代”人与非现代人，复杂的与不复杂的人比例不同。如今有不少复杂的人，他们与其他文明条件下复杂的人并无多大区别，毕竟人还是人。

而女人也只是这种人类现象的一部分罢了，她们并非另类。她们并不像罗甘莓[②]或人造丝那样是地球上的新东西。女人尽管像男人一样复杂，可她们也还是女人，也只是女人，不管她们认为自己是什么。人们说现代女人是一种新型的人，是吗？我想，我相信，过去有不少与现在一样的女人，假如你同她们结婚，你会发现她们与你现在的老婆没什么两样。女人就是女人，她们只是所处的阶段不同。在两三千年前的罗马、叙拉古[③]、雅典和底比斯[④]有着与今日女人一样卷了发、化了妆、喷了香水的小姐、太太，她们就像今天的小姐太太一样激起男人的感情。

我在德国报纸上读到一则笑话——一现代男性和一现代女性夜晚在旅馆的阳台上凭栏眺望大海。男人说：“你看星星正向黑色咆哮的大海坠落！”她说：“住嘴！我的房间号是三十二！”

---

① 阿特兰蒂斯（Atlandis），大西洋中的一神秘岛屿。

② 这种果实由美国园艺师罗甘（1841—1928）培育出，故用他的名字命名之。

③ 叙拉古（Syracuse），公元前734年迦太基人在西西里岛上建的一座古城。

④ 底比斯（Thebes），希腊时期一古城。

那似乎就是最现代的女性了，很现代。但我相信，卡普里岛上在台比留斯皇帝统治下的女人也会冲她们的罗马和卡奔尼亚情人如此这般地说“住嘴”的。亚历山大和克莉奥帕特拉时期的女人也一样。随历史的车轮转动，女人会变得“现代”，然后又会不现代。后罗马帝国时期的女人绝对“现代”，托勒密时代的埃及女人也一样，都是能喊“住嘴”的女人，只是旅馆变了样子罢了。

现代性或现代绝非我们刚刚发明的什么东西，它是每个文明末日时的东西。正像树叶在秋天泛黄，每个文明末日时的女人（罗马、希腊和埃及等）都曾现代过。她们精明而漂亮，她们会说“住嘴”，可以随心所欲。

那么，“现代”能走多远？女人又能有多现代？你花钱让她得到满足；如果你不给她钱，她就自己拿钱去花。一个女人的现代性就在于她说让你住嘴你就住嘴，别说什么星星大海的废话，我的房号是三十二！说真格儿的吧！

说到这要紧的一点，它是一个极小的小点，小得可怜，不过像个句号一样。所以现代女子一次又一次粗暴地抓住这要紧的一点，发现她的生活是一连串的小句号，然后是一线串着的小点。住嘴吧，小子！……当她为 1.000 这个数字打点时，她会对点感到厌烦，这个点太简单、太明显了，甚至没有什么要领。一串串的点之后就是空白，绝对空白。没有什么可删除的了。什么念想都没了！

于是彻头彻尾的现代女子会呻吟：哦，小伙子，再往空白里加上点什么吧！可那彻头彻尾现代的小伙子早就把一切都摒弃了，无法弥补，只能说：宝贝，我一无所有，只有爱[①]！于是彻底现代了的女子会喜滋滋地接受它。她知道这不过是感伤的过去的回音。可是当你把一切都清除干净让一切都无法成长时，你甚至会对感伤的过去的回声感恩戴德。

于是这把戏又开始了。当清除了一切，触到实际生活的琐碎细节时，你会发现这些细节是你最不喜欢面对的。哦，小伙子，能采取点什么措施？小伙子没了什么灵感，只能围着这些细节打转，直到自己成了维多利亚时代时髦家具上的钉子。于是他们就成了两个十分现代的人。

不，女人不会改变。她们只是走过一个个常规的阶段，先是奴隶，再是贤妻，再是尊敬的伴侣、高贵的主妇、杰出的女人和公民、独立的女性、最后是现代女性，会喊“住嘴吧，小子！”小伙子住了嘴，可上帝的磨还在转[②]。没什么可磨时，就磨那些“住嘴”女性，可能是让她们回转到奴隶阶段，让这循环再重新开始，循环往复，千百年后，再变成“现代”女性。住嘴吧，小子！

一支铅笔有一个头（point），一个论题有一个论点（point），评语应该是切中肯綮（pointed），一个想向你借五镑钱的人只有到紧要关头（come to the point）才来借。很多事都有一个要点

① 这是当时一首流行歌曲的歌名。

② 见亨利·朗费罗（1807—1892）的《报应》：“上帝之磨转得慢，但磨得细。”（译自17世纪德国讽刺诗人罗高的《警句》）

(point)，特别是武器都有尖（point)。可生活的关键（point）是什么？什么才是爱的真谛（point）？说到关键点，一束紫罗兰的真谛何在？没有什么真谛（point)。生活和爱就是生活和爱，一束紫罗兰就是一束紫罗兰，硬要问个究竟（point）只能把一切都毁了。自己活也让别人活，自己爱也让别人爱，花开花败，都随其自然而去，哪有什么要领（point）可言。

女人曾比男人更懂这个。男人由于酷爱武器（武器都有一个尖［point］)，坚持让生活和爱有个意义（point)。可女人就不这么认为。她们曾经明白生活是一条流水，曲缓流折，同流、分流、再同流——在悠长微妙的流动中绝无句号，没什么意义，尽管有流得不欢畅的地方。女人惯于把自己看成是一条缓缓流动的小溪，充满着吸引、欲望和美，是能量和宁静的舒缓流水。可这观念突然就变了。她们现在把自己看成孤立的东西，看成是独立的女性，是工具——爱的工具、劳动的工具、政治的工具、享乐的工具，这工具那工具。作为工具，她们也变得有目标了（pointed)，她们由此要求一切，甚至儿童和爱都有个意义。当女人开始得到意义时，她们就不再犹豫。她们摘一朵雏菊，也会说：这雏菊一定有个意义，我要得到它。于是就开始剥掉它的花瓣，剥得一干二净，再拔掉黄黄的花蕊，剩下的只是一点点绿底盘，仍然找不到其意义，随后厌恶地撕掉那绿色的花底盘，说：我称它蠢花，竟没个意义！

生活绝非是个意义的问题，而是个流淌的问题。关键在于流淌。如果你想想，你会发现，雏菊也像一条流动的小河，一刻也不会停止流动。从叶丛中拱出第一个小小的花蕾，花梗渐渐长起，花蕾渐渐饱胀，白白的花瓣露出尖角，怒放出快乐的白花和金黄花，几经早晨和晚间的开闭，它都稳稳地停在花梗顶端，随后花儿就默默地萎缩，神秘地消失了。这个过程中没有停留和犹疑，它是一个永恒欢乐生命流动的过程，小小的生命灿烂至极后悄然平淡，就像一口小泉眼，不住地喷涌，最终喷入某个隐秘的地方，即便如此它也没有停止。

生命亦如此，爱尤其如此。没什么真谛。你没有什么可剔除的，除非虚假——那既非爱也非生活。但爱本身是一种流溢，是两股感情之流，一股来自女人，另一股来自男人，永不止息地流淌，时而与星星一起闪烁，时而拍岸，但仍向前流着，交汇。如果它们激起雏菊样的浪花，那也是这流动的一部分；他们迟早会平息下来的，那仍是这流动的一部分。一种关系或许会开出各种花来，就像一株雏菊开出颜色各异的花一样。随着夏日逝去，它们都会死去，但那绿色的植物本身却不会死。不枯萎的花儿那就不是花。但枯萎的花儿是有根的，在根部，那流溢在继续、继续。问题的关键是这流溢。自己活也让别人活，自己爱也让别人爱。爱和生活都没什么真谛。

（这篇文章很受报刊欢迎，美国《名利场》1929年4月号和英国《星期日快报》4月28日都在显要位置刊发了此文。）

女丈夫与雌男儿

在我看来有两种女人，一种娴静，另一种无畏。男人们喜欢娴静的那一类，至少在小说中是这样的。这种女人总是回应：行，随你，好心的先生！娴静的姑娘，贤淑的伴侣，贤惠的母亲——现在仍然是男人们的理想。有些姑娘、媳妇和母亲是娴静淑女，有些是装的，可大多数则不是，也不装。我们并不希望车技娴熟的女孩是个贤惠女人，我们希望她无所畏惧。议会里娴静如少女般的议员有什么好？只会说行，随你，好心的先生！当然，也有的男性议员属于那号人。娴静的女接线员，甚至娴静的速记员呢？娴静，是女性的外在标志，就像鬈发一样。不过娴静需与内在的无畏并行才好。一个女子要想在生活中闯荡，就得无所畏惧，如果她除此之外再有一副俏丽娴静的外表，她就是个幸运的女子了。她能一箭双雕。

这两种女性特质必带来两种自信。一种是公鸡般男性的自信，一种是母鸡般女性的自信。真正现代的女人应有一种公鸡般男性的自信，从无疑虑和不安。这是现代类型的人。可旧式的娴静女人则像母鸡般自信，就是说对其自信一无所知。她自顾默默地忙于下蛋，焦躁地、梦幻般地给小鸡喂食，那样子不乏自信，但绝非理智的自信。她的自信是一种肉体状态，很宁静，但她极易于受惊吓而失态。

观察鸡的这两种自信是很有趣的。公鸡自然有雄性的自信。他打鸣儿，那是因为他相信天亮了。这时，母鸡才从翅膀里朝外窥视。他大步走到母鸡窝门口，昂起头宣布：嘿，天亮了，我说亮就亮了。他威武地走下阶梯，踏上大地，深知，母鸡会小心翼翼地随他而行，因为她们为他的信心所吸引。果然，母鸡亦步亦趋地随他来了。于是他再次打鸣儿：咯咯，我们来了！毫无疑问，母鸡全然认可了他。他大步走到屋前，屋里会有人出来撒玉米粒。那人为什么不出来？公鸡有办法，他有雄性的自信。他在门道里大叫，人就得出来。母鸡们很明白，但马上会全神贯注去啄地上的玉米，而公鸡则跑来跑去忙着照看大家，自信自己该负点什么责任。

日子就这么过。公鸡发现点什么好东西就会高叫着招来母鸡，母鸡们晃晃悠悠地过来吞吃一气。可当她们自己发现点汤水佳肴时，她们会默默地吞吃，毫不犹豫。当然，如果周围有小雏鸡，她们会焦急地招呼那些小雏鸡的。但母鸡凭着莫名的本能要比公鸡自信得多。她信步去下蛋，先是固执地保护着自己的窝儿，下了蛋之后又会神气活现地走出来，发出最为自信的声音，那是雌鸟的声音，宣布她下蛋了。而从来不如下蛋的母鸡自信的公鸡此时也会像母鸡一样叫起来。他是想像母鸡那样自信起来，因为母鸡比他自信多了。

无论如何，雄鸡的自信是起主导作用的。当捕食雏鸡的鹰出现在天空时，公鸡会高叫着发出警号。随后母鸡在廊檐下跑动，公鸡会扑棱着翅膀警惕起来。母鸡吓得麻木了，她们说，我们不行了，像公鸡那么勇敢该多好！她们会麻木地缩成一团。可她们的麻木也属于母鸡的自信。

公鸡咯咯叫，好像他们也会下蛋。母鸡也会打鸣儿，她也多少能装出公鸡式的自信来。可是这样装出公鸡样的自信则令她很不安。她尽可以像公鸡一样自信，可她很不安。母鸡的自信虽让她打颤，可她自在。

在我看来人也一样。只是今日，公鸡们才咯咯叫着假装下了蛋而母鸡们则打鸣儿假装叫着天明。如果说今日的女人都是男人般刚强，男人则女人般阴柔。男人懦弱，胆小，优柔寡断，像女人一样嘀咕但自在。他们只想让人温和地对他说话，可女人却一步上前，冲他们发出喔喔的吼叫！

阳刚之气的女人之悲剧在于，她们阳刚自信得胜过了男人。她们从未意识到，雄鸡在清晨高声鸣叫以后，他会伸直耳朵谛听是否有别的公鸡敢于叫出声以示挑衅。对公鸡来说，晴空中总孕育着挑衅、挑战、危险和死亡，或者说有这些可能。

可是，当母鸡高叫时，她并不谛听是否有挑衅和挑战。她的喔喔叫声是无法回应的。雄鸡总是警觉地谛听回声，但母鸡知道她的叫声得不到回应，喔喔，我叫了，你爱听不听！

正是这种女人的坚定，太危险，太灾难性了。它真的是没有章法，与别的东西没什么联系。所以这样的女人才会上演悲剧，她们常会发现，她们生出的不是蛋，而是选票、空墨水瓶或别的什么毫无意义的东西，这些东西是孵不出鸡来的。

这就是现代女性的悲剧。她像男人一样坚强，把全部的激情、能量和多年的生命都用在某种努力或固执己见上，从来不倾听否定的声音，其实她应该考虑这些。她像男人般自信，可她们毕竟是女人。她惧怕自己母鸡似的自我，就疯狂地投入选票、福利、体育或买卖中去，干得很漂亮，超过了男人。可这些压根儿与她无关。这不过是一种姿态，某一天里这种姿态会成为一种奇怪的束缚，一段痛楚，然后它会崩溃。崩溃之后，她会看到自己生出的蛋：选票，几里长的打字稿，多年的买卖实效，突然，这一切都会因为她是个女人而成为虚无。这一切会突然与她母鸡般的自我无关，她会发现她失去了自己的生活。那可爱的母鸡般的自信本是每个女性的幸福所在，却与她无缘，她不曾有过。她的生命是伴随着坚韧与刚强度过的，因此她全然失落了自己的生活。虚无！

（此文本为英国的《晚新闻报》约稿，却未能发表，1929年转而在美国的《论坛》发表并获得了100美金的稿酬。）

道德与小说

艺术的任务是展现人与其周围世界在活生生之时的关系。人类总在旧的恢恢关系网中挣扎，“时代”离活生生之时要久远得多，而艺术却总是超前于“时代”的。

当梵·高[①]绘向日葵时，他揭示的或获得的是一瞬间作为一个人的他与作为向日葵的向日葵之间的活的关系。他的绘画压根儿不是再现向日葵本身。我们永远也弄不清向日葵自身是个什么物件。而照相机可以比梵·高干得完美得多，它可以照下完美的视觉形象来，梵·高则差远了。

画布上的视觉现象是全然不可捉摸、难以言表的第三者——不是那向日葵，也不是梵·高，而是这两者结合的产物。画布上的视觉形象与画布、颜料、作为人的有机体的梵·高以及作为植物有机体的向日葵永远不可同日而语。你无法衡量甚至无法描述画布上的视觉形象。这视觉形象，说实在的，只存在于大有争议的所谓第四维空间[②]中。在可度量的空间中它是不

① 梵·高（1853—1890），荷兰后期印象派画家。

② 第四维空间，相对论中指长、宽、高以外的第四度空间，即“时间”。

存在的。

这是在某一时刻一个人与一朵向日葵之间完美关系的展现。它既不是镜中人也非镜中花，它不在任何东西之上下，也不横跨什么东西。它在一切东西之间，在第四维空间中。

对人类来说，这种人与其周围世界之间的完美关系就是人类的生命本身。它具有永恒与完美这种四维空间的性质。但是它是倏忽即逝的。

人与向日葵在形成新的关系的那一刻就双双失去了自身。一切事物之间的关系都在悄然变化中一天天地变化着。因此，那揭示或获得另一种完美关系的艺术将永远是崭新的。

同理，那些存在于纯关系的不可度量空间中的东西是无所谓死也无所谓生的，是永恒的。这就是说，它给予我们一种超越生与死的感觉。我们说一头亚述国[①]的狮子或一头埃及苍鹰头还“活着”，我们这话的真正意思是它超越了生命，因此也就超越了死亡。它给我们的就是那种感觉。既然一头亚述国的狮子和埃及的鹰头给我们的感觉是无限珍贵，这说明我们内心深处也一定有什么东西是超越生与死的，它就如同天上那点燃夜与昼的星辰一样自有史以来就一直是对人类宝贵的东西。

思量一下，我们会发现我们的生命就寓于我们自己和周围活生生世界的纯粹关系的形成之中。我就是通过如下途径“拯

① 西亚古国，盛于公元前750—612年。亚述国的巴比伦狮子塑像矗立在古巴比伦城的废墟上。埃及的鹰头可能指的是太阳神（又称鹰头神）。

救我的灵魂”的：完善我与另一个人、别人、一个民族、一个种族、动物、盛开鲜花的树、土地、天空、太阳、星星和月亮之间纯粹的关系。这是无数纯粹的关系，或大或小，就像天上的星星一样数也数不清。就是这种关系使我们永恒——我们每一个人，我和我正锯着的木头，我所服从的力量，我和我手中揉着的做面包的面团，我和我书写时的这个动作及我和我所有的这一点金子。这个，如果我们懂得它的话，就是我们的生命和我们的永恒——我与我周围全部世界之间微妙而完美的关系。

而道德就是我与周围世界之间永远微微颤动和变化着的天平，这天平先于一种真正的关系而存在，同时也伴随着这种关系。

现在我们看出小说之美及其伟大价值何在了吧。哲学、宗教和科学都忙于把事物固定住，以求获得一种稳定的平衡。宗教只有一个在说“你应该，你不应该”的上帝，每次他都斩钉截铁。哲学的概念是固定的；科学有自己的“定律”。这些东西总是想把我们钉在这棵或那棵树上才罢休。

可小说却不这样。小说是人类迄今发现的细微内在联系的集大成者。任何东西只要是在自身的时间、地点和环境中就是真实的，否则就是虚假的。如果你想在小说中把什么钉住，那么，不是你把小说给害了就是小说自己站起来带着这枚钉子一走了之。

小说中的道德是颤动不稳的天平。一旦小说家把手指按在天平上按自己的偏向意愿改变其平衡，这就是不道德了。

现代小说似乎越变越不道德了，因为小说家正趋于把手指愈来愈有力地压在天平上：不是偏向纯粹的爱就是偏向于无法无天的“自由”。

当然，一般来说小说并不因小说家有任何明显的观点或目的而显得不道德。所谓不道德指的是小说家不能自持的、无意识的偏向。爱本来是一种很伟大的情绪，可当你写起小说来沉溺于对爱的偏向，把爱当成最高的、唯一值得为其而活的情感来写，那你就会写出一部不道德的小说来。

这是因为，没有哪种情感是至高无上、唯一值得让人视同生命的。全部的情感都用于获得一个人与他人、他物、他事之间的活生生关系上。

全部的情感，包括爱和恨、怒与柔，都用于调整两个颇有价值的人之间频频振荡不定的天平。如果小说家把手指压在天平上，偏向爱、柔情、甜蜜、淡雅，他于是就犯了一个道德错误——他阻碍了纯粹关系与联系这最重要事物的可能性。而一旦他抬起手，就不可避免地造成可怕的反作用——走向仇恨、野蛮、残酷和毁灭。

生活就是如此，相反的东西在一个震颤的天平上摇摆着。父亲犯下的罪会使儿子得到惩罚[①]。如果父辈把天平压向爱、淡雅和创造，到了第三、第四代人那里，天平会剧烈地倒向仇恨、愤怒和毁灭。我们必须随时调整自己才对。

---

① 见《圣经·旧约·出埃及记》20：5。

在各种艺术形式中，数小说最需要天平的颤抖了。“甜蜜”的小说愈是作假就愈是不道德，相比之下，倒是那些刺激性情节的小说更道德些。

那些写得精明但又说不清道不明外加玩世不恭的小说也是一样，在这些小说中你尽可以为所欲为，怎么着都无甚关系，因为作者认为做什么都一样。照这说法，卖淫也同其他东西一样是“生命”。

这说法全然不着边际。一件事并不因为有人为之就成为生命。艺术家应该明白这一点才对。一个普通的银行职员买了一顶新草帽，这根本不是什么“生命”，只是一种存在罢了，就如同每日三餐，但并非是“生命”。

所谓生命指的是某种闪烁着的具有第四空间性质的东西，如果那银行职员确实为他的帽子感到高兴，与帽子之间建立起了一种活生生的关系，头戴草帽走出商店时跟换了个人似的神采奕奕，那么这就是生命。

妓女也是一样。如果一个男人与她之间建立起了活生生的关系，哪怕只是一瞬间，这也是生命。反之，如果他们之间只是金钱和行为的关系，那么这关系就算不得生命，只能称之为肮脏，是背叛生命。

如果一部小说揭示的是真实而生动的关系，不管是什么样的关系，这部小说就算得上一部道德作品。如果小说家尊重这种关系，他的小说就会成为一部伟大的小说。

有不少关系就不真实。比如《罪与罚》中那个年轻小伙子[①]为了六个便士而杀死了一位老妇人，尽管这事情很实在，可它永远也不会让人觉得真切。杀人者与老妇人之间的关系天平全无平衡可言，简直一团糟。它是实事儿，可它永远也算不上是“生命”。

在另一方面，通俗小说则不过是在炒剩饭，把旧的关系翻新花样儿，如《如果冬天将至》[②]那样。这种换汤不换药的做法也是不道德的。甚至大画家拉斐尔也不过是给旧的经验穿上新的美丽衣裳。这种做法只能让芸芸众生得到一种暴食暴饮的痛快感：纵情于声色。几个世纪以来男人们都把他们心目中理想的肉感女人称作：“她是拉斐尔笔下的圣母。”而女人们呢，她们只把这当成是对她们的一种污辱而已。

要获得一种新的关系是痛苦的，永远会是如此痛苦的。所以生命永远会使人痛苦，因为真正的肉欲放纵在于重演旧的关系，至多只能获得一种酗酒后的快感，这不免有点堕落之嫌。

每次我们欲与某人某事结成一种新的关系时总是要痛苦的。因为这意味着与旧的联系作斗争，要取代旧的，这永远不会是件愉快的事。再说，在活生生的事物之中要做出调整亦意味着各自的斗争，这是不可避免的，因为斗争的双方都要在对方中“寻到自己的自我”，通过寻找自我而否定自我从而达到协

---

① 指小说中的人物拉斯科尔尼柯夫。

② 1921年出版的通俗小说，作者是英国作家A.S.M.哈钦森（1879—1971）。

调。一旦双方要寻找绝对的自我，这种斗争将会导致死亡。所谓“激情”就是这东西。另一方面，当一方彻底屈从于另一方时，这是一种牺牲，其实也是一种死亡。所以，那《永恒的仙女》[1]只永恒了十八个月就死了。

这些仙女是水性杨花的，但她们本来应该是固守本分的。至于男人，接受她们的牺牲是不够男子气的做法，男人应该做一个男子汉。

还有第三种选择，这既不是牺牲也不是战死，而是各自寻求与对方结成真正的关系。为此，每个人都要对自己诚实，固守自我，让这种关系自然而然地形成。这首先需要勇气，其次需要原则。既有勇气承认自己的生命冲动，也勇于接受别人的生命喷薄。所谓原则，就是不要强行超越自我。而一旦超越了自己，就要勇于承认事实，而不要为此抱怨。

很明显，读一本全新的小说总是要令人感到创痛的——不同程度上的创痛。总会有抵抗力在作祟。这正如同看新绘画，听新音乐。你尽可以通过这些新东西所激起的阻抗力和最终被迫认可它们的程度来估量它们的真实。

对人类来讲，最伟大的关系不外乎就是男女间的关系了。至于男人与男人、女人与女人、父母与子女之间的关系则次之。

而男女间的关系永远是变化着的，永远是通往人类生活的新的中心线索。这里的关键是关系本身，而非男人、女人及男

---

① 1924 年出版的通俗小说，作者是玛格丽特·肯尼迪（1896—1967）。

女关系的偶然结果——孩子。

你若想给男女之间的关系贴上标签使其维持现状，这做法会是徒劳的，没门儿。你倒不如给彩虹或雨水贴上标签试试看。

说到爱的约束，最好是一感到它约束得发痛就弃之。如果说男女一定要相爱，真是荒谬之至。男人和女人永远是微妙而又在变化中联系在一起的，没必要用什么“契约”把他们约束在一起。最道德的事就是让男人忠于自己的男子汉之道，女人忠于自己的女人之道，从而让男女间的关系自然而然地形成。因为，对各自双方来说这都是生命。

如果我们讲道德，那么我们就不要给什么都钉上钉子，既不要把双方钉在一起也不要钉第三方即双方的关系，这种关系永远是我们各自的魔鬼。每个十字架上钉人都需要五枚钉子，四根短的，一根长的，每一根都很可怕。可是一旦你试图把这种关系钉住并在上面书写“爱”而不是“这是犹太人之王”，你就会没完没了地到处去钉钉子。甚至基督都称之为“圣灵”，那意思是说你是无法诱惑它的，它是神圣的。

小说是揭示我们活生生关系变化之虹的最佳手段。小说可以帮助我们生活，而别的东西就做不到这一点，反正经文是做不到这一点的。当然，这要求小说家不要在天平上施加压力。

一旦小说家把手指按在天平上施加压力，他就篡改了男人与女人，只能与那伤感小曲如《善良之光引路》[①]之类的恶作剧

① 1833年间开始传唱的赞美诗。

相媲美，这类东西只能帮倒忙，腐蚀这一代人的骨髓。

（1925年夏天，劳伦斯从墨西哥回到自己在美国新墨西哥州的农场养病。这时他已经确诊患有肺结核，等于被判了死刑，因为在没有抗生素的年代肺结核被视为绝症。但他还是带病修改了长篇小说《羽蛇》，并完成了话剧《大卫》的剧本。他感到必须思考一下小说与道德的关系，就写了《道德与小说》、《关于小说》这两篇文艺随笔，都是先在美国发表的。）

关于小说

有人说小说被判了死刑。又有人说小说本是一棵绿树，现在更青翠了。别人都在说三道四，我为什么不说上几句？！

在桑塔亚纳先生[①]看来，小说之寿数已尽，因为小说越来越瘦弱了。这就是说桑塔亚纳先生对此厌烦了。

我自己也一样厌烦小说了。卒读一本现代小说越来越让人吃力了。只读一点儿就知道其他部分了；或者，根本就不想去知道。

这是件伤心的事。不过我再说一遍，这不怨小说，要怨的是小说家。

你喜欢什么都可以往小说里塞。难怪人们写得千篇一律了。怪不得一写馅饼就是鸡肉馅的！鸡肉馅儿饼可能是流行口味，可是总会吃腻的，第一个感到腻的人会第一个要求换口味。

小说是一大发现，比之伽利略的望远镜或别人的无线电都伟大。小说是迄今为止人类拥有的最高表现形式。为什么？因

---

① 桑塔亚纳（George Santayana，1863—1952），美国哲学家、诗人、批评家，著有《美感》等多部名著。

为它太无力表现绝对的东西了。

在小说中，一物与他物间的关系是相对的，这才叫艺术。里面或许有点儿说教，但它们绝算不得小说。作者很可能怀揣某种说教“企图”，不错，大多数大作家都这样，如托尔斯泰的基督教社会主义，哈代的悲观主义和福楼拜的精神绝望。但是，说教的企图再坏如托尔斯泰和福楼拜，它也不会毁灭小说的。

你可以对我说，福楼拜的说教不是企图而是一种“哲学”。但是，难道一个小说家的哲学不正是较高水准上的企图吗？如果说任何一位够格的小说家都心怀一种哲学（甚至巴尔扎克），那么任何像样的小说都有一种企图，只要这“企图”十分巨大且与激情的灵感不冲突就行。

渥伦斯基[①]有罪，不是吗？但这种罪过也正是某种虔诚企求的完美实现。尽管老托尔斯泰不承认，可小说使之昭然。而《复活》中那个后来变得虔诚的公爵则是个大傻瓜，没人需要或相信他的虔诚[②]。

小说自身的伟大正在于此——它不许你说教撒谎，说教与谎言无法在小说中自圆其说。看到渥伦斯基把安娜·卡列尼娜追到了手，没人不为此高兴。可对待他们的罪过呢？整个悲剧是因为渥伦斯基和安娜害怕社交圈造成的。这魔鬼是社会魔鬼

① 托尔斯泰名著《安娜·卡列尼娜》中安娜的情人。

② 这里指的是聂赫留朵夫公爵。他曾在年轻时诱奸了玛丝洛娃，后来又面对犯了罪的玛丝洛娃起了忏悔之心。

而绝非阳物[①]魔鬼。他们无法为自己真诚的激情感到骄傲，不敢公然唾弃格隆迪大妈[②]们的清规戒律。正是这种懦弱才算得上真正的“罪过”——小说本身使之昭然若揭，让老托尔斯泰无话可说。“作为一个军官，我尚有用处。可作为一个人，我算废了。”渥伦斯基这样说。真是个卑鄙小人。作为一个人，一个男人他算完了，只剩下当一个社会工具的份儿了。“军官”，上帝呀！他落到这步田地，仅仅是因为剧院里的人们冷落了他[③]！似乎人们的肩背不如人们的脸让他觉得顺眼[④]！

而老托尔斯泰试图说明这罪过是阳物之罪。老骗子！托尔斯泰的书哪一本没有这种阳物的辉煌？他倒咒骂起这血性的支柱来了，正是这东西赋予了他全部生命的财富！纯粹是个犹大[⑤]！委身于一个卑贱又无血性的社会，还要用基督教社会主义的新帽子和脂粉来装扮那个肮脏的老大妈格隆迪。这些人真是一丘之貉！同是一个阉父的儿子！

这部小说在渥伦斯基背后踹了一脚，从而敲掉了老托尔斯

---

① phallic，劳伦斯经常使用并推崇这个形容词，它甚至成了阐释劳伦斯思想的一个重大线索，它的原意指的是男性生殖器。在西方文化中男性生殖器是生殖力的象征，内涵颇丰富，但劳伦斯使用这个词时，有时也用来表示女性的性觉悟。无法意译，只有直译加注，由读者根据上下文判断其特定的含义。

② 这个人物出自托马斯·莫顿（Thomas Morton，1764—1838）的小说，代表着假正经。

③ 这段话似乎是劳伦斯记错了而误写的。事实上是安娜在剧院里受到了上流社会的讥讽和冷落。

④ 这里是个双关语。背——back 与 turn back 连用表示“冷落”。

⑤ 犹大（Judas），《圣经》中背叛耶稣的门徒，通指叛徒。

泰的牙，也给我们留下了反思的余地。

令人大为烦恼的是，几乎所有大作家的某种说教企图或哲学都与他们的激情灵感大相径庭。他们的激情灵感让他们成为阳物崇拜者，从巴尔扎克到哈代莫不如此。不，从艾普利乌斯[①]到E. M. 福斯特[②]都是。可是，一到他们的哲学或一想到他们自己，他们就全变成了十字架上的耶稣了。真讨厌！小说竟然背负着如此的大包袱！

小说就这样背着包袱，背着可悲的十字架上成千上万自我英雄的男男女女。《复活》就是一部傻乎乎的复制品而已，更恶毒的复制品则属《萨朗波》[③]，那里头被挖了心的马托是个阳刚之人，他在珠光宝气的公主的十字架上大受刑罚。

你无法欺骗小说，就是让一个男人死在一个女人——他"亲爱的十字架"身上也骗不了小说。小说会教你看清她如何亲爱：付出任何代价。读后你会感到恶心，讨厌那种把女人变成他们的"亲爱十字架"并自愿钉死在十字架上的英雄好汉们。

你尽可以欺骗几乎任何一种别的文学形式。比如，你可以把一首诗写得很虔诚，它仍是一首诗。你可以用戏剧来写《哈姆雷特》，但如果你用小说来写哈姆雷特，他就有点喜剧色彩了，或许会把他写成陀思妥耶夫斯基笔下的"白痴"那样可疑

---

① 艾普利乌斯（Apuleius），公元二世纪罗马哲学家与讽刺家。

② 福斯特（E. M. Forster，1879—1970），英国作家，著有《印度之旅》等名著。

③ 福楼拜的历史小说。小说把起义军首领马托写成一个正义阳刚的男性，与萨朗波真诚相爱。

的人物[①]。诗和戏剧，人们可以写得风卷残云般干净利落，尽可以让人类的字词无拘无束地飞翔。可在小说中总有一只雄猫，一只捕食字词这只白鸽的黑雄猫。白鸽稍不注意，猫就来扑食它。还有一块让人踩上去滑倒的香蕉皮。在这房基之上建有一个盥洗室。这些东西有助于保持平衡。

如果在柏拉图的《对话录》中有个什么人突然站在他头上偷偷地狠踢他一脚，并把他的学堂搅乱，那就会让柏拉图处在一个与宇宙较为真实的关系中。或者说，如果柏拉图在《蒂迈欧篇》中停下来说上一句："哦，我亲爱的克里昂（或随便什么人），我肚子痛，得如厕——这也是人之永恒理念的一部分啊。"[②]那样的话，我们就用不着像弗洛伊德[③]一样低下了。

如果，当耶稣要求那富人变卖他的所有并把它分给穷人[④]时那富人说："好吧，老兄！你不是穷吗？来，我把财产给你，来吧！"那我们就会省去多少悲啼少犯多少错误，我们也就用不着产生马克思和列宁这两位人物。如果耶稣接受了那笔财富该多好啊！

十足可惜的是，马太、马可、路加和约翰[⑤]这四位不曾直抒

---

① 陀氏小说《白痴》中的人物。

② 这里指柏拉图《对话录》中的一段，出场人有四位。

③ 即心理学家弗洛伊德（Freud）。劳伦斯一直反对弗洛伊德的精神分析法，认为他代表理性主义。

④ 见《圣经·新约·马太福音》19：21。耶稣建议富人变卖财产救济穷人。

⑤ 马太（Mattew），耶稣十二门徒之一，著有《马太福音》；马可（Mark），《马可福音》的作者；路加（Luke），《路加福音》的作者；约翰（John），耶稣十二门徒之一，著有《约翰福音》。

胸臆来写小说。他们写过，但写得走了样。福音书是精妙的小说，但是一些“有目的”的作者写的，太可惜了，里头的布道太多。

马太，马可，路加和约翰，
穿着裤子上床！[①]

每个孩子都会唱这几句。哦，他们脱了裤子该多好！

在我看来，更伟大的小说是《旧约》中的那些章节，《创世记》《出埃及记》《撒姆耳记》和《列王记》等。那些作者们志向远大，其企图绝不与其激情的灵感相悖。两者几乎是一体，居然没有分开，这真叫奇怪！而在当代小说中它们则是分离的，毫无希望成为一体。

这就是现代小说的毛病。现代小说家被陈腐的“目的”或自我观念所约束，从而让灵感屈就了目的和观念。当然他会否认他有任何说教企图，因为企图像一种黏膜炎，令人难堪。可他就是患了这病，他们都患了这病，同样的病。

他们全以小耶稣自居，他们的企图就是证实这一点。天啊，《吉姆爷》[②]《西尔维斯特·伯纳德》[③]《如果冬天将至》《大街》[④]，

---

① 源自《圣经·新约·马太福音》第五章。此为著名的顺口溜。
② 英国作家康拉德（1857—1924）的名著。
③ 法国作家法郎士（1844—1924）的小说。
④ 美国作家刘易斯（1885—1951）的小说。

《尤利西斯》[①]和《潘》[②]，全是些个悲悯的、同情的或恶毒的耶稣，或完美或尚有缺憾。小说中总有那么一个永远纯洁的女主角，却是一朵花插到了牛粪上！正像《绿帽女人》[③]一样，纯洁的女主角总是拜倒在耶稣脚下，尽管她的行为可能是误入歧途的。天知道救世主怎么看她们，不管她是谁。不管她们是绿帽女人还是永恒的仙女，还是别的谁。他们是一群男女主人公、男女小说家、男女基督。他们正在污泥中打着滚。基督不是在地狱中捞过东西吗？很好！[④]

他们都是有自我观念的小说家！他们的"目的"未免太过分了！这种观念是那么令人厌倦，那么虚假，那么令人作呕！小说抛弃了它们，它们骗不了小说。

现在是我们停止玷污小说的时候了。如果你的目的只是想证明你有资格做基督，而你灵感的细小溪流正在流向罪恶，那就让这小溪流干涸算了，因为它已经死了。还生活以本来面目！为什么要把廉价的"绿帽女人"和"永恒的仙女"之类的生活假作生活的真实？其实小说证实她们的生活绝非生活的本来面目，不过是没完没了的、复杂的、令人生厌的习惯——病态的男基督或女基督。

这些个令人生厌、令人作呕的小说！它们根本不叫小说。

---

① 爱尔兰作家乔伊斯的名作。
② 哈姆森（Knut Hamsun，1859—1952）的小说。
③ 阿伦（Michael Arlen，1895—1956）的小说。
④ 据说耶稣复活时从地狱中救出了封藏的早期财富。

在每部大作品中，有哪个人从头到尾都是英雄的？没有哪个人物是，从头到尾的英雄是人物背后无名的火焰，正如《旧约》中上帝是兴趣的中心一样，只是那里面的亲昵程度有点过火了。在大作品中，所有人物的背后是虽不可知但可感受到的火焰，在人物的语言和举止中闪烁着这火焰的一星星火花。如果你过于个性了，过于人情味了，这火花就会熄灭，你获得的就是某种类似生活实则毫无生气的东西，正如同大多数人一样。

我们必须在生死之间作出选择。生，就是上帝之火，存在于一切之中。死，即死物儿。在我写作的屋中，一张小桌子，它是死物，它甚至生气全无。还有一只可笑的小铁炉，但不知为什么，却是个活物；还有一只铁抽屉，天知道为什么它也是活物。另有几册书，全然已死。可那只睡着的猫却十二分有生气。那只玻璃灯则是个死物件了。如何区别生死？谁知道呢！可区别是有的，我知道。

我们不妨称上帝是一切的生和生之源泉。人是一切的死。

如果你想发现生之精髓所在，它存在于生与未知物之间的超然关系中。它似乎存在于某种奇特的关系中，这是一种流动的、变化的、美好的关联。那可笑的铁炉子就说不清为什么属于生，可那细腿桌子就不算，它不过是一块孤零零的东西，像一只切掉的手指头。

现在我们明白小说的最大长处了。它没有“生气”就无法存在。普通无生气的小说，即便是畅销小说，照样沦为虚无。死物埋葬死物，速度之快，令人吃惊。死物也喜欢逗逗乐，可很快逗的和被逗的都会被忘却。

第二点，小说是不容什么说教和绝对的。任何有生命的东西及其所说和所做的，都有那么点儿神圣。所以，渥伦斯基占有安娜必定算得上神圣，因为这做法是富有生命力的。而《复活》中的那位女犯和那位公爵则该算死物儿了。那囚车是生气勃勃的，可那个要赎罪的公爵却像一截死木头桩子一样。

是小说自己为我们设下了这些个法规，可我们却花着时间去躲避它们。小说中的人物必须“有生气”。这句话的意思是：他必得与小说中别的东西之间有生命的联系——雪啦，臭虫啦，阳光啦，阴茎啦，火车啦，丝帽，猫，悲伤，人，吃喝，白喉，倒挂的金钟花，星星，观念，上帝，牙膏，闪电，还有手纸什么的。人物与这些东西之间定要有一种活生生的关系，他所说所做的必得与它们有关才行。

正因此，像《战争与和平》[①] 中的彼埃尔就比安德烈公爵缺少生气。彼埃尔与之保持细微关系的是观念、牙膏、上帝、人、食品、火车、丝帽、悲伤、白喉和星星这类东西。而他对别的东西就不敏感，如雪、阳光、猫、闪电、阴茎、倒挂的金钟花和手纸。总之他缺少生气。

托尔斯泰要扼杀的或混淆的正是那最有生命力的东西。这倒像个真正的布尔什维克。当我们看到娜塔莎嫁给了那个彼埃尔时，我们不禁会认为这女人糊涂，没新鲜味儿。

---

① 托尔斯泰的长篇小说。

彼埃尔是那种我们称之为“太像人”的人。就是说他局限性太强。人们黏成社会的一群，就是为了限定每个人的责任，这就是人类。彼埃尔就是这种人。这也是托尔斯泰，一个鼓吹基督教博爱观念的哲学家。干吗要把人局限在基督教博爱上面？至于我自己，某一天我会变成一个最可爱的基督教博爱者，学着阿蒂拉①那样把一块生牛排铺在马背上当马鞍子，骑上去奔向基督的王国，第二天就能看到遍地是火红的公鸡，一个个在打着鸣儿。

这就是人！真真的托尔斯泰。那甚至是列宁，是基督教博爱机器中的神，把人们都绞成肉去做社会香肠。

去他的绝对吧！我诅咒一切绝对，诅咒！告诉你吧，没有什么绝对之物可以让狮子与羊并卧在一起②，除非像那首五行打油诗说的那样，那羊在狮子的肚子里③。

他们骑马回到家，
列奥小羊肚中藏，
老虎脸上笑哈哈！
嘻嘻嘻，哈哈哈！
嘻嘻嘻嘻哈哈哈！

---

① 阿蒂拉（Attila），匈奴人的首领。劳伦斯在《欧洲历史演变》中曾把他们描绘成把肉当成马鞍，在人的胯下压熟。

② 见《圣经·新约·以赛亚书》（Isaiah）11：6。

③ 此诗是劳伦斯对一首通俗打油诗的模仿之作。

对人来说没有什么绝对或绝对物。这种事对有三个直角的三角形魔鬼说去吧，它只存在于理念之中。如果谁认为可以在三角形斜边上找出个直角来，那就让他试试吧。

嘿！嘿！嘿！人把绝对的东西传给别人，似乎我们都是几何书，前面写着原理、规则和定义。上帝的圆规！摩西的三角板！人不过是几何图上的一个交叉点，连一只小萝卜都算不上！

神圣的摩西！

“孝敬汝父汝母！”① 那当然不错，可假如他们并不体面呢？摩西，那又会怎么样？

西奈山上传来一声雷：“假装孝敬！”

“爱邻如爱己。”②

完了，我的邻居碰巧是令人生厌的卑鄙小人。

那闪光的圣灵低声说：“假装你爱他嘛。”

这是蛇的狡猾！③ 可我从未见过蛇亲吻他的天敌。

呸！我才不亲吻我的邻居，他是个讨厌的卑鄙小人，亲他会脏了我的嘴。

圣灵，回家去吧。

---

① 见《圣经·旧约·出埃及记》20：12。

② 见《圣经·新约·马太福音》19：19。

③ 见《圣经·新约·马太福音》10：16：“像蛇一样狡猾，像鸽子一样无害。”

的确是山羊与圆规！[①]

任何事物都是相对的。上帝嘴中或人的嘴中发出的每一条戒律都是严格地相对的，与其特定的时间、地点和环境相关联。

这才是小说之美：每件事只在其自身的关系中才是真的，除此之外便不是真。

一切事物的关联和内在联系就如同溪水一样流淌，变化和震颤。就像溪水中的鱼儿一样，小说中的人物游水、随波逐流，死的时候也会肚皮朝上漂起来的。

因此，如果小说中的某个人物想娶个两三房老婆，甚至三十房，在他所处的时间和环境中那都算真切。别的男人在别处或别的时间里做这般想法那也可能是真情。可如果由此得出结论，说所有的男人在所有的时候都想要两三房或三十房老婆，或者说写这书的小说家本人就提倡疯狂的一夫多妻[②]，那可就愚不可及了。

若因但丁崇拜着远方的比阿特丽丝[③]就推论说每个男人都该崇拜远方的比阿特丽丝，那同样是愚不可及。

如果但丁把这事说个明白，没什么不好。凭什么我们要含糊其辞掩盖事实呢？其实但丁床上有个姣好的老婆，养了一窝子

---

① The Goat and Compasses 是 God encompasses（神的规矩）的委婉说法，见前面“上帝的圆规”一说。

② 当时正有人指责劳伦斯在小说《丛林少年》中宣扬了一夫多妻制。

③ 但丁的一系列诗中都表达了对比阿特丽丝的爱。他九岁时见过她，十八岁时又见她一面。

健壮的小但丁。还有那个彼德拉克[①]，怀念着远方的劳拉，可他膝下至少有十二个合法的小彼德拉克了。可我们听到的却只是他们在叫："劳拉！""劳拉！""比阿特丽丝！""比阿特丽丝！"

胡说八道，为什么但丁和彼德拉克不来一首这样的合唱：

哦，做我精神上的小老婆
比阿特丽丝！
劳拉！
我那老伴儿给我生了一窝崽，
可你才是我精神上的小老婆，
比阿特丽丝！
劳拉！

这些东西之间应该有一种诚实的关系。没人妒忌这些家伙有精神上的小老婆。但另一方面养着一个太太和一窝十二个孩子，这就让人觉着是一种肮脏的把戏了。

这说明"绝对"是多么不道德，它总是掩盖某种重要的事实，使其不见天日！欺骗！

由此，我们该谈到小说的第三种特性了。小说与散文、诗歌、戏剧、哲学著作和科学论文不同之处是：这些东西都可以

① 彼德拉克（Petrach，1265—1321），意大利著名诗人。他的一系列爱情诗都是给劳拉的。

用不切实的假定来辩论，而小说则是而且必须是：

① 有生命。

② 各部分有内在关联，是生命的关联、有机的关联。

③ 诚实的。

我称但丁的《神曲》有点不诚实，它从不提及但丁那娇妻及其儿女。而《战争与和平》则彻头彻尾地不诚实，书中那个肥胖而无聊的彼埃尔成了主角，把他树立成一个令人赞叹向往的形象，可事实上谁都知道他没有魅力，连托尔斯泰都吸引不了。

当然了，作为一个有创造力的大艺术家，托尔斯泰对他笔下的人物是真诚的。可作为一个有着自己哲学观点的人，他对自己的脾性是不忠诚的[①]。

脾性是个怪东西。它是人之火，或燃得明亮或燃得黯淡，或蓝或黄或红，升腾或泯灭或恍惚，全依照情境之风势和生命之气不断变幻。但它永远是一束独特的火光，在一个奇特的世界里闪烁——除非它被太厉害的蹇运所扑灭。

如果托尔斯泰曾细看一眼他体内这束火焰，他就会看到，他并不喜欢那个肥胖、面相模糊的彼埃尔，这人不过是个可怜的工具罢了。可是，托尔斯泰更是个存在。所谓存在就是有自我意识"我是"的人，即万能的上帝在我们身上的遗迹。作为这样的人，他有意美化了彼埃尔，一只看家狗而已。

会不会有人称列奥（托尔斯泰的名字）不诚实？他可能会

---

① 在此人物与脾性英文都是 Character。

很忠实于他自己！可他不！他作为有自我意识的人比他自身的腹和膝更重要。他要使自己变完美些，于是他披上了羊皮，蹒跚的老狮子，他就是列奥！列奥！列奥！①

列奥偷偷地崇拜着男性，视其为一根强取豪夺、血运旺盛的支柱。在街上若遇上三个健壮、大摇大摆的卫兵他非妒忌地大叫不可。十分钟后就大骂着说要把他们忘个一干二净，真正算道德的霹雷了！②

这样的伟大真叫讨厌！俄罗斯这样的伟大民族竟让这样的改革者来改进他们的固有人性。这类改革者都感到自己缺少点什么，便靠仇恨活着，最终剩下的不是别的，而是人的空壳，渐渐把自己改进得空空如也，只会说一些套话，似乎他们吞下了一整套社会主义的百科全书。

不过，请等待！俄国人是有生命力的，那是他们奇怪地转变为布尔什维克的过程中呈现出的某种新奇的东西。

托尔斯泰伯爵有着伟人那个最后的缺点：他想要绝对，你可以称之为爱之绝对。这是“高尚思想家的最虚弱之点”！这是衰老的传染病。他想变得绝对——全世界皆兄弟。托尔斯泰嫌列奥这个名字太狭隘了。他想膨胀，膨胀，直到变成世界博爱，成为我们地球上巨大的醋栗。③

---

① 此处列奥的名字与狮子（lion）拼写和发音都相似。

② 这段描述转述自高尔基所著《回忆列夫·尼古拉耶维奇·托尔斯泰》一书。此书于1920年由伦纳多·伍尔夫等人译成英文出版。

③ 醋栗（gooseberry）的词根goose有“傻瓜”的意思。

随之列奥“砰”地爆了，其碎片变成了布尔什维克分子。

全是胡说。没哪个人是绝对的。没谁是绝对好或绝对正确或绝对可爱。甚至基督这样的完美典范也只是相对好、相对正确，犹大就能牵着他的鼻子走。

人能想象出的神没有哪个是绝对好或绝对正确的。人们迄今发现的神竟相互矛盾，还相互攻击。可他们都是神，是神奇莫测的潘神[①]。

了解一下都有什么神，他们的过去和未来是个什么样子，这很有趣。他们一贯是神，每个神都讲着绝对，可在别的神听来这话却毫无意义。这，甚至令永恒显得可爱。

但是，可怜的人却像时间之河中的一只随波逐流的软木塞儿，一定要把自己拴在某颗所谓“正确”的星星上不可。于是他抛出自己的绳子，去钩那星星。他只能发现，那星星在缓缓坠落，直到“嘶”的一声坠入时间之河，又一颗绝对之星从此消失。

于是我们又重新在天上寻找。

至于说到爱情婴儿，我们已经懒得为它换擦嘴布了。放下这孩子，让它自己去学跑，自己系自己的裤腰带吧。

不过应该想到所有的神都是神。如果你觉得哪个神是神，那它就是神了。如果你觉得它不怎么像神，那就稍候，你会听

① 希腊丰饶之神，但受了惊吓也会做错事。英文里惊恐 panic 一词可能源于此。

到它“嘶”的一声消失。

小说对此十分明白。“亲爱的，”它友善地说，“一个神是相对别的神而言的，除非它钻入汽车，那就变成交通警的一个案子了！”

“可我该怎么办？”失望的小说家说，“从埃蒙[①]、拉[②]到埃迪夫人[③]，从阿什塔罗斯[④]到朱庇特[⑤]到安妮·比森特[⑥]，我弄不清我在哪儿。”

“不，你清楚亲爱的！”小说说道，“你知道你在哪儿。所以你用不着把自己拴在什么阿什塔罗斯或埃迪的裙裾上。如果你遇上她们，只须客客气气地问声好，但不必往上拴，否则我会不理睬你的。”

别往上拴自个儿！小说这样说。

要诚实，小说又补充说。

诚实！神像虹一样，有各种颜色和形状。光是看不见的，其表现形式必须是各种色彩如粉、黑、蓝、白、黄、朱红或杂色。

如果您是一位通神论者，你就会大叫：走开吧，你这黑红色！走开！来吧，淡蓝色或淡黄！来吧！

你可以这样喊，如果你是个通神论者。如果你在小说中捉

---

① 埃及神。

② 埃及太阳神。

③ 埃迪夫人（Mary Baker Eddy，1821—1910），美国基督教科学的创始人。

④ 古闪米特丰饶之神。

⑤ 奥林匹亚众神之父。

⑥ 安妮·比森特（Annie Besant），通神论学会主席（1907）。

弄一位通神论者，他可以这样尽情大叫“滚开”！

可一位通神论者是不能当小说家的。这正如同一只喇叭是不能充当军号一样。一个通神论者、基督教徒或“圣滚者”[1]可以是一个小说家的一部分，但一个小说家却不能把自己局限于此。风刮起来是随心所欲的[2]，色彩也一样，它想是红就是红。

事实上只有圣灵才懂什么叫正确。而天只知道圣灵是怎么回事！可听起来满像回事的。于是圣灵就在火焰中徘徊，从红到蓝到黑到黄，给一个标记打上另一个标记，给一团火加另一团火，做这些完全随风向而动，生命在火中穿行，从幽冥到幽冥，人永远不知怎么和为什么。它只须旅行，别死在恶臭气中。小说所要求你忠实去做的，只是忠实你心中跳动的火焰。《复活》中那位公爵在那少女的花季就残酷地背叛和抛弃了她，他其实也是泯灭了他的人性之火。后来，他又用忏悔和慈悲来折磨她，于是他等于再次背叛并往他苍白的人性上吐口水，最终他的人性全然灭绝，他本人只成了一块半死不活的老肉。

潘神时代的神话说上帝是宇宙的生命之火，五花八门的火焰，颜色不同，情绪不一，美丽的，痛苦的或忧郁的。不管哪种火在你的人性中燃烧，它在那一刻就是你了。那是你的人性，别往上头撒尿啊，小说这样说。一个人的人性就是尊重他心中的火焰并且懂得没有哪种火是绝对的。甚至一团火本身也只是

① 一派宗教信徒用在地上打滚表达宗教狂喜。

② 见《圣经·新约·约翰福音》3：8。

个相对物。

再看看老列夫·托尔斯泰吧，他竟往火上泼水，似乎他泼上去的水是绝对的。

性也是一束火焰，小说说。这火燃烧任何绝对物，甚至燃烧阳物。因为性远非阳物可及，比功能性的欲望要深刻得多。性之火焰烧焦你的绝对并残酷地炙烫你的自我。你打算在宇宙中表现一种怎样的自我呢？那就等待，直到性之火像一只花条纹的老虎烧燎你。

他们骑马回家，

带回个女人，

老虎笑容满面。

你尽可以玩性游戏，玩吧！你可以逗引你的性，就像搅拌一杯冰镇苏打水。你可以拍拍你最爱的姑娘，对她动手动脚，逗引你自己也逗引她，怎么摆弄你的性都可以。

可要等待！直到你曾对之吐过口水的火焰又回到你身上再这样做！只须等待！

性是一束生命之火，黑暗，冥冥难察。它是一个男人体内最深厚的积淀，是他男子气的中心之火。

你打算拿它怎么玩要？那样，你只能让它变贱，变恶心。

去买一条大毒蛇来玩玩吧。

性甚至是太阳里高贵的储备。

哦，把小说给我！让我听听小说怎么说。

至于小说家嘛，他常常口水四溅地扯谎。

小说与感情

我们自以为很文明，受了很高级的教育，从而文明起来了。这感觉真叫可笑，因为我们全部的教育弹的仅仅是一根弦，充其量也不过两三根而已。弹，弹，弹，噌——嘣——噌！这就是我们的文明，总弹一个音符。

这音符本身挺好的，可只弹这一个就可怕了。一个音符，总是一个音符。“啊，你老婆是一只多么快活、可爱的小肥鸡呀，你怎么可能再追别的女人？”当丈夫的闻之会手抚上衣一脸惊恐地大呼：“只是一只鸡吗？”

永远是一只鸡！做妻子的可以间或选择当一只鹅或一头牛，一只牡蛎或一头让人吃不下的雌狐。

这么说我们是受过教育的了？说说看，我们都受了哪方面的教育？政治，地理，历史，机械，低度酒或烈酒，社会经济，还有社会奢侈，嘀，多么可怕的普遍知识。

可这不过是没有巴黎的法国，没有王子的哈姆雷特，无草的砖房[①]。因为我们对自身几乎一无所知。千百年来我们学会了

① 这几句为英文俗语的直译，意思均为“毫无实质的东西”。

洗脸和剪头发，这是我们作为个体学到的全部。而作为一个整体，当然是作为一个种族，我们用一只篦子为地球梳理，并且几乎可以伸手触摸星星了。那又怎么样呢？比如我这个暴躁的双腿之人，坐在这儿，好像什么都知道，如火地岛，相对论，赛璐璐的组成，炭疽杆菌的症状和日食，甚至最时兴的鞋样子。可这些对我一点好处也没有！就像那种几乎不含酒精极富营养的淡啤酒对一个打杂女工来说毫无用处一样。懂了这些，我内心的孤独仍然如初！

我们的教育如同禁酒时的淡啤酒一样，总是淡而无味。它像酒，但永远也不是酒。它让我们内心总感到孤独。

我们其实是没受过教育的人，一点希望也没有。当我们只是懂了几句巴塔哥尼亚人的成语我们就装作是受了教育的人。真是胡扯！这等于说我穿着皮靴就变成一头牛或小公牛了。呸！我们的教育不过像一双穿在外头的皮靴，没什么用。全部的教育只是身外之物而已。

那么我在家时是个什么东西？按说我该是个有理性的人了。我头上顶着一个装满思想的废纸篓子，而在我体内则是一个“感情”躁动奔放的黑暗大陆。可我就是抓不住这些情：有的像狮子一样咆哮，有的像蛇一样扭曲，有的像雪白的羊咩咩叫着，有的像红雀一样鸣啭，有的全然沉默却像滑溜溜的鱼儿一样稍纵即逝，还有的像牡蛎一样只偶然开启一下外壳。瞧我，这是干什么，又在给那废纸篓子里添上一张思想的烂纸片子，还想以此解决什么教育的问题！

狮子正冲过来！我挥着一张思想之纸抵挡它。蛇恶狠狠地瞪我一眼，我就递给它一本圣歌集。这样一来只会更糟。

野性的动物正从我们体内的黑非洲冲将出来，夜半时分你会听到它们吼叫。如果你是个像比利·桑地[①]那样的大猎人，你可以扛上一支捕象猎枪。但是，这森林就在我们每个人体内，每一片森林中都有各式各样的危险野兽，你是处在以一对一千的境地。我们躲避我们体内的黑暗非洲，躲得太久了。我们一直忙于找到北极，忙于要巴塔哥尼亚人皈依，我们爱自己的近邻却在设计新的方式消灭他。我们倾听内里，却将自己封闭。

可现在，我亲爱的，亲爱的看官，复仇女神在翕动着鼻子，于是这黑非洲发出了压抑的吼叫和尖叫。

我说的是感情而不是情绪。情绪这东西是较容易发觉的。我们发现爱就像一头毛茸茸的羊，或者像一只身着巴黎外衣的装饰品黑豹，像什么全取决于它神圣还是亵渎。我们发现：仇恨就如同一只拴在狗窝中的狗，恐惧像一只发抖的猴子，恼怒像一头鼻子上穿了一只铁环的公牛，贪婪像一头猪。我们的情绪如同驯化了的家畜，高尚者如马，懦弱者如兔，完全听我们使唤。兔子能入釜，马能驾辕。我们是环境的动物，要填饱肚子，袋里要有钱才行。

方便实用啊！情绪是可分为方便实用者与非实用者的。不

---

① 比利·桑地（Billy Sunday，1862—1935），美国福音传道士，他可以用生动的语言传道。为此劳伦斯称他手握一支“捕象猎枪”，射杀听众的感情。

实用者我们给它拴上铁链或在它鼻子中穿上一个铁环；实用者则当成宠物。所谓爱，就是我们最宠的心肝宝贝儿。

在感情教育方面，我们走的正是这条路。我们找不出表达感情的词，因为我们甚至压根儿没有感情。

那么，人是什么呢？他只是一头吞吃土豆和牛排的小马达吗？难道他体内那奇妙的生命之流是来自肉和土豆，然后转变成所谓的体力吗？

如此教育出来的人，就感情而言，我们甚至还未出生。

你可以吃饱吃撑，然后“进步”得一塌糊涂，但你的内心里仍然还是那个黑非洲，那里仍然在发出吼叫和尖叫。

人绝非是用因果之理造出的机器。万万不能这么想。人之因是永远测不清的。但那个黑暗奇妙的大陆我们仍未探索过，我们甚至不曾允许它存在。但它一直存在于我们体内，它才是我们的人之因，我们的日子源于它。

而我们的感情则是我们体内那原始丛林的第一个标志。直到现在，我们仍恐惧它，背弃它，把它圈在带刺的大铁丝网内并声称它不存在。

可是，天啊，我们之所以存在，就是因为有了这体内黑暗的原始森林，是从这里跳跃出生命，跳入我们的四肢和意识之中。我们尽可以希望排除这跳跃着的生命，成为家畜那样驯服的动物。可是请记住，我们家中的猫和狗都不是一劳永逸地被驯服的，它们每一代都须从头开始驯服。一旦失去控制，它们就不驯服了，因为它们是不会自我驯服的动物。

只有人才是会刻意自我驯服的动物，他成功了。可是，天啊，这种自我驯服是毫无止境的。驯服，就如同酒精，它最终毁灭的是其创造者。驯服是控制的结局，被驯服者自身是会因此而失去控制能力的，它必受外界的控制不可。人很有成效地驯服了自身，他管这种自我驯服叫文明。真正的文明应该与此大不相同。现在的人是给驯服了，驯服者意味着失去了统领的特殊力量。被驯服者总是受着未被驯服者的统领。人，自我驯服了，因而失去了统领的力量，即失去了自我导向的力量。他别无选择，只能像被驯服的马一样乖乖地等待勒上缰绳。

假如所有的马都突然没人管了，它们会怎么样？它们会野起来。再假设，如果把它们圈起来，它们又会怎样？它们会发疯。

这后一种情况正是人的困境之所在。他被驯服了，没有哪个未被驯服的来给他指引方向。他被关在铁蒺藜网中，只能发疯，堕落。

有别的选择吗？如果说我们可以在五分钟之内摆脱驯服，那是胡扯。要摆脱，也是一个缓慢得出奇的过程，必须严肃对待的过程。如果说我们能装作可以冲破樊篱杀人旷野，那也是胡扯。早没旷野了。人不过是一条狗，转头去吃自己呕吐出来的渣子。[①]

---

① 源自英文谚语：As a dog returns to his vomit, so a fool returns to his folly. “狗转头吃自己呕出的渣子，蠢人会重蹈覆辙。”

除非我们把自己与远古的源泉相接，否则我们还会堕落。因为堕落，我们会陷入某种奇特的感情放纵之中，它会让感情败解，败解成秋日的那种色彩——秋光秋色之后是死亡的风暴，如同狂风扫落叶一般。

没救了。人无法在自我驯服之后仍保持被驯服的状态。一旦他试图保持这种状态，他就开始堕落，从而被卷入第二种狂野之中——败解的狂野。这狂野可能一时美若秋光秋色中的满目黄叶。但黄叶是注定要飘落，落地后便会腐败。

人必先自驯才能学会摆脱之。但不能因为要变文明就否认和废黜感情。驯服并不等于文明，只是烧荒耕地。但我们的文明却难以意识到犁耕灵魂的必要性。我们以后会来播种野性的种子。眼下我们只是在烧光野草，斩草除根。就我们的灵魂而言，迄今为止我们的文明是一个毁灭的过程。我们心灵的风景是一片布满焦树桩子的涂炭荒原，偶尔有一汪绿水，一座铁皮小屋，屋里生着一只小火炉而已。

现在我们需要再一次播撒野性的种子。我们须得培养我们的感情了。试图随俗，全无一点好处，更不能让那些杂乱丛生的堕落感情出头。我们无法从中获得满足。

像精神分析医生那样对待感情是没用的。精神分析专家最最害怕的是人内心深处那个最原始的地方，那儿有上帝。犹太人亘古以来对真正的亚当——神秘的“自然人”——的恐惧，到了当今的精神分析学那里变本加厉地成为一声惨叫，就像白痴那样口吐白沫死咬自己的手直至咬出血来。弗洛伊德学说仇视那个未被上帝轰出乐园的老亚当，它把老亚当干脆看成是个变态的恶魔，一团蜷缩着的蝰蛇。

这正是堕落的被驯服者之变态观点，他们在几千年的耻辱中被驯服了。可老亚当是永远不会被驯服的。他仇视驯服，既怕又恨，但他让那些无所畏惧者崇敬着，打内心深处崇敬着。

老亚当的先祖是上帝，他在老亚当黑暗的胸腔内，在他腹中。人自己反感了自己，于是轰走了上帝，把他轰到最远的空间中去了。

现在我们该回归了。老亚当也该昂起头、挺起胸，摆脱驯服，既非恶意也非玩笑，而是让上帝回到他的体内，回到他体内最黑暗的大陆上去。是从这个上帝那里，发出我们感情的第一道黑色辐射线，无言地，完全是一种前语言状态。这来自体内最深处的辐射，是第一个信使，是我们生命之原始的、高贵的野兽，其声音无言地回荡着，永远在灵之最黑暗的路上回旋，但胜过一切有声之言。这是我们内里的意义。

现在，我们必须施行自我教育了，不是颁布什么法律或在石碑上刻戒令，而是倾听。不是倾听芝加哥或马里的金布克图这样遥远地方的电台广播，而是倾听我们血管中黑径上高贵的野兽发出的声音，这声音来自心中的上帝。向内倾听，向内心，不是听字词，也不是获取灵感，而是倾听内心深处野兽的吼叫，听那感情在血液的森林中徘徊；这血，淌自黑红黑红的心脏中上帝的脚下。

那么，怎么样，我们怎么样开始进行感情的自我教育？

不靠法律条条，不靠命令，不靠什么格言假说，甚至不必说保佑这个那个的话。压根儿不靠字词。

如果我们听不到发自我们黑色血管的森林深处的吼叫，我们可以读真正的小说，听听那里头的声音——不是听作者的说教，而是听小说人物在他们命运的黑森林中徘徊时发出的吼叫。

（本文大约写于1925年年末，作者生前没有发表，直到1936年才收入《凤凰集》出版。）

小说之未来

——为小说开刀或掷一颗炸弹[1]

你谈论一个孩童的未来，看着他躺在摇篮里那胖嘟嘟的样子，听他咿咿呀呀，此时这无疑是个浪漫迷人的话题。当一个邪恶的老爷爷躺在死榻之时，你也会与牧师谈这弥留老夫的未来。此时此刻的心情则大不相同，要迷惘得多，主要还是恐惧吧。

那么我们怎么看待小说呢？当我们畅想未来的优秀作家时，我们会感到欢欣鼓舞吗？或许我们会阴郁地摇摇头，希望这号儿邪性的家伙再多坚持几日？

小说到底是卧于死榻之上的老罪人呢还是围着摇篮蹒跚着的小乖乖？

在我们下结论之前，还是再看他一眼吧。

现代小说是个多面魔鬼，像一棵枝桠繁杂的树。其两面性就如同一胎连体人一样：一面是苍白但高雅的严肃小说，你不得不严肃地对待它；而另一面则是一个花言巧语假笑的轻佻女子，人称通俗小说。

---

① 副标题为发表时杂志所加。

先让我们来号一号严肃的百手巨人和他们的作品的脉搏，如《尤利西斯》，朵萝西·理查森女士[1]和马塞尔·普鲁斯特[2]先生。然后再来看看另一边的心跳，如《酋长》[3]和基恩·格雷先生[4]，还可以加上罗伯特·钱伯斯先生[5]等等。

《尤利西斯》是在摇篮之中吗？还摇篮呢，瞧它那张阴沉脸儿！《尖屋顶》(朵萝西·理查森著)，是小女孩们的漂亮玩具吗？那位普鲁斯特又算怎么回事？

哦，你可以听到他们嗓子眼里死亡的咕噜声。他们自个儿也听得到。他们聚精会神地倾听，是想发现这嗓子眼里的死亡之声是小三度还是大四度的。这副样子倒真像儿童了。

你刚看到了，"严肃"小说正在拖着长长的十四卷[6]痛不欲生，其作者却又像孩子一样对这种现象入了迷。"我的小脚指头是不是有点疼？疼还是不疼呢？"乔伊斯先生、理查森女士和普鲁斯特先生的小说中几乎每个人物都问这个。他们还会问：

---

① 朵萝西·理查森（Dorothy Richardson，1882—1957），英国小说家，著有《朝圣》等小说，被认为是现代小说史上开"意识流"之先河者。

② 普鲁斯特（Marcel Proust，1871—1922），法国作家，著有《追忆似水年华》，被称为"意识流"小说大师。但劳伦斯终生侧视普鲁斯特，称其作品"过于虚假，不忍卒读"。

③《酋长》是1919年的畅销书，作者是E.M.赫尔（E.M.Hull），据说该书出版时正值稍带诱惑性的性感小说和电影风行之时，被认为是通俗小说。

④ 基恩·格雷（Zane Grey，1875—1939），美国通俗小说家，以写西部生活著名。

⑤ 钱伯斯（Robert Chambers，1865—1933），美国多产作家与插图画家。

⑥ 指普鲁斯特的《追忆似水年华》。

“我的汗味是不是乳香、橘香与鞋油的混合香味儿？要么就是药味、咸肉油味和呢服味的混合味？”

死榻周围的听众凝神屏息等待答案，可一直读了几百页后才发现一个阴郁的声音说：“全都不是，是可怕的杂味儿。”于是听众浑身一颤，咕哝一声：“我觉得也是这么回事儿。”

这就是行将就木的严肃小说之无聊、冗长的喜剧。它把自我感觉撕碎成精制的小碎片，碎得几乎看不见，必得用嗅觉来发现它们才行。乔伊斯先生和理查森女士用自己万儿八千页的小说把自己撕成碎片，把最细微的情感都劈成最纤细的细线。读这种小说你会感到你内心深处织起的一片毛毯正被缓缓抖落着，你随之变成了羊毛。

这不好，因为太孩子气了。到了一定年龄再如此这般地自我沉醉，实在是孩子气。自我沉醉在豆蔻之年是自然而然的事，在弱冠之年还可以自我沉醉一点，可过了而立还这样，那只能说明你的人格发展迟滞了，不会是别的毛病。若是此种症状在近知天命的岁数上依然如故，很明显，你是个老小孩。

严肃小说就是如此，是老小孩。它总孩子般地沉溺于“我是什么”的问题。“我是这个，我是那个，我是别的。我的反应是这样这样这样。天啊，如果我更仔细地观察自己，如果我更详细地分析我的感情——如果我解开了裤子但不粗野地把解裤子的事说出来，那样我就可以继续写上亿页而不是上千页。事实上，这事越想越粗野，越不文明，怎么能直直地说我解开了裤子呢？总之，这是沉醉于探险！我先解哪一个扣子呢？——？”如此等等。

严肃小说中的人太专注地关心他们自己，他们感觉到了什么和没感觉到什么，他们对每个裤子扣儿的感知都生死攸关。而这类书的读者则同样发狂地关注作者的发现让他们产生什么反应，并且会说：“那就是我！真正如此，我在这书里找到了我自个儿！”天啊，这比死榻还有过之而无不及，几乎是死人的表现。

只有某些大灾变才会让严肃小说摆脱其自我沉醉状。最近的这次大战使它情况更糟了。怎么办呢？

可怜的东西，它真的还很年幼哩。小说从未成熟过，从未长到懂事年龄，它总是幼稚地企盼着最好，但最终总是感到失望无奈。这纯属幼稚。

而这种童稚气却被无限拖长了，不少青少年甚至把他们的青少年期拖到四十岁、五十岁、六十岁，如此而已。

看来非得给他们动动手术才行。

再来看看通俗小说吧，《酋长》们，《巴比特》[①]们，还有基恩·格雷们，它们同样地沉溺于自我而不能自拔，不同的是它们还对自己抱有更多的幻想。女主角们真的以为自己更可爱、更迷人也更纯情。男主角们真的觉得自己更英雄、更勇敢、更骑士、更迷人。于是群氓们便在通俗小说中也“找到了自个儿”。

可如今他们发现的“自个儿”是滑稽的。手持皮鞭的“酋

① 美国作家辛克莱·刘易斯（1885—1951）的名作。

长”，身上有鞭伤的女主角。可她受到了崇拜，不理会鞭子，只崇拜她身上未被说明的某个部位上看不见的鞭伤。

在通俗小说中他们发现的确是滑稽的自我。《如果冬天将至》中的基本寓意是十分站不住脚的。“你越善，下场就越惨，可怜的人，可怜啊。千万别太善了，这可不好。”而《巴比特》里则这样说：“接下来，你发了财，然后再装作若无其事，以此压那些唯利是图的肮脏小人一头。这号人发了点财就不知道姓什么了，而你却能压他一头。”

总是这种同样的发酵粉让你发起来：苏打与酒石，酒石与苏打相互作用。《酋长》之类的女主人公，被鞭挞了臀部，却很受人推崇。巴比特们虽腰缠万贯，却自叹命薄而哭泣。“冬天将至”类的男主人公们倒是好样儿的，却给关进了大狱。教训：千万别太善太好，你会因此而坐牢。教训：没发财前不可自怜，没那个必要。教训：如果人家没用鞭子打你让你接受他的崇拜，千万别让人家崇拜你，否则你就成了小小罪恶或神圣婚姻的同谋。

这同样又是孩子气，是长不大的青少年的标志。进入自我意识的圈套中不能自拔，只会在里面发疯，疯得不成样子。把青少年期拖至中年和老年，这就像《董贝父子》中的那个疯老婆子“克莉奥帕特拉”一样，用尽最后一口气叨念着什么“玫瑰色的窗帘啊……”[①]真是个老巫婆。

---

① 狄更斯小说《董贝父子》中董贝的第二位太太斯克尤顿坐在马车中很像大船上的克莉奥帕特拉女王。

小说之未来。可怜的旧小说，它正处在肮脏混乱的一隅，要么翻墙而过，要么砸洞而出。换句话说，它必得长大才行。要放弃那些孩子气的东西诸如：“我爱不爱这女子？”“我是不是既甜美又纯洁？”“我解裤子扣儿是从左边开始还是从右边？”“我母亲拒喝我的新娘子为她煮的可可，这会不会毁了我的生活？”这类问答早已不再吸引我了，尽管世上人们仍在一遍遍旧调重弹。至于我，我根本不在乎我爱不爱那女子、我是否是政府标准下纯洁或不纯洁的人、解裤子从左至右还是从右至左或我母亲怎样看待我。我对这类事再也不上心了，尽管我曾经很上心过。

简言之，这类纯情感的自我分析技巧在我这里玩不转，我没这本事。他们弹什么曲我只当是充耳不闻，他们演什么绝妙的马戏我则视而不见。

但是，我既不是在这方面玩腻了，也非愤世嫉俗，我只是对别的什么更感兴趣。

假如这些东西下面安了一颗炸弹，那我们怎么办？我们打算把什么样的感情带入下个时代？我们将被什么样的感情所裹挟？当这种民主——工业——多情——亲爱的带我找妈妈之状态爆炸后，什么样潜在的冲动能提供实现新状态的动力？

下一步是什么，我对此感兴趣。而现在是什么则了无情趣。如果你想在过去寻找“下一步”，你可以读早期的小说，这些小说作者是圣马太、圣马可、圣路加和圣约翰，这四本书被称作福音书。这些小说中有未来的线索，有新的冲动，新的动力和新的灵感。它们不在乎“现在”怎样或“过去”怎样，对《大街》，《如果冬天将至》，《酋长》或《琉璃繁缕花》[①]视而不见。四福音书是要给世界注入新的冲动。

无论用多么高的标准衡量，四福音书也算得上小说，这一点无可否认。

柏拉图的《对话录》也是奇怪的小说呢。

在我看来，世上顶大的不幸就是哲学与小说分了家。它们曾是一家，从神话时代起就是一家子。后来它们就像一对唠叨嘴子夫妻一样分道扬镳了。分出去的人有亚里士多德，托马斯·阿奎那，还有那不是个东西的康德。于是小说变得毫无条理，而哲学则干巴巴抽象无聊。这两者应该在长篇小说中再次聚首才好，那样我们才会读到现代的福音书，现代的神话，并学到新的理解方式。

你必须在人类身上发现为新事物奋斗的新冲动。但若想通过抽象概念来找到它，那是死活找不到的。甚至在福音书中也有太多的布道。“保佑X、Y和Z”，我根本不在乎X、Y和Z。让我看到汤姆、迪克或亨利这样实实在在的人受到保佑吧。让我看到，汤姆脆弱时他受到了保佑，或者他目中无人时更受保佑。耶稣登山训众时讲的福音里那些X们是要不得的。X若精神贫乏倒情有可原，可如果杰克什么的也这样就招人讨厌了。

---

① 琉璃繁缕是一种猩红色的野花，别名海绿。该书作者是奥齐男爵夫人（Baroness Orczy，1865—1947）。该传奇小说曾轰动一时，后被改编为歌剧和电影，中文译名为《红花侠》或《腥红色的繁笺花》。

不行，不行，哲学和宗教在代数的方向上走得太远了。若X代表羔羊而Y代表山羊，那X–Y就等于天堂，X+Y就等于大地，Y–X就等于地狱了。

谢谢！那么X穿什么颜色的上衣呢？

而另一方面，小说在情感方面又走得太远。在小说中，人们总爱端坐着受感情之苦，或享受感情之乐。但他们从不说："起来，变它个样儿。"

不。只有类似四福音书的小说或传奇冒险小说如《使徒的行为》[①]，圣奥古斯丁的《忏悔录》[②]或《一个医生的信仰》[③]，它们才真的要改变感情，对某种真正新鲜的事物进行掘入。而陷在X们、Y们和Z们中间则会给绊倒的。

小说有其未来。它的未来在于取代我们已知的福音书、哲学和今日之小说。它应该有不用抽象概念解决新问题的勇气，它必须向我们展示新的、真正新的感情和整个儿全新的情感轨道，从而使我们摆脱旧的感情套路。与其为现在和过去鼻涕一把泪一把地悲泣或按照旧的路子发明新感觉，倒不如冲破旧的，如同在墙上砸开一个窟窿从中逃出。为此，公众会大为震惊，认为这是大逆不道。原因很简单：你长久挤在一个窄角落里，对其拥挤状态已十分适应，最终甚至会觉得十二分的舒坦。一

---

① 使徒，即耶稣的十二门徒。据说他们订下了一份信经。

② 此书为圣奥古斯丁（354—430）的心灵自传。

③ 此书为英国医生、古董商托马斯·布朗（Thomas Browne，1605—1682）的自辩。

旦你发现这舒适之墙角上出现了一个明晃晃的洞，你就会惊恐万状。你会吓得躲避起这股清新空气来，似乎这新空气是来害死你的。

但随着一个个胆小鬼从这口子中蹭将出去，他们会发现外面是个崭新的世界。

（本文1923年写于美国新墨西哥。起因是前一年劳伦斯在澳大利亚时看到当地报纸上刊载一篇题为《小说之未来》的文章，作者采访了60位英国作家，里面没有劳伦斯；但其中一位被采访作家却在回答问题时称劳伦斯是“他那代人里最伟大的作家”，“小说的未来掌握在他手中”。到美国后劳伦斯读了乔伊斯《尤利西斯》，对其评价很低，私下里称乔伊斯像一个满脑子污秽的教师。劳伦斯的美国出版商趁机建议劳伦斯写文章批评乔伊斯，但劳伦斯认为那样对乔伊斯“不公平”。他拒绝公开撰文抨击乔伊斯，而是写了这篇对小说之未来的宏观论述，恰逢《国际文学图书评论文摘》向他约稿，就将这篇文章发在该刊上。当然，文中提到《尤利西斯》时还是略有贬低。）

书 谈

书只是玩具，思想的玩具吗？

那，人是什么呢？是永远聪明的孩童吗？

难道人只是个聪明的孩童，永远用一种印刷的玩具自娱自乐？那玩具叫书。

还有，甚至那些大伟人也花去他们的大部分时间制造精美绝伦的玩具，如《匹克威克外传》[①]或《一塔双人》[②]。

但不仅如此。

人是思想的冒险家。

人是思想中的一大赌注。

这赌注从何开始又将止于何处，没人知道。不过我们已经走了很远，还是看不到终点。我们现在正是人类意识之痛苦的以色列人，在世界的混乱荒野中迷了路，嘻嘻傻笑着安营扎寨。就此打住，不必再往前走。

好吧，就让我们扎寨，看看会怎么样吧。当事情变得不能

---

① 狄更斯的小说。劳伦斯认为这书“不怎么样”。

② 哈代的小说。劳伦斯对此书评价不高。

再坏的时候，肯定会出现一个摩西，他会竖起一个铜做的蛇[①]。于是我们便可以重新出发了。

人是思想的冒险家，他多少个世纪以来一直在思想。他曾借助小木头人和小石头人思想。再后来是借助象形文字（写在方尖碑上、黏土上和纸莎草上）来思想。现在他在书中、在封面和封底之间思想。

书之最害人处在于它用封面和封底把东西封闭起来。当人不得不在石头上和方尖碑上写字时，他是很难撒谎的。白天的光线太亮了。后来他就钻进山洞里，秘密的洞里和庙宇中，在那里他可以创造自己的环境去撒谎。书正是一个地下的洞，还带有两个盖子，是个绝好的撒谎地点。

让我们回过头来说说人之长久的思想探险中陷入的真正两难之境。人是个撒谎者，是个自欺欺人的骗子。他对自己说个谎言，然后围着谎言打转转，似乎那谎言是他鼻子上的一点磷光。云柱和火柱[②]等待着他结束谎言，它们默默地等在一边，等他抹掉鼻尖上的那点鬼火。可是人，他追随谎言时间越久，他越相信他看到了光芒。

人的一生就是一场在意识中无休止的探险。他的前方，白天是云柱，夜间是火柱，穿越过时光的荒野。他对自己撒一个

---

① 离开埃及后，以色列人“在荒野中度过了四十年”。见《圣经·旧约·申命记》8：2和《圣经·旧约·民数记》21：9。

② 见《圣经·旧约·出埃及记》13：21：“日间，耶和华在云柱中为他们领路；夜间，在火柱中光照他们。”

又一个的谎，从而这谎言就先行引路，就像一只胡萝卜摆在一头驴面前一样。

在人的意识中有两种知识：一种是他自己告知自己的，另一种是他所发现的。他告知自己的东西几乎永远令人愉快，这就是谎言。而他们发现的东西则一般来说是很痛苦的。

人是思想的冒险家。所谓思想，我们当然指的是发现，而不是指对自己讲些发了霉的事实并做些虚假的演绎——后者常常被当成是思想。思想是一种探险而非耍花招儿。

当然这是一个人全身心投入的探险，并非仅仅是智慧的探险。正因此，人们无法十分信服康德或斯宾诺莎[①]。康德只用头脑和精神思想，但从不用血液思想。其实人的血液也在冥冥中沉重地思想着，它在欲望和情感剧变中思想着，会得出奇特的结论来。我的头脑和我的精神得出的结论是，这个人的世界，如果人们相爱着[②]，就会变得完美。可我的血液却认为这想法是胡说八道，并指出这一招很有点叫人恶心。我的血液告诉我，就没有完美这回事。有的只是在意识中无休止的探险，走过的是永远危险的时光峡谷。

人会发现他的头脑和精神给他领错了路。眼下我们就十分可怕地偏离了轨道，只顾追着精神走了——精神说如果每件事

---

① 作为理性主义和理想主义哲学家，斯宾诺莎（Spinoza，1632—1677）或康德（Kant，1724—1804）都不受劳伦斯的推崇。劳伦斯认为："我们的头脑可以出毛病，可我们的血液之所感、所信和所言却总是真切的。"

② 见《圣经·新约·约翰福音》15：2。

物都完美那该多好；只顾倾听头脑的——头脑说只要我们摒弃我们血的存在这顽固而又讨厌的真实，我们就可以让任何事物都完美起来。

我们十分沮丧地偏离了轨道，还在大发脾气，正像一个迷途的人那样。我们在说：我才不找那麻烦，命运会解决问题的。

命运并不会解决问题。人是思想的冒险家，而且只有在思想中的探险能替自己找到出路。

就说我们的文明吧。我们在发脾气，是因为我们虽得到了它却并不真的喜欢它。我们为它营造了几千年，把它建设得如此庞大以至于我们都挪不动它了。总之我们恨它。

太糟糕了！怎么办？

怎么办？没辙！我们像恼怒的孩童，恼怒，是因为我们不喜欢正玩着的游戏，深感那是被迫玩的。于是我们玩得了无情趣，满心的恼火。

我们玩不好这游戏，越玩越坏。事情也就越变越糟。

好吧，由它们去！让它们每况愈下吧！我死后发洪水，与我何干？

没错！不过，有洪水必有挪亚方舟。这是旧式探险中的探险家。

想到此，你会认为挪亚比洪水重要，方舟比冲走的整个世界都重要。

我们现在怒了，在等待洪水的到来，冲走我们的世界和我们的文明。好吧，让它来。不过，总有人要准备上挪亚方舟。

比如，我们想象，如果来一场可怕的冲突并血洗欧洲，冲突与血洗之后注定会有残存的人再生。

我们错了。看看那些可怕的俄国时代的幸存者吧，你从中很难发现再生的人。他们比以往更恐惧、更失魂落魄。大灾大难非但没有让他们还原成人，反而最终让他们失去了人之勇气。

怎么办？如果说一场大灾难只会使我们比现在更懦弱，这大灾难还有什么好？于是，就再也没有什么算得上好了。因为我们这些可怜的人正被困在我们文明的巨大笼子中。

仅仅灾难本身从没对人有所帮助。对人唯一有所帮助的是人之灵魂中冒险的火花。假如没有这活生生的冒险火花，那么死亡与灾难就都如同明日的报纸一样毫无意义。

就说罗马的灭亡吧。公元后五、六、七世纪那段“黑暗时代”里使罗马帝国灭顶的灾难并未动摇罗马人一根毫毛。他们仍像我们今天一样今朝有酒今朝醉，一派满不在乎的样子。而灭了他们的是匈奴人、哥特人、汪达尔人和西哥特人等等。

其结果呢？野蛮之洪水涨潮，彻底淹没了欧洲。

不过幸运的是，还有挪亚带着他的动物躲入了方舟。有年轻的基督教，还有孤独但固若金汤的修道院像一艘艘小小的方舟在洪水上漂泊从而继续着思想的探险。思想的探险没有中断。就在那场惨绝人寰的大洪水中，有几个勇敢的人硬是在虹[1]之下

① 《圣经》上说，虹是上帝与尘世订下永约的标记，保佑尘世不被洪水灭顶。

驾着方舟与洪水搏斗。

早期教会的僧侣和主教们在黑暗时代的大洪水中支撑着人之灵魂与精神，教它不折不屈不灭。以后这不死的勇气精神融入了野蛮人，同化了高卢人和意大利人，随之出现了新的欧洲。但这精神的萌芽却一直生生不死。

一旦世人失去了其勇气和创新，这世界就算走到头了。古犹太人也说过同样的话：只要这世上还有哪怕一个犹太人激情地祈祷，这个种族就不会灭亡。

由此我们知道自己的所在了。不能把一切都交给命运。人是冒险者，他永远也不应放弃探险。冒险就是冒险，命运不过是冒险周围的环境。冒险中心的冒险家就是混乱环境中的一棵萌芽。若不是因了方舟中挪亚那活生生的萌芽，混乱还会让大洪水重降世上。但混乱无法重降，因为挪亚同所有的生灵一起漂浮着。

罗马陷落时，基督教徒们也遇上过同样的情境。面对野蛮人的入侵，他们躲入坚固的小修道院中自卫，已经可怜到没有占有欲的地步。当狼和熊横扫里昂的大街，当一只野猪呼哧着掀翻奥古斯都大帝庙宇里铺砖的路面，基督教主教们仍然专心致志、毫不动摇地在被践踏过的街上漫游，寻找着教友。这是一大冒险，但他们没有放弃。

当然，挪亚总是少数派。同样，当罗马帝国开始陷落时，基督教徒也是少数派。现在，基督教徒不可救药地成了多数，是该他们灭顶的时候了。

我了解基督教的伟大，那是过去的伟大。我懂这个。若不是因为有了那些早期的基督教徒们，我们永远也不会逃脱黑暗时代的混乱与灾难。假如我生活在公元四百年，上帝保佑，我会是个真正热情的基督教徒，一个冒险家。

可我现在是在一九二四年，基督教的探险已经完成。这探险已经与基督教无干。我们必须踏上新的探险之路，向着上帝。

（此篇写于 1924 年，作者死后归入《凤凰集》出版。）

地之灵

我们喜欢把旧式的美国经典著作看成是儿童读物，这反倒说明我们过于幼稚。这些文学作品具有某种非美洲大陆莫属的异域风情。可是，如果我们坚持把它们当作儿童故事来读的话，就无法领略这一切了。

我们无法想象三四世纪前后的那些循规蹈矩、性情高雅的罗马人是如何阅读卢克莱修①、艾普利亚斯②、塔图里安③、圣奥古斯丁④或阿桑那希阿斯⑤奇特的著述的。伊比利亚半岛上西班牙人奇妙的声音，古老的迦太基人神奇莫测的语言，利比亚和北非的激情，我敢说，那些一本正经的古罗马人从来没听说过这一切。他们是通过读古拉丁文的结论来了解这些的，正如我们是通过阅读老欧洲人的陈旧结论来了解爱伦·坡和霍桑一样。

倾听一个新的声音是困难的，这就如同倾听一种未知的语言一样。我们呢，干脆不去听。而在旧的美国经典著作中是有

---

① 卢克莱修（96？—？55B.C.），罗马哲学家、诗人。

② 艾普利亚斯，公元二世纪罗马哲学家、讽刺作家。

③ 塔图里安（160？—220？），最早的基督教神学家。

④ 圣奥古斯丁（354—430），早期基督教会领袖。

⑤ 阿桑那希阿斯（296？—373），亚历山大城大主教。

一个新声音的。整个世界都拒绝倾听这个新声音，却一直把它们当成儿童故事叨念着。

为什么？是出自恐惧。这个世界比怕任何事都更怕一种新的体验。因为一种新的体验要取代许许多多旧的体验。这就如同启用从未使用过或僵硬了多年的肌肉一样，这样做会带来巨大的疼痛。

这个世界并不惧怕新的观念。它可以将一切观念束之高阁。但是它无法把一个真正清新的经验束之高阁，它只能躲避。这个世界是一个大逃避者，而美国人则是最大的逃避者，他们甚至躲避自己。

旧的美国书籍让人产生一种新颖的感觉，比现代书籍要强得多。现代书籍空洞麻木还自鸣得意。而美国的旧经典著作则令人产生一种"截然不同"的感知，让人觉出从旧灵魂向新灵魂的过渡，新的取代旧的。这种取代是令人痛苦的。它割破了什么，于是我们像黏合割破的手指头一样用一块布来包扎伤口。

这同时也是一种割裂。把旧的情绪与意识割掉。不要问剩下了些什么。

艺术化的语言是唯一的真实。一位艺术家往往是一个十足的说谎骗子，可是他的艺术——如果算得上艺术的话，会告诉你他所处时期的真相。这是至关紧要的东西。没有什么永恒的真理。真理是随着时光变迁的，昨日优秀的柏拉图今日就是一个满口胡言者。

旧日的美国艺术家是一批不可救药的说谎骗子。可是他们无论如何算得上是艺术家，这一点连他们自己都没意识到。眼下健在的大多数从艺者们更是如此。

当你读《红字》，不管你是否接受霍桑这位如此美好、蓝眼睛的宝贝为自己伸张的一切（他同一切可爱的人一样是在撒谎），还是读出了其艺术语言无懈可击的真实，为此你感到赏心悦目。

艺术化语言之奇特在于它谎话连篇却能自圆其说。我想这是因为我们一直在自欺欺人的缘故。而艺术正是用谎言模式来编织真理的。这正如陀思妥耶夫斯基自诩为基督，可他真正露出的则是一副吓人的面孔[①]。

真正的艺术是一种遁词。感谢上苍，如果我们想看破这遁词的话我们还是能做得到这一点的。艺术有两大作用。首先，它提供一种情感体验。其次，如果我们敢于承认自己的感情，我们可以说它可以成为真理的源泉。我们有过令人作呕的感觉，可我们从来不敢从中挖掘出切实的真理来，其实这真理与我们息息相关，是否与我们的子孙相关也未可知。

艺术家通常要（或者说惯于）挑明某种寓意并以此来使某个故事生辉。但往往这故事却另择他径。艺术家的寓意与故事的寓意竟是如此截然相反。永远不要相信艺术家，而要相信他笔下的故事。批评家的作用在于从创作故事的艺术家手中拯救

---

① 劳伦斯认为陀氏小说虽属伟大寓言，但是虚假的艺术，错在赋予普通人以神性。

这故事。

说到这里，我们明白了这本书研究的任务，这就是把美国故事从美国艺术家手中拯救出来。

还是让我们先来看看美国的艺术家吧。他最初是如何来到美国起家的？为什么他不像他的父辈一样仍然是欧洲人？

听我说，不要听他说。他会像你预料的那样说谎。从某种意义上说他说谎你也有责任，因为你预期他会这样。

他来美国并非出于追求信仰自由的缘故。在1700年，英国的信仰自由要比美国大得多。要自由的英国人取得胜利后，就在自己的国家里为信仰自由而奋斗了[①]。他们终于获得了自由。信仰自由吗？请读一读新英格兰最初的历史记载吧。

是自由吗？自由人的国土！[②]这里是自由的土地！哦，如果我说句什么让他们不中听的话，这些自由的人群就会用私刑来折磨我的。这就是我的自由。自由吗？哦，我从未到过这样一个国家，在那儿人们如此惧怕自己的同胞。正如我前面所说，因为一旦有谁表示出他不是他们的同党，人们就可以自由地对他施以私刑。

不，不，如果你喜欢维多利亚女王的真理，那你就试试吧。

那些远游的父辈和他们的后代到美洲来压根儿不是为了寻求信仰自由。那他们在这儿落脚后建立起来的是什么呢？你认

---

① 指十七世纪英国人推翻詹姆斯二世的内战。但战后控制了议会的基督教长老会却完全压制宗教宽容。

② 引自《星条旗之歌》。

为是自由吗?

他们不是为自由而来。哦，如果是这样的话，他们会沮丧而归的。

那么他们是为何出走呢? 原因很多。或许根本不是来寻求自由的——不是真正的自由。

他们的出走更多地是为了逃跑，这是最简单的动机。逃跑。逃离什么呢? 最终，是为了脱离自我，脱离一切。人们就是为这个才来美国的，人们仍在继续这样。他们要与他们的现在和过去决断。

“从而摆脱主子。”

不错，是这样的。可这不是自由。恰恰相反，这是一种绝望的限制。除非你找到了某种你真正向往的东西，那才算得上自由。而美国人总呼喊他们不是自己向往成为的那种人。当然，百万富翁或即将成为百万富翁的人是不会这样吼叫的。

但无论如何，他们的运动是有其积极的一面的。那洪水一样乘船从欧洲跨过大西洋流向美洲的人们并非简单地是随大流要摆脱欧洲或欧洲生活方式的限制。当然，我相信这仍然是这种大规模移民的主要动机。但除此之外，还有别的原因。

似乎人时而会产生某种要摆脱一切控制的疯狂力量。在欧洲，古老的基督教是真正的霸主。教会和贵族创造了基督教教义，这似乎有点反常，但事实的确如此。

霸权、王权和父权力量在文艺复兴时就被摧毁了。

就是在这个时期人们开始漂洋过海奔向美洲。人们摆脱掉的是什么呢？是欧洲的旧权威吗？他们是否从此逃脱了权威的限制并获得了一种新的绝对自由呢？或许是吧。但还有更重要的因素。

自由固然好，但人是不能没有主子的，总有一个主人。人要么心悦诚服地信任一个主人，要么与主人发生冲突，要毁灭这主人。在美国，与主人的冲突一直是一个重要现象，它成为美国人的一大动力。可是奴性十足的欧洲人蜂拥而至，为美洲提供了顺从的劳动阶级。当然这种驯服不过是第一代人的问题。

可是，在欧洲却端坐着他们的老主人，他像一位家长一样。在美洲人的心灵深处蕴藏着一种反欧洲家长的力量，但是没有任何美洲人感到自己彻底摆脱了欧洲的统治。于是美洲人就这样压抑着自己的反抗情绪，很有耐心地忍受着，与欧洲若即若离。他们在忍耐中服从着旧的欧洲主人，很不情愿，反抗情绪毫不减弱。

你无论如何都不要主子。

> 咔，咔，凯列班
> 找一个新主人，做一个新人。[①]

我们可以说利比里亚共和国和海地共和国的人是逃跑了的

---

① 此句模仿莎士比亚《暴风雨》中剀列班的歌词。

奴隶。仅利比里亚就够了[①]！我们是否也用同样的眼光看美国人呢？说他们整整一大国的人都是逃亡的奴隶吗？当你想到东欧的游牧部落时，你可以说他们是一大批逃亡奴隶。可是谁也不敢这样称呼闯美洲的先驱们，不敢这么称呼理想主义十足的老美国人和受着思考折磨的现代美国人。一群逃亡奴隶。警惕啊，美国！你们是少数诚恳而自我折磨的人民。

没有主子的人。

咔，咔，凯列班

找一个新主人，做一个新人。

那些祖先们为何要漂过可怕的绝望海洋来到这里呢？啊，那是一种绝望的精神。他们绝望地要摆脱欧洲，摆脱古老的欧洲权威，摆脱那些国王、主教和教皇们。当然，还有更多更多的东西，这需要你细细研究。他们是一些阴郁而优秀的人物，他们需要别的什么。不要什么国王，不要什么主教，甚至连上帝都不要。同时，也不要文艺复兴后的新“人类”。在欧洲的这种美好的自由解放全要不得。这东西令人郁闷，远非轻而易举。

美国从未顺利过，今天仍不那么轻松。美国人总是处在某种紧张状态中。他们的自由解放纯属一种意志紧张：这是一种

① 利比里亚于1847年成为一个独立的国家是为了收容返回非洲的奴隶。海地则于十九世纪初独立。

“你不许如何如何”的自由。从一开始就如此。这是一片“你不许如何如何”的国土。他们的第一条训诫就是：“你不许称王称霸。”于是就有了民主。

“我们是没有主子的人。”美洲之鹰[①]这样喊道。这是一只雌鹰。

西班牙人拒绝接受文艺复兴后欧洲的自由解放，于是美洲大部分地区都充斥着西班牙人[②]。美国人同样拒绝接受文艺复兴后欧洲的人道主义。他们最忌恨的就是主子，再就是忌恨欧洲人中流行的那种轻松的幽默。在美国人的灵魂深处凝聚着阴郁的紧张，美洲的西班牙人也莫不如此。就是这种阴郁的紧张仇恨古老的欧洲本能，它目睹着这种欧洲本能的幻灭而为此幸灾乐祸。

每一个大陆都有其伟大的地域之灵。每一国人都被某一特定的地域所吸引，这就是家乡和祖国。地球上的不同地点放射着不同的生命力，不同的生命振幅，不同的化学气体，不同的星座放射着不同的磁力——你可以任意称呼它。但是地域之灵确是一种伟大的真实。尼罗河峡谷不仅出产谷物还造就了埃及那了不起的宗教。中国造就了中国人，将来也还是这样。但旧金山的中国人将在某一天不再是中国人，因为美国是一个大熔炉，会熔化他们。

---

① 美元硬币和后来的纸币上都有白头鹫的图像，它是美国的国鸟。

② 西班牙曾征服南北美洲，在十九世纪初在北美还很有势力，占领着美国的中西部。

在意大利，在罗马城就有一股强大的磁力。可如今这磁力似乎逝去了。地域也是可以死的。英伦曾产生过妙不可言的地磁力，这是它自身的吸引力，这力量造就了英国的民众。眼下，这力量似乎垮了。英国会死吗？如果英国死了，其后果如何呢？

人不像自己所想象的那么自由，哦，差远了。最自由的人或许是最不自由的。

人自由的时候是当他生活在充满生机的祖国之时，而不是他漂泊浪游之时。人在服从于某种宗教信仰的深刻内在的声音时才是自由的。服从要出自内心。人从属于一个充满生机、健全的、有信仰的群体，这个群体为某种未完成甚至未实现的目标而积极奋斗，只有这样他才是自由的人。逃向荒蛮的西部时并非自由。那些最不自由的人们奔向西部去呼唤自由了。人只有在对自由毫无感知的情况下才是最自由的人。对于自由的呼唤其实是镣铐在哗哗作响，永远是这样。

当人做他喜爱做的事时他并非是自由人。一旦他能够做自己愿意做的事，他就不挑剔了。人只有做自我心灵深处想做的事时他才是自由人。

那就寻找灵魂深处的自我吧！这需要走向纵深地带。

最深秘处的自我距人很远，而清醒的自我则是一个固执的顽童。但我们可以相信一件事，如果你想获得自由，你就得放弃你喜欢做什么事的幻想，而要寻觅“它”希望做的事。

可是你要做“它”喜欢做的事，你首先要击破旧的“它”

的统治。

或许，文艺复兴时，当王权和父权破灭后，欧洲获得了某种似是而非而有害的真理：自由和平等。可能奔向美洲的人都有所感，于是他们全盘否定旧的世界。他们去了一个比欧洲优越的地方。在美国，自由意味着与所有旧的统治决裂。而要获得真正的自由还需待美国人发现了“它”并实现“它”才行。“它”就是最隐秘处人完整的自我，是完整的自我而不是理想化的似是而非的自我。

当年的先驱就是为此才来美国的；这也是我们来美国的缘由。全受着“它”的驱使。我们无法看清那载我们而来的风，这风同样也载来了成群的蝗虫。这股看不见的磁力把我们吸引来，如同它把无数候鸟吸到未知的目的地一样。这是真的。我们并非像自己想象的那样可以自行选择并做出决定。是“它”替我们做出选择和决定。当然，如果我们只是逃亡的奴隶，对注定的命运颇为自信到庸俗的地步，那又另当别论。可是，如果我们是生机勃勃的人，与生命源泉息息相关，就得听从“它”的驱使和决定。我们只有服从才能自由。一旦我们反其道而行之，自以为在自行其是，我们就成了被复仇女神追逐着的奥列斯特[①]了。

当美国人最终发现了美国，发现了他们完整的自我时，他们还要对付大批的命运莫测且对此毫无信心的逃亡奴隶。

---

① 迈锡尼王阿伽门农之子，杀其母替父报仇。见埃斯库罗斯戏剧。

谁将在美国取胜呢？是逃亡的奴隶还是那些完整的新人？

真正的美国之日还未开始。至少可以说还不是朝阳初升之时，这黎明仍然是虚幻的。在美国人进步的意识中有着这样的重要欲望，那就是与旧事物决裂。与霸主决裂，让人民振奋精神。人民的意志不过是虚幻的东西罢了，说不上振奋。那就以人民意志的名义，摆脱主子吧。一旦你摆脱了霸主，你所拥有的就仅仅是人民的意志这个词儿了。然后你就可以停下来自省，试图恢复你的完整。

够了，不说美国人清醒的动机和民主了。美国的民主不过是摧毁旧的欧洲霸主和欧洲精神的武器。欧洲摧毁了，美国的民主就烟消云散了，美国得从头开始。

迄今为止的美国意识还是虚幻的。民主的理想尚属消极。可这其中已孕育着“它”的一线启示之光。“它”就是美国完整的灵魂。

你应该剥掉美国人言论中的民主与理想的外衣，去观察内在的“它”的混沌躯体。

“就这样不要主子。”

就这样被主宰。

（《地之灵》《纳撒尼尔·霍桑与〈红字〉》《惠特曼》这三篇写于1917—1919年之间，曾在《英国评论》上连载。1922年劳伦斯到美国后，对相关随笔进行了修改或重写，1923年以《美国经典文学研究》为书名在美国出版。第一次世界大战期间，劳伦斯因娶了德国夫人而被怀疑是德国间谍，不许离开英国，作品也难以在英国出版；但美国的出版社一直很关注他，为他的作品出版美国版，在他最困难的时候，美国的杂志还向他约稿。他成了一个从未去过美国的“美国作家”。美国这个“新世界”在劳伦斯心目中简直就是天赐的迦南福地，他不断地对友人重复说那里有“希望”和“未来”，准备战后一俟获得离境允许就首先去美国。他打算在美国举办讲座，于是重温少年时代就喜爱的美国文学作品，边读书边写随笔。劳伦斯比美国本土的批评家更早地将麦尔维尔等一批美国早期作家作品归为“经典”，其视角之独特，笔锋之犀利，更无前例，从而一枝独秀于文学批评史，利维斯曾称劳伦斯为其所处时代“最优秀的批评家”。)

纳撒尼尔·霍桑与《红字》

纳撒尼尔·霍桑创作的是罗曼司。

什么样的作品算罗曼司呢？一般来说，是一个美好的小故事，其中事事让你如意：雨水永远不会打湿你的衣衫，蚊虫永远不会叮咬你的鼻子，时光永远极美妙宜人。《如愿》[①]《森林爱侣》[②]及《亚瑟之死》[③]等作品即是。

可是，霍桑并非此种浪漫小说家，尽管《红字》里也没谁的靴子溅上了泥水。

其意义远不止于此。《红字》并不是一部令人愉悦、娇美的罗曼司。它是一个寓言，一个实实在在的人间故事，却内含地狱般的意义。

美国的艺术与艺术思维中一直存在这种分裂。表面上它漂亮、伪善、多情得不行，就像霍桑本人在生活中是个碧眼宝贝，还有朗费罗等鸽子似的人物也是这样。霍桑的妻子说她总也认不清他，他身上总笼罩着一层“永恒的微光”。

---

① 莎士比亚的戏剧，以森林为背景。

② 英国小说家、诗人莫里斯·休利特（1861—1923）的小说。

③ 托马斯·马洛里（约1415—1471）所著传奇故事。

他们是蛇。请看看他们艺术的内在含义吧，看看他们都是些怎样的魔鬼。

你非得透过美国艺术的表面才能看到其象征意义之下的内在恶魔。否则它看上去与幼童毫无异样。

霍桑这位碧眼宝贝儿深知自己灵魂中的那些不愉快的东西。他会巧加掩饰后把它们泄露出来。

总是这样。美国人总是苦心经营，表面上公允、平淡，可他们的潜意识却是如此险恶。毁灭！毁灭！毁灭！他们的潜意识在这般吟鸣。爱，创造！爱，创造！他们的清醒意识又这样呼叫。而这个世界听到的只有“爱，创造”，拒绝倾听潜意识中毁灭的吟唱。总有一天这世界非得听听毁灭二字不可。

美国人非得去毁灭不可。他命中注定要这样做。他命中注定要毁灭白人的心理主体——白人的意识。他得悄悄地这样做，正如一只蜻蜓悄悄毁灭蝶蛹和幼体脱颖而出一样。

但是不少蜻蜓并未冲破茧壳，而是死在壳里，美国或许也会这样。

《红字》这只秘密的蝶蛹凶恶地在内部毁灭着旧的心理。

“要善！善良！”纳撒尼尔在歌唱，“好好待着，别犯罪！做了坏事是会暴露的。”

他的话太令人信服了，连他妻子都无法看清他的真实面目。

那么让我们来听听《红字》的恶魔含义吧。

人吃了禁果，从而为自己感到羞耻。

你以为在吃禁果之前亚当和夏娃就没有厮混在一起吗？是

的。他是个野兽，同他的伴儿生活在一起。

直到智慧的毒药泼进来，他们吃了那罪恶之果，这事儿方才成其为“罪恶”。

我们自身分裂为二，相互斗争。这就是那个“红字”的意义。

起先，亚当对夏娃就如同一头野兽对他的伴侣那样，靠偶然的感知认识她，当然这感知靠的是生命与血液。这是一种血液的认知而不是智慧的认知。血液的知识似乎会被全然忘却，其实不然。血液的知识即本能，直觉，即黑暗中知识的巨大洪波，先于头脑的知识而产生。

随后有了那可咒的苹果，另一种知识将至。

亚当开始审视自己。“啊呀！”他说，“这是什么？我的天！见鬼了！夏娃！我想知道夏娃是怎么回事。”

从此开始了了解，不久这了解就进入了理解。魔鬼得手了。

吃了苹果后，亚当再拥有夏娃时，从行为上说他跟以前做的没什么两样。可他这次想的可就完全是另一回事了。夏娃亦是如此。他们都开始注意自己的所作所为，看着在自身发生的一切。他们要了解。这就是罪恶的开端。不是行为，而是对行为的了解。吃禁果前，他们对此视而不见，头脑中一片混沌。现在他们窥视着，想象着。他们在观看自己。随后他们感到不舒服。他们有了自我意识，所以他们会说：“这行为就是罪恶。咱们藏起来吧，咱们犯罪了。”

难怪上帝把他们驱逐出了伊甸园，肮脏的伪君子。

这种罪恶来自人的自窥与自我意识。罪恶与灭亡。肮脏的理解。

如今人们的确恨二元论。这可不好，我们是二重性的人。十字架。如果我们接受这种象征，那就等于接受了这事实了。我们自我分裂后自我作对。

比如我们的血液就仇恨被了解。所以我们才有巨大的隐私本能。

而在另一方面，人的头脑和精神又仇恨黑暗的血液力量：仇恨那全然黑暗的性高潮。的确，黑暗的性高潮会使头脑和精神变得一片混沌，把它们抛入令人窒息的暗流之中。

你无法逃避。

血液意识使理智意识黯然失色，使之销声匿迹。

理智意识使血液意识灭亡，它消耗血液。

我们都有这两种意识。这两方面在我们体内势不两立。

它们永远会这样。

这就是我们的十字架。

这种对立太明显，影响太大，它已波及最微小的事情。今日有文化、意识极强的人都仇视任何形式的“卑下”的体力工作如洗盘子、扫地或伐木。这种卑下的工作是对精神的污辱。“我一看到有人背着重负、干粗活儿，我几乎要哭。”一位有文化的女人对我说。

“一听你说这个，我就想揍你，”我回答说，“当我看到你那漂亮的脑袋里思想如此沉重，我就要揍你。这让我恼火。”

我父亲仇恨书籍，看到谁读书写字他就恨。

而我母亲则讨厌让她的任何儿子做体力活儿。她的儿子应该比那高雅得多。

她胜利了。可她先于父亲死去了。

笑到最后的人笑得最久。

我们所有的人身上都存在着肉与灵、血液与精神之间的对立。人的头脑为自己的血液感到“羞耻”。血液被头脑所毁灭，从而出现了苍白的脸。

眼下，理智和所谓精神占了上风。在美国尤其如此。在美国，没有人是依照自己的血性做事的。总是依照精神。在美国人的行动中，血液的化学成分被精神所减少。

当一个意大利劳工干活时，他的头脑和神经都进入休眠状态，只有他的血液在沉重地运行。

美国人做起事来从来不像在真正干什么事，他们在“忙”。他们总是在“忙”什么事。可他们从未真正沉浸其中，其血液意识并不活跃。

他们羡慕血液意识的自发冲动。他们想从头脑中获得这种自发冲动。“依照肉体的冲动生活。”他们叫着，可这叫声发自他们的头脑。乱了。

这仍旧是在试图进一步使肉体和血液理智化。“想想某块某块肌肉，”他们说，“让那儿松弛一下。”

每次你让头脑战胜你的肉体，你就会在某一处造成更为深刻、更为危险的情结或紧张。

可怕的美国人，他们的血已不再是血。一股病态的精神流。

堕落。

有太多的堕落。

夏娃吃了禁果，从此我们就落入了知识的陷阱。自我意识的知识。人的头脑从此第一次开始与血液作对。要理解，这等于把血液智识化。

这血非流不可。耶稣说。

流在我们分裂心灵的十字架上。

流了血，你就变得理智。吃肉、喝血，这是自食其身[1]，从而你就像一些美国人或印度教的信仰者一样变得十二分理智。即便吃掉你自己，天晓得你会获得多少知识，你会懂多少事情。

小心。别噎着。

很久以来，人已深信，他们可以通过理智和精神变得完美起来。他们极其相信这一点。他们在纯精神领域内可以获得无比的狂喜。他们相信纯洁、童贞和精神之翼。

美国人很快就拔掉了精神之鸟的羽毛。美国迅速杀死了对精神的信仰，但行动上依旧故我。他们在行动上仍有过之而无不及。美国人尽管内心十分瞧不起人的精神和意识，可仍然像使用毒品一样一直习惯性地鼓吹精神、博爱和了解。其实他们内心并不在乎这些。他们这样只是为了求得感觉，那美妙绝伦

---

① 详见《圣经·新约·马太福音》26：28："这是我立约的血，为多人流出来，使罪得赦。"

的爱的感觉，爱全世界。他们要的是了解、了解、了解，了解的感觉对他们来说如同坐在忽悠忽悠的飞机里。所有感觉中最漂亮的要算理解了。哦，他们理解得太多了，宝贝们！他们太会玩这种把戏了。纯粹是自傲的把戏。

可是，一部《红字》却让这个把戏露了馅儿。

这里有一位纯而又纯的年轻牧师丁梅斯代尔。

美丽的清教徒海斯特就拜倒在他脚下。

她做的第一件事就是引诱他。

他做的第一件事就是上了她的钩。

他们做的第二件事就是隐瞒他们的罪恶。他们为此得意，试图相互理解。

这是新英格兰的神话。

杀鹿人拒绝受朱迪丝·哈特的引诱[①]。至少撒旦的苹果未能让他上钩。

可是丁梅斯代尔却洋洋自得地上钩[②]。哦，诱人的罪恶！

他是个多么纯洁的年轻人啊。

他要愚弄清教。

美国人的心灵。

当然，这场游戏的最精彩部分是如何保持纯洁的形象。

一个女人，特别是一个美国女人可以取得的胜利是成功地

---

① 见菲尼莫·库柏的小说《杀鹿人》。

② 霍桑的原作中并无引诱的细节，所以这里的“洋洋自得地上钩”也就缺乏根据了。

引诱一个男人，特别是一个纯洁的男人。

而他则获得了最大的快感——堕落——“勾引我吧，赫克利斯[①]太太。”

这两人分享着保持纯洁面目的快乐，其实别人早已知道他们是怎么回事。可是纯洁的面目值得他们欢悦。整个美国都这样。看上去纯洁！

引诱一个男人。要让人们都知道。可还要保持纯洁的面目。纯洁！

这是女人的巨大胜利。

A，红字。通奸妇！这了不起的第一个字母，第一个！通奸妇！新亚当和亚当娜！美国人！

A，通奸妇！这A字绣着金线边，在她胸上熠熠闪光，这令人骄傲的标志。

把她放在绞刑架上让人们崇拜她，这个女人，这个伟大的母亲。A，通奸妇！亚伯！[②]

亚伯！亚伯！亚伯！令人景慕！

它成了一个笑话。

愤怒的心。A，心在流血的圣母玛利亚。悲哀的圣母！A，大写的A。通奸妇。绣着金线的红字。亚伯！通奸。可景慕

---

① 赫克利斯是希腊神话中的大力神。此处可能指海斯特的诱惑力大如赫克利斯。

② “伟大的母亲”即西布莉女神，是古罗马人崇拜的伟大女性。亚伯是亚当和夏娃的次子，被其兄该隐所杀害。此处可能指海斯特被丁梅斯代尔所危害。

的人！

或许这是有史以来写下的最大的讽刺。《红字》。由一位叫纳撒尼尔的碧眼宝贝儿写就。

当然不是班波[1]。

人的精神凝固于一个谎言中，胶固于一个谎言，永远给自身一个谎言。

一切都始于一个A字。

通奸妇。字母表中的头一个字母。亚伯。亚当。A，美国。[2]

《红字》。

如果清教徒人群中有一位天主教徒，他就会发现这位如花似玉、风采非凡的美妇人，她怀中抱着一婴儿，其形态令人想起圣母，这副形象可是许多著名画家竞相描绘的。她确实令人想起什么，当然是通过对比，想起那圣洁的母亲，她的婴孩将为这个世界赎罪。

那婴孩将为这个世界赎罪，的的确确！世界的罪恶将会由这个美国婴孩赎回，一种令人吃惊的赎罪。

人生最神圣的本质受到了最难以抹消的玷污。因为有

① 见库柏的“皮袜子”系列小说。

② 这几个字的字头字母全是A。

了这妇人的美，这世界愈显得黑暗，因为她的孩子的出生，这世界愈显得迷惘。

听听这宝贝儿在说什么。他不是可以算得上辩解大师了吗？

亦是象征大师。

他虔诚的谴责同时也是赞美的窃笑。

哦，海斯特，你是一个魔鬼。一个男人必须是纯洁的，仅仅是为了让你引诱他、让他堕落。一生中最大的快乐莫过于把圣人拉入泥坑。把他拉入泥坑，再谦卑地用你的头发擦干他身上的泥水，又一个抹大拉[①]。然后回家，跳一个女巫胜利舞，然后用金线绣上一个红字，就像公爵夫人绣自己的头饰一样。再往后就是怯生生地站在绞刑台上愚弄人世。人们都妒忌你犯了罪，他们会揍你，因为你抢了先。

海斯特·白兰是女人中的一大复仇女神。她是又一个从坟墓中复活的魔女莉盖娅[②]，她要了解。她要找回属于她的东西。理解。

这一次该丁梅斯代尔先生死了。她继续活下来，成为亚伯。

他的精神恋是个谎言。他像一般的牧师一样，在高尚的布道中让女人成为他精神爱的妓女，可这是弥天大谎，终于会不

---

① 见《圣经·新约·约翰福音》12：3：玛利亚·抹大拉用她的头发蹭去耶稣脚上的泥。

② 见爱伦·坡的小说《莉盖娅》。

打自招。

我们的精神太纯洁了。纯洁无瑕！

她搔中了他的要害部位，于是他倒下了。

失败。

精神恋失败了。

可这把戏还要耍下去，门面还要撑下去。纯洁的人本纯洁。纯洁者样样纯洁[①]。

小心，先生，小心你的女信徒。不管做什么，别让她搔痒你。她知道你的弱点。小心保持你的纯洁。

海斯特·白兰引诱了亚瑟·丁梅斯代尔，从此末日就开始了。可是从末日开始到末日结束却经过了一二百年时间。

丁梅斯代尔先生并未黔驴技穷。起先，他用精神统治自己的肉体。现在他的好时光来了：自己折磨自己的肉体，抽打、用荆棘刺自己的皮肉[②]、让自己消瘦。这是一种手淫。他是想用自己的头脑控制自己的肉体，既然他无法全然控制自己的身体，眼看着自己的肉体堕落，于是他就用鞭子抽打它，惩罚它。他的意志要抽打他的肉体，他从痛苦中获得欢愉。他沉浸在自虐中。对纯洁的人来说一切皆纯。

这是自古就有的自我折磨术。人的理智要控制他的血肉。他的自我为着自身的支离破碎而狂喜。“我”，这个自我，我要

---

① 见《圣经·新约·提多书》1：15：“在洁净的人，凡物都洁净。”

② 霍桑的原文中没有荆棘刺肤的情节。

战胜我的肉体。抽！抽！我是个无比自由的精灵。抽！我是我灵魂的主人！抽！抽！我是我灵魂的船长。抽！快抽啊！“身陷残酷的际遇掌控中”，如此这般。

再见，亚瑟。他需要女人做他的精神信徒，精神新娘。于是，这女人正触到了他的弱点——他的“阿喀琉斯之踵”。注意你的精神新娘，她在寻找你的弱点。

这是一场意志间的斗争。

“意志不死——”

这佩戴红字的女人成了慈悲的姐妹。她不是刚刚经历了那场战争吗？哦，预言家霍桑！

海斯特怂恿丁梅斯代尔随她走，去一个新的国家，奔向一种新生活。可他不。

他知道今日的世界上既没有新国家也没有新生活。这是一件古而又古的事，处处尽然，只是程度不同。事情越是改变，越是趋同！

海斯特以为有丁梅斯代尔做她的丈夫，有女儿珠儿，他们三人到了澳大利亚或许日子会极完美。

可这不可能。丁梅斯代尔这个传播福音书精神的牧师早已丧失了自己的道德。他失去了自己的丈夫气。他不愿意让一个女人掌握自己，逃向一个新国家，完全受她控制。她像所有蔑视“堕落”的男人那样蔑视他，可同时又对他怀有温情。

他不再捍卫什么，那就让他在原地忍受着吧。

她挫败了他和他的精神，为此他恨她。正像安吉尔·克莱尔被苔丝挫败了后仇恨苔丝那样。正像裘德终于恨上了苏一样——或者说他应该恨[①]。女人愚弄了精神化的男人。男人们一旦精神上被挫败了，他就再也爬不起来了。他们只能爬行，至死都恨女人，是女人让他们堕落的。

这圣洁的牧师最终站在断头台上向公众忏悔，总算挽回了点什么。随后他死了。但他总算小小地报复了每个人。

> "我们不再见面了吗？"她把头低向他说，"我们不白头到老吗？我们受了苦，已经赎罪了！你那双明亮绝望的眼睛看到了永恒。告诉我，你看到什么了！"
>
> "嘘，海斯特，嘘，"他阴郁、颤抖着说，"我们犯了法！我们的事发了！我想的就是这个。我怕！我怕！"

所以他死了，把"罪恶"甩给了她，他自己躲了。

我们确实犯了法。

是谁的法？！

可它的确是法，人必得严守自己赖以立足的信仰并服从这信仰之法，否则他就该承认这信仰的不足，从而准备接受新生事物。

信仰不可改变，无论是海斯特、丁梅斯代尔、霍桑还是美国皆是如此。这是一个陈旧危险的信仰——对精神、清教、无

---

① 这四人分别是哈代小说《苔丝》和《无名的裘德》中的两对恋人。

私的爱和纯洁思想，其实是不相信。他们是为了信仰而信仰。可他们一直是在愚弄这信仰，正如同伍德罗·威尔逊[1]等现代信徒一样，他们是现代的救世主。

记住，如果你遇到一位今日的救世主，他肯定会试图愚弄你，特别是，如果一位要“理解”的女人向你施以爱情的话更是如此。

海斯特活了下来，显得极虔诚，当了一位公共护士。最终她成了一位众人皆知的圣女，一位佩戴红字的亚伯。

作为一个女人，她要这样的。她已战胜了一个男人，所以她乐意参与社会的全部精神生活。一旦她战胜了神圣的亚瑟，她就拼命作假，为这个社会的缘故。

她荣升为一个慈悲的圣女。

可要想让别人承认可不那么简单。人们一直以为她是个女巫，她的确是。

事实是，如果一个女人不被男人牢牢地用信仰约束着，她就会不可避免地变成一股破坏力量。她无法控制自己。一个女人几乎不可能没有怜悯心。她无法目睹任何人肉体上受损伤。可是如果一个女人挣脱了男人坚定的信仰约束，她不再信他的神和他自己，这女人就会变成一头温柔的魔鬼。她会带上微妙的鬼气。女人的精神会汇合成一头巨大的鬼，女人，德国女人、美国女人或任何别种女人在第一次世界大战中显得可怕极了。

---

① 美国第二十八任总统。

哪个男人都知道这一点。

女人成了一个无法自制的、具有爱的潜能的魔鬼。她不能自制。她的爱是莫名的毒药。

一个男人如果不真心实意地相信自己和自己的神——服从自己的圣灵，他的女人就会毁灭他。对于持怀疑态度的男人来说，女人是复仇女神。她非得这样不可。

海斯特是莉盖娅之后男人的复仇女神。她表面上支撑着他，可她却毁了他的内心，丁梅斯代尔至死都恨他。

丁梅斯代尔的精神走得太远了，最终变得虚假起来。他发现女人是复仇女神。从此他完了。

对男人来说，女人陌生而有点可怕。一旦女人的潜意识脱离了与男人共同进行创造的联盟，这潜意识就会变成一种破坏力量。它对男人无形中施加毁灭的影响。女人可能会像莉盖娅一样表面上十分美好，可她其实会默默地鼓起毁灭的浪头冲击男人那抖动不稳的精神。她并未意识到这一点。她甚至无法禁止自己。她情不自禁要这样，她心中有个魔鬼。

那些最忙于拯救男人和儿童的肉体的女人们：女医生、护士、教育家、富有公共精神的女救世主之类，她们都会鼓起毁灭的恶浪来吞食男人的内心，就如同癌症一样。情况仍会这样，直至男人意识到这一点并反过来自救了。

上帝并不能拯救我们。女人是过于凶恶的神。男人必须把自己救出困境，但没有什么轻松的办法。

女人可以利用自己的性来搞阴谋、使毒计，而表面上却装得极懦弱、极善良。亲爱的宝贝儿，她真是洁白无瑕。可她却像个魔鬼不断地用性来伤害她的男人。她并未意识到这一点。如果你告诉她，她也绝不会相信。如果因为她的恶毒你给她一个耳光，她会气愤地跑去找国家总统。她绝没有错，这个魔鬼，宝贝儿，有责任感的女人。

给她一大耳光，就在她最像天使的时候，给她一大耳光。当她羞涩地佩戴十字架时，给她一耳光。

哦，一个不受拘束的女人就是一个魔鬼。可这是男人的过错。女人从未要求男人把她逐出信仰与信任的伊甸园。男人负有信仰的责任。如果他变成了精神上的私通者和撒谎者如同莉盖娅的丈夫及亚瑟·丁梅斯代尔，女人怎么能相信他呢？信仰是由不得选择的。如果一个女人连男人都不相信，那她压根儿就不会相信什么了。她身不由己地变成了一个魔鬼。

她是个魔鬼，将来也还会是的。大多数男人都会败在她的魔力下。

海斯特·白兰就是个魔鬼，即便她温顺地尽一个护士之职时她仍是一个魔鬼。可怜的海斯特。她的一半想着摆脱自己的魔鬼。可另一半却想继续做鬼，为的是报复。报复！复仇！就是这东西充满了今日女人的精神。报复男人，报复男人的精神，是它让她丧失信仰的。女人最最甜美、最像个救世主时也还是魔鬼。她把自己的柔顺与甜美都献给她的男人。可一旦男人吞下她这颗甜果，甜果中就会钻出毒蝎来。他把这个无比可爱的夏娃拥在怀中后她就会一点点地毁灭他。女人，女人的复仇！

她会一直这样下去而不会停止复仇的。要想制止她，你就得相信自己和你自己心中的神，你的圣灵。然后你就要跟她斗，永不退却。她是个魔鬼，可她总归会被战胜的。她只有一点点愿意被征服的本能，因此你要战胜她的大部分本能，进行殊死搏斗，最终博取她那一丁点解脱的欲望，从而制止她复仇。不过现在还离那远着呢。

“她天生性欲旺盛，有一种东方性格，美感极强。”这是海斯特。这是美国。可她却用前面所说过的方式压抑自己的天性。她甚至不为自己绣制精细奢侈的服饰。她只是把那罪恶之女珠儿打扮得漂漂亮亮，把那红字绣得极华美。那是冥界女神和性爱女神的标记。

“性感，东方性格”在等待美国的女人。很可能摩门教徒[①]是未来真正美国人的先驱。很可能未来的美国男人可以有一个以上的妻子，又会出现半东方式的女性存在形式和一夫多妻制。

这着灰衣的女护士，海斯特，这冥界女神，地狱中的猫。这新世纪缓慢进化中淫荡的女性，她对黑暗的费勒斯原则抱一种新的屈从态度。

可是这需要时间，需要一代接一代的护士、女政客和救世者们。最终结果是性崇拜图像在黑暗中再次树立起来，出现新式的温顺女性。要达到这种深度。女人在这方面变得深刻起来。

---

① 1830 年创立于美国的一个基督教教派，初期提倡一夫多妻制，但 1890 年后很少实践。

我们最终要打破理智——精神意识的疯狂，女人会选择再次体验那了不起的屈从。

> 她要施恩的那些可怜人时常辱没她的这只拯救他们的手。

很自然，那些可怜的人仇恨一位救世主式的人物。他们可以嗅出救世主身上隐藏的魔气。

> 她很有耐心，像个烈女，但她克制不为她的敌人祈祷，生怕她宽容忍让，那些祝福的话自身会变成咒语。

至少她是极真诚的。怪不得老巫婆希本斯说她也算得上另一个巫婆。

> 她变得害怕孩子们，因为他们从各自的父母那里学到了某种模模糊糊的观念，他们怕这个只有一个女儿相伴的默默无闻在镇子上进出的女人。

“模模糊糊的观念”，你是否发现她“默默无闻进出”？这不是学到模模糊糊的观念的问题，而是孩子们直接的感觉。

> 有时，多少天里或几个月中有那么一会儿，她会感到有一双人的眼睛在盯着那块耻辱的标记，于是她感到些儿轻

松，似乎有人分享了一半痛苦。可不一会儿，那更为难耐的痛苦又回到了她身上，因为就在她感到放松的那一刻她又犯了罪。海斯特是独自犯罪的吗？

当然不是。说到重新犯罪，她倒愿意一辈子这样默默、毫无悔改地犯罪下去。她从不悔悟，她才不呢。她为什么要悔悟呢？她已经毁了亚瑟·丁梅斯代尔那个过于洁白无瑕的人，这是她毕生的工作。

当她在人群中与两只黑眼睛相遇，她就又一次犯罪。有人像她一样理解这一切。

我一直记得在英国时我的目光曾与人群中的一位吉卜赛女郎的目光相遇。她明白，我也明白。我们明白什么！我弄不清，可我们都明白。

或许这皆出于这个精神化的社会中孕育着同样深刻的仇恨，这个流浪女人和我在这个世界中像两头温顺的狼。两头温顺的狼等待甩掉自己温顺的外衣，可总也甩不掉。

还有那"性欲的旺盛、东方性格"深知费勒斯神的神秘。她决不背叛费勒斯神而投降于这个尽是"情人"的白人社会。只要我能坚持，我也不会这样。这些诱惑力强、精神化的白人妇女"了解"得太多了。人们时常被引诱，被"了解"。"我可以像读一本书一样读懂他。"我的第一个情人曾这样说，亲爱的，这部书可有好几集呢。我越来越觉得那吉卜赛女人的眼睛里闪耀出黑暗的仇恨与别样的理解，那目光与白人妇女的目光太不一样了，白人的目光就像浮着一层污垢。哦，英国和美国的女人就是这样，她们凭借自己的理解力发出发自肺腑的哀声，唱出深刻的精神之歌来。呸!

海斯特唯一害怕的恶果是珠儿这孩子。珠儿是红字的化身。这小女孩儿。女人分娩，生出的或者是魔鬼或者是心怀圣灵的儿子。这是个进化的过程。海斯特这魔鬼却生出珠儿这么一个纯洁的魔鬼来。珠儿嫁给了一位意大利伯爵[1]，她会生出更为纯洁的魔鬼来。

于是，我们愈来愈成熟。

于是，我们愈来愈腐朽。

这孩子的这种气质“时常令她母亲不无痛苦地扪心自问这孩子是为什么而生，善还是恶”。

为了恶而生，海斯特。不过别急，恶与善同样重要。恶行与善行都是必需的，既然你生下了一个小恶种，请一定让这恶种去同世上猖獗的虚伪作斗争。虚伪应该咬死。于是有了珠儿。

珠儿，她的母亲给她穿上红装，把她比作瘟疫鬼或猩红热病[2]，来一场瘟疫是必要的，它可以毁灭腐朽、虚伪的人类。

珠儿，这恶魔般的女孩儿，她是那么温顺、可人而通情达理，可一旦她明白了什么，她就会给你一个耳光[3]，随后极恶毒地嘲笑你。

---

① 原作中珠儿的丈夫国籍并不明确，这是劳伦斯的推断。

② 这个比喻并非白兰所为，是出自原著中的叙述文字。

③ 原作中珠儿并未打过白兰，只是把花扔在她胸上。

这可是你活该，你不该让人理解。让人理解是你的罪过。你不该想让人爱，那样你就不会挨耳光。珠儿会很爱你的，也会给你一大耳光。你活该。

或许珠儿是所有文学中顶有现代味的孩子。

旧派文人霍桑，有着孩童样的魅力，他会告诉你一切，当然他会矫饰一番。

可以说海斯特一方面仇恨她的孩子，可另一方面却视珠儿为她的宝贝，因为珠儿是女性对生活报复的继续。不过女性的报复是两方面的。首先是报复她的母亲。珠儿报复了母亲海斯特，海斯特为此气得脸色铁青，很“忧伤”，这事很有意思。

> 这孩子无拘无束的。要想管住她是不可能的。其结果是造就了她美好动人的性情，可一切都乱了套，她只按她自己的那一套行事，她那套花样简直让人找不到头绪。

当然了，她那一套只属于她自己。她的花招是，“把那可爱、甜美的灵魂拽出来，用绝妙的理解把它拽出，然后对它蔑然视之”。

当她可爱的孩子以其热望和深刻的理解拽出海斯特的灵魂加以嘲弄和蔑视时，海斯特并不高兴。可做母亲的必须经历这样的一个过程才行。

珠儿的目光很独特。

聪颖但难解，极其古怪，时而显得很刻毒，但总的来说是透着灵气。这目光令海斯特常常情不自禁地发问：珠儿是否是人类的孩子?

一个小魔鬼！可她却是她母亲和圣人丁梅斯代尔所生的孩子呀。珠儿尽管大胆地表示自己的古怪，但她比她的父母更直爽。她发现人世间的父亲不过是一个大骗子，因此她公然否认有什么神圣之父。她任意要弄虚假虔诚的丁梅斯代尔，无情地蔑视他。

可怜、美丽、忍受着折磨的小人儿，她总是畏缩着，一旦她长大，她会成为男人的魔鬼的。不过男人们也活该，如果他们愿意被她那可爱的理解所“引诱”，那他们就活该挨她的耳光。一群活该挨宰的小鸡!

现代儿童中的一个小可怜儿，她会成长为一个魔鬼似的现代妇女。对那些经不住引诱的现代男士来说，她正是一个复仇女神。

这可恶的三角关系中的第三人是海斯特的丈夫罗格·齐林乌斯。他是个伊丽莎白时代的老医生，花白胡子，身着长毛大衣，缩着肩。又一个用宗教方法治病的人，有点像个炼丹术士，一个魔术师。他像弗兰西斯·培根一样，是一位处在现代科学边缘上的魔术师①。

① 培根本是哲学家和散文家，但时常亦被看作科学家，因为他在《学问的进步》中对科学作了分类。

罗格·齐林乌斯属于老派知识分子，与中世纪的炼丹术士如罗格·培根[1]是一脉相承的。他对炼丹术这样的黑暗科学和秘术深信不疑。他远非一个基督教徒，远非一个无私有追求的人。他不是一个有追求的人。他是个独裁主义者，男性独裁主义者，但他毫无激情的信仰。他只有理智的信仰，相信自身和男权。

莎士比亚之所以发出悲剧的哀嚎，是因为真正的男性独裁垮了——费勒斯的权威与霸权倒了，它随着伊丽莎白女王一起倒了，在维多利亚时期则被踏在脚下。

可齐林乌斯却保持着知识的传统。他对丁梅斯代尔这种新的精神追求者恨之入骨。他是精神传统中的旧男性霸主。

你无法靠精神传统的力量守住你的老婆。于是海斯特才勾引丁梅斯代尔。

可她嫁的是罗格，她是同老罗格一起海誓山盟的夫妻。他们是毁灭精神圣人丁梅斯代尔的同谋。

> “你干吗这样冲我笑？”她问她那复仇的老丈夫，“你是不是像那些黑人在我们周围的森林中搜寻什么？难道毁了我的灵魂的不正是你吗？是你在怂恿我。”
>
> “不是你的灵魂！”他又笑道，“不是你的灵魂！”

---

① 罗格·培根（Roger Bacon，1214—1292），方济各会僧侣、学者和科学家。

他们追捕的是那纯洁的牧师的灵魂，这虚伪的人。而这位瘸子医生——另一个用宗教方法治病的人，满怀邪恶的复仇欲和变态的男性权威，是他和这位“可爱”的女人一起把圣人丁梅斯代尔给毁了。

那邪恶的仇恨近乎于爱，这就是齐林乌斯对这位年轻圣洁的牧师所怀的感情。而丁梅斯代尔亦报之以一种恨也似的爱。渐渐地，这圣人的生命被毒化了。但那邪恶的老医生却笑了，他还试图让他恢复活力。但丁梅斯代尔却选择了自我折磨，他自己抽打着这具洁白、瘦弱的精神救世主的肉体。那邪恶的齐林乌斯在门外倾听着笑了，并为丁梅斯代尔准备好了另一服药剂，从而让这场戏演得再久一些。圣人的灵魂却早已烂了，那是他最大的胜利，可他仍保持着表面上的平静。

这瘸子，这个满腹邪恶复仇的男性霸主和那个脸色苍白的堕落圣人！男性的两半相互毁灭着。

丁梅斯代尔最终来了一手“绝招儿”。他终于站在绞刑架上公开忏悔，然后遁入死亡之门，他击败了海斯特并让齐林乌斯第二次戴上了绿帽子。这报复干净利索。

像莉盖娅的诗所说的那样，大幕落下了。

可是珠儿会同她的意大利伯爵一起出现在下一场戏中，变成一条新的毒蛇。而海斯特就隐没在附近，反抗之后，依旧是个阴郁的受害者模样。

这是一篇精彩的寓言。我认为这是所有文学中最伟大的寓言之一。《红字》。了不起的内涵！完美的双重意义。

蓝眼睛的神童纳撒尼尔赋予本书绝对的双重意义。他是美国的神童，具备了魔幻般、寓言般的洞察力。

但是，即使是神童也会长大。

甚至罪恶也会变得乏味。

惠特曼

是阴魂不散吗？

瓦特·惠特曼是怎样的一个人？

这个“优秀的忧郁诗人”。

他那么迷恋肉体，他是个幽灵吗？

这个优秀的忧郁诗人。

死后依然缠人的幽灵。

某种尸鬼仍然阴魂不散。这是人的器官之汤，可怕的浓汤。听起来刺耳而又奇特，他的福音[①]很恐怖。

> 民主！这些州！鬼影！情人，没完没了的情人！
> 同一种身份！
> 同一种身份！
> 我就是那个因为情爱而痛苦的人。[②]

---

① 这里指耶稣登山训众论福所讲的福音，见《圣经·新约·马太福音》5：3—11。

② 这四行文字是惠特曼《草叶集》中的诗名和诗句。

当我说这是阴魂不散时，你相信我吗？

当“佩阔德”号沉没后，仍有不少尸首和肮脏的小船在海上漂流。“佩阔德”号的灵魂沉没了，可人们的躯体又浮起来去充斥流浪的小船和远洋轮。尸体。

我的意思是，人可以毫无灵魂地活着，东奔西忙。他们有自己的自我和意志，光这些就足够让他们活下去了。

所以你瞧，“佩阔德”号的沉没只是一种形而上的悲剧罢了。这世界依然日复一日地运转。灵魂之舟沉了，可机器操纵着的肉体仍旧依然：消化、嚼着胶姆糖、艳羡波提切利[1]、因情爱而痛苦。

我就是那个因情爱而痛苦的人[2]。

你怎么理解这句话——我是那个痛苦的人？这是最概括性的话，是最令人不舒服的广义。因为情爱！哦，上帝！还不如肚子痛的好。肚子痛好歹还具体点。可这个痛是因为情爱！

想想吧，你的皮肤下什么地方因为情爱痛！

我就是那个因为情爱而痛苦的人。

---

① 1842年开始出现美国人嚼胶姆糖的记录。十九世纪末至二十世纪初很多美国人蜂拥到佛罗伦萨在尤菲季博物馆观看波提切利（1444？—1510，意大利画家）的画，主要是看他画的维纳斯。

② 惠特曼诗集《亚当的孩子们》中一首诗的标题和第一行。

瓦特，去你的吧。你不是那个人。你只是一个有限的瓦特罢了。你的痛苦绝不全是为了情爱。如果你痛苦，那只是因为有一点点情爱的缘故，更多的是痛苦以外的东西，所以你不如把这痛苦看得轻点的好。

我就是那个因情爱而痛苦的人。
痛楚！痛楚！痛楚！
痛—楚—痛—楚—痛楚！[①]

这个词听起来很像一台蒸汽机和机车。我觉得只有这东西才会因为情爱而痛苦。因为它肚子里满是蒸汽，压力有四千万呎磅[②]。情爱的痛苦。蒸汽压力。痛楚。

一个普通人会因为爱个贝琳达[③]而痛苦，或为他的祖国、大洋或星球，或为上帝，只要他感到那痛苦很时髦。

要因着情爱痛苦，那需要有一台蒸汽机的马力方可。其他莫不如此。

瓦特的确太超人了。超人的危险在于他成了机器。

人们大谈他那"出色的动物性"。不错，可他的动物性在他的头脑中，或许那是藏动物性的地方。

---

① 原文是 CHUFF ! CHUFF ! CHUFF ! /CHU-CHU-CHU-CHU-CHUFFF ! 很像蒸汽机车开动的声音。

② 呎磅是一种旧的功力单位。四千万呎磅相当于七万二千马力。

③ 见爱尔兰作家玛利亚·埃奇沃思的同名小说。

我是那个因为情爱而痛苦的人：

地球是否有引力，是否一切物质吸引一切？

我的肉体受所有我熟识的人的吸引。

还有比这更像机器的吗？生命与物质的区别在于：生命、活生生的东西或动物本能地离开某些物质，快活地忽视大部分物质并归属于某些优选的物质。至于说活生生的动物都情不自禁地碰碰撞撞到一起成为一个大雪团，那是因为多数活生生的动物大多数时间里都远离其他类活生生的动物，不视、不闻。甚至蜜蜂也只围着自己的蜂王转[①]。这真够让人恶心的。你可以想象所有的白人像一群蜜蜂一样拥挤成一团是什么滋味。

哦，瓦特，你露馅了。物质的确会情不自禁地受吸引，可人却是诡计多端的，他会尝试各种办法。

物质受吸引，那是因为它像机器一样不能自主。

如果你如此受吸引，如果你的肉体也受你认识的人的吸引，那说明你身上哪儿出了毛病。你的“主发条”一定断了。

你一定是受制于机器的。

你体内的莫比·迪克肯定是死了——那个孤独的阳具魔鬼是个性的你，它由于精神化而死去。

我唯一知道的是我的肉体并非受到我熟知的人的吸引。我发觉我可以跟不少人握握手，可大多数人我只能跟他们保持

① 劳伦斯这个论断不符合事实。蜜蜂并不对一个蜂王从一而终。

距离。

你的"主发条"断了，瓦特·惠特曼，你的个性的主发条断了。所以你像机器一样顷刻间停止了转动，与一切融合在一起。

你杀死了你孤独的莫比·迪克。你使你深不可测的性感肉体精神化了，这就意味着死亡。

我是一切，一切都是我，我们千人一面如同世俗的鸡蛋一样[①]，这是臭蛋。

> 无论你是何人，听我无休止的谈话——
>
> 我编织着我自己的歌——

是吗？好吧，这正说明你根本没有任何自我。你的自我只是一团烂泥，绝不是一件织品；是一锅杂烩，绝不是织锦。

哦，瓦特，瓦特，你对此都做了些什么？你对你自己采取了什么措施——对你的自我？似乎一切都已从你体内漏出，漏到宇宙中去了。

阴魂不散。个性从他身上漏尽了。

不，不，不要把这个归咎于诗。这是死尸的影响。瓦特的伟大诗行实在是高大的坟墓之树，是墓地上成片的林木。

---

① 许多古老的民族都相信地球是鸡蛋状的，因为它是造物主生的一个蛋。

全都是虚伪的激情洋溢。一堆东西都裹在一块布丁布里煮[①]！不，不!

我不要让这些东西藏在我体内，谢谢你了。

“我什么都不拒绝。”[②]瓦特说。

如果是这样，一个人就成了一根两头通气的管子，一切都可以从中穿过。

死尸的影响。

“我拥抱一切，”惠特曼说，“我把一切织成我自己。”[③]

是真的吗？当你完了以后什么也剩不下。当你弄出那首可怕的诗《同一种身份》，你自己就没什么东西剩下了。

“毫无同情心行走的人会身着自己的尸布走向自己的葬礼。”[④]

摘掉你的帽子吧，我的葬礼队伍正在走过来。

这可怕的惠特曼。这个后来还阴魂不散的诗人。这个漏尽了灵魂的人。他的私生活全滴滴答答渗漏到世上来。

瓦特自己变成了整个世界，整个宇宙，整个永恒的时间，只要他摆脱不了他对历史肤浅的认识，就会这样。要想成为什么你必得先认识这东西不可。为了认同什么，他得先认识那东

① 用面包屑做布丁时需要把各种原料先装在布里煮，用板油时则不用。惠特曼的很多组诗内容混杂，与组诗的标题不符，因此被劳伦斯认为是杂烩。

② 这并非完全是惠特曼的句子。

③ 这也不是惠特曼完整的句子。

④ 惠特曼《我自己的歌》中的诗句。

西。他无法与查理·卓别林共有同一种身份，因为他压根儿不认识卓别林。好不可惜！否则他就会做诗或赞美诗，写教堂圣歌和《电影之歌》了。

“哦，查理，我的查理，又一部新电影成了——”

一旦瓦特认识了什么东西，他就要与之认同。一旦他知道爱斯基摩人是坐在皮褡子中的，立即他也就坐在马鞍子两侧的皮褡中了。这个瓦特在皮褡子中显得矮小、面目焦黄、浑身油腻腻的。

好了，你能确切告诉我皮褡子是个什么样吗？

谁这么苛刻地要求定义？让他来看看我坐在皮褡子中是什么样吧。

我没见到过这样的玩意儿。我只见到了一位胖胖的老者，感官颇为迟钝了。

民主、全体、同一种身份。

宇宙是短暂的，加起来成了个一。

一。

“民主”、“全体”和“同一种身份”是一些极长的作品[①]，其答案绝对是“我自己”。

他达到了“全体”的境界。

那又怎么样呢？全是空的，空的“全体”，一只臭蛋。

---

① 这些并非惠特曼诗的题目，而是惠特曼诗歌中的一些重要理念。“同一个方向”亦非直接引语。

瓦特不是个矮小、面目焦黄、狡猾、浑身油腻腻的爱斯基摩人。可当他盲目地与“全体”认同（包括爱斯基摩人）时，他正是从一只破碎的鸡蛋中呼吸其气味。爱斯基摩人可不是矮小的瓦特。他们是一些与我不同的人，我知道这一点。油腻腻的爱斯基摩人正在我这只“全体”的蛋外面讥笑着，当然也是惠特曼的“全体”之蛋。

可瓦特拒不承认这一点。他是一切，一切都寓于他身上，他驾着灯光刺眼的汽车，沿着他既定理想的轨迹横穿这黑暗的世界。沿途他看到了一切，就像一个在夜色中开着摩托车的驾驶员看到的一切一样。

我碰巧在黑夜里睡在灌木丛中，希望蛇不要爬进我的领口。这时我看到了瓦特，他正驾着他那发狂的诗之车。我暗自思忖：那家伙看到的是怎样好笑的一个世界啊！

“同一个方向！”瓦特的车呜呜叫着朝这方向飞驰。

可是黑暗中有无数条路，更不用说那无路可走的荒野了。任何在意迷路的人都懂，甚至会在大路上迷失呢。

“同一个方向！”美国叫喊着也驾车驶去。

全体！瓦特驶到一个十字路口，撞上一个粗心大意的印第安人时大叫着。

同一种身份！民主的“全体”在摩托车后唱着，全然不顾车轮下的一具具尸体。

老天救救我，我感到像从兔子洞里爬过，逃离这些沿着“同一种身份”的轨道奔向“全体”目标的汽车。

一个女人在等我——[1]

他倒不如说："女性在等待我的男性。"哦，多美的概括与抽象总结！哦，生物的作用。

"体格健壮的美国母亲们——"肌肉与子宫，她们根本不需有面孔。

我看到自然中的我，
透过迷雾，一个难以言表的
　　完整之人，心智健全而美丽，
看到低着的头，护着乳的双臂，
　　我看到的是女性。

在他眼里什么都是女性的，甚至他自己也是。大自然只有一种官能。

这是核心——儿童由女人所生，然后男人
　　也由女人所生，
这是分娩的沐浴——小的与大的
　　在这里交融，随后又是发泄——

① 《亚当的孩子们》中的一首诗名和第一行。

“我看到的是女性——”

如果我是他的女人之一，我会把女性与跳蚤一起给他。

总要把自己融入某个东西的子宫。

“我看到的女性——”

只要他能与之相融，什么都行。

简直太可怕了。某种白色流。

阴魂的影响。

他像所有的男人一样发现，你无法真正地融于一个女人，无论你跨越多么漫长的路程来寻她都不成。你无法坚持到底。所以你不得不放弃这种尝试转而去别处。

在《白菖》中[①]，他变换了语调，他不再呼喊、擂打、激动。他开始犹豫、勉强、渴望。

那奇特的白菖长着粉红色的根，生长在湖畔，它伸出同志情谊的叶子，这是同根的同志，没有女人、女性的插足。

他就是这样歌唱着男性爱——同志爱的神秘。他一遍又一遍地重复着一个东西：新的世界建立在同志爱之上，新的、伟大的、蓬勃的生命将是男性爱。由这男性爱将生发出对未来的向往。

会这样吗？会吗？

同志情！同志！这将是新的同志的民主。这是世上最有内

① 《白菖》是《草叶集》中的一组，主题是男性爱。

聚力的原则：同志情。

是吗？你相信吗？

《桴鼓集》告诉我们这是真正的军人的凝聚。这是为了创造而齐心协力的内聚原则。当然这原则是极端而孤立的，它触动了死亡的戒规。这是令人难以承受的可怕东西，太可怕了，令人无法担负这种责任，连瓦特·惠特曼自己都感到了这一点。人类灵魂中最终也是最强烈的责任感即是同志情——男性爱的责任。

你是我眼中的美人，你这气味清淡的根，
　　你令我想到死。
你的死是美的（除了死与爱还有什么终
　　归是美？）
我不是为生唱着恋人的颂歌，而是为了死，
多么宁馨，多么庄重，上升到爱的境界，
死与生我都不在乎，我的灵魂喜爱
（我不知道是否恋人的崇高灵魂最爱死）
死，真的，这些草叶与你意蕴相同——

热情奔放的瓦特写出这样的诗行，令人奇怪。

死！

他在为死唱颂歌！死！

交融！还有死！死是最终的交融。

融入子宫。女人。

随后是同志间的交融：男性之间的爱。

几乎尾随而来的是死亡，终归与死亡交融。

你看到了交融的嬗递进程。对于那些伟大的交融者们来说，只有女人是不够的。对于那些爱到极端的人，最终的交融中女人是不够的。所以下一步出现的就是男性之间的爱。而这种爱是濒临死亡边缘的。终归会滑向死亡。

历史上有大卫和约拿旦。约拿旦死了。

这种爱终归会死。

这种同志爱。

交融。

所以，如果这新的民主将是建立在同志爱之上的话，这就意味着它也是建立在死亡之上。它会很快滑向死亡的。

最终的交融，最终的民主。最终的爱。这同志爱。

厄运，除了厄运还是厄运。

惠特曼如果没有走最后这几步去遥望到死亡的话，他就不会是个伟大的诗人了。死，这最终的交融，这才是他男性的目标。

对这些交融者来说，同志爱稍纵即逝，然后就是死。

大海，向哪个方向作答？
莫停留，莫慌张，
透过夜幕向我悲切呢喃着死亡，

声音低沉而美好。
又是死，死，死，死。
啁啾着的风琴声，不像鸟也不像我
　　渴望着的童心，
偎依着我在我脚下瑟瑟，
渐渐爬上我的耳朵温存地摩挲我
死，死，死，死，死——

惠特曼是一位写生命终结的伟大诗人，是一位很伟大的阴魂诗人，他写的是灵魂失却完整向别处的转化，他是灵魂在死亡线上的最终呼吼的诗人。我死了，爱谁谁吧。

当然，我们都要死，都要溃烂。

可我们活着就得死，活着时就得溃烂。

可尽管如此，我们的目标也不是死。

将有什么东西到来。

"爬出摇个不停的摇篮。"

可是，我们要先死才是，活着时就得崩溃。

我们所知道的只有这一点：死亡不是目标。而爱和交融现在不过是死亡过程的一部分。同志情——死亡过程的一部分。民主——死亡过程的一部分。新民主——死亡的边缘。同一种身份——死亡本身。

我们尽管已经死了，可我们仍在溃烂。

彻底完了。

惠特曼这位大诗人对我来说是太重要了。惠特曼一个人向前冲锋，他是一个先锋，只有惠特曼一人，前无古人，后无来者，英国没有，法国也没有这样的先锋，欧洲的所谓先锋只是革新者。在美国也是一样，在他们之前什么也没有，没有哪个诗人像惠特曼一样闯入原始生命的荒漠中。惠特曼。没人能超过他。他那宽大奇特的营帐设在大道的尽头。现如今，已有不少小诗人在惠特曼的营地宿营了。可他们没有一个超过惠特曼的，因为惠特曼的营帐是在大道尽头，在一个陡峭的悬崖之畔。悬崖的那边是一片碧蓝，是空邈的未来。但绝无出路，这已是死路一条。

比斯开，比斯开山顶上看到的景物[①]。死。惠特曼就如同一个奇异的现代美国摩西。尽管错误很严重，但他不失为一个伟大的领袖。

艺术的根本作用是载道，而非审美、傅彩、消闲与怡情。是载道。艺术的根本作用是载道。

但这“道”是充满激情、含蓄的，绝非说教。一种道要改变的是你的血性而非你的理性。先改变你的血性，而后才是理性。

惠特曼即是一个伟大的道学家。他是一个伟大的领袖。他要给人血管里的血液施行大变革。

---

① 《圣经》中摩西眺望上帝赐给亚伯拉罕迦南的地方。一般指对得不到的东西遥远的一瞥。

不错，美国文学尤其如此载道。霍桑、坡、朗费罗、爱默生和麦尔维尔所迷恋的均是道德主题。他们都不满旧的道德。他们本能地激情地抨击旧道德，可他们的理智上并不那么清楚什么是比旧道德更好的新道德。他们理智上所忠孝的道德其实是他们的非理性所要毁灭的。于是有了他们最致命的缺陷——双重性，在最完美的美国艺术作品《红字》中，这种缺陷就最为致命。激情的自我欲毁灭一种道德，可理智却还死死地依恋着它。

惠特曼是头一个打破这种理智上的依恋的。他是第一个抨击所谓人的灵魂高于优于人的肉体的旧道德观念的人。要知道，甚至爱默生还坚持这种讨厌的“优越”论呢。甚至麦尔维尔也不能放弃这观念。而惠特曼则头一个揪住灵魂的脖子，把它摔得粉碎，他不愧是个英雄。

“待在那儿！”他对灵魂说，“待在那儿！”

待在那儿，待在肉体中。待在四肢、双唇和腹中。待在乳房中，待在子宫中。待在那儿，哦，灵魂，待在你所附属的地方。

待在黑人那黝黑的四肢中。待在娼妓的肉体中。待在梅毒患者的肉体中。待在长满白菖的湿地上。待在那儿，灵魂，待在你所附属的地方。

《宽阔的大路》。灵魂之家即是宽阔的大路。不是天，不是天堂。不是“上方”。甚至不是“内里”。灵魂既非“上方”也非“内里”。它是在大路上的徒步旅行。

不是靠沉思。不是靠斋戒。不是靠从一个天堂向另一个天堂的探索——像那些神秘大师那样在内心中做如此探讨。也不是靠兴奋和激情。靠这些办法灵魂是无法复归其自身的。

唯一的办法就是走上宽敞的大路。

不是通过行善，不是通过牺牲，甚至不是通过爱。不是通过好好工作。绝不是借此灵魂就可以自我完善。

唯一的办法就是走上宽敞的大路。

这样的旅行——走上宽敞的大路。彻底的接触，靠一双缓缓移动的脚行走，与一切出现在大路上的东西相遇，与同路上同步游荡的人为伴，漫无目标，只沿着大路走下去。

甚至连方向都没有。灵魂只管忠实自身即可。

与别的徒步旅行者在路上相识。如何相识？又如何别离？惠特曼说的是同情心。是同情心，他说的不是爱。同情，与他们共同感受，就如同他们自己感受自己一样。在与他们擦身而过的时候就摸准他们灵魂与肉体的颤动旋律。

这是一条伟大的新教义，生命的教义。这是一种伟大的道德，一种实实在在生命的道德而不是救世的道德。欧洲从未摆脱过救世的道德观。今日的美国也患上了救世主义病，可是惠特曼这个美国第一位也是唯一一位最伟大的导师却不是一位大救星。他的道德绝不是救世道德。他的道德就是让灵魂生存而不是拯救灵魂。让自己的灵魂在大道上与其他灵魂相接触，千万不要试图去拯救别的灵魂。干脆抓住它们把它们扔进地狱中去。灵魂沿着大路上的神秘方向行走生活着。

这就是惠特曼，这就是美洲大陆通过他发出的真正声音。他是第一个白人土著。

在我父亲的家里有许多住处。[1]

“不，”惠特曼说，“待在外面吧。一座屋子可能是地球上的天堂，可你也许会是死人。一定要躲开屋子。灵魂一经踏上大路才是它自己。”

这是美国的英雄启示。灵魂不会为自己竖起一堵防护墙的。它不会退回内心去在神秘的狂喜中寻觅自己的天堂。它不会向远方的上帝呼救。反之它要踏上宽敞的大道走向未知世界，与那些靠近它的灵魂结伴，只完成这段旅程，在通向未知世界的漫长旅途上做完与旅程有关的工作并随之完善自我。

这就是惠特曼根本的启示，是美国未来的启示。它激励了今日美国成千上万的人，这些都是今日美利坚最优秀的男女们。这个启示只能在美国才能全然为人理解并最终得到接受。

惠特曼有错误。他错就错在对“同情”这个格言的解释上。“同情”是神秘的。他仍然把“同情”与耶稣的“爱”和保罗的“博爱”混为一谈。惠特曼同咱们一样走到了爱之大道的尽头。他无法自持，所以他走上了大路，这条路是伟大情感的爱之路的伸延，远远超过了耶稣的受难地加弗利。可是，爱之路却是在十字架下终止的，无法再伸延了。想要延长它只能是妄想。

他并没有按照自己的“同情”去做，尽管他很努力依此去

---

① 出自《圣经·新约·约翰福音》14：2。

做，可他还是一个劲儿不由自主地把同情解释为爱和兄弟博爱。混淆!

这种混淆（交融），全体，同一种身份，自我偏执狂全来自旧的爱之观。这等于是把爱的观念变为合乎逻辑的肉体行为。这真像福楼拜和麻风病患者[①]。把不合格的博爱当作一种拯救灵魂的手段，这种做法还很有效呢。

现在惠特曼想让他的灵魂自救，他自己是不会救自己的灵魂的。所以他才不需要基督教的教义去拯救灵魂呢。他要的是超越基督教的善和爱，从而让灵魂最后获得自由。爱之路绝不是宽敞大道。它是一条狭窄的羊肠小径，灵魂在这条路上受着挤迫。

惠特曼要把他的灵魂带到大道上。可是他失败了，他没能够摆脱"救世"的旧套子。他把自己的灵魂逼到悬崖边上，然后又盯着下面的死亡。他就在崖畔安营扎寨，他已失去了力气。他把同情当作爱与善的伸延，可这下却几乎把他拖向疯狂与灵魂的死亡。就是这一点赋予了他一种做作、不健康的阴魂之气。

他的启示的确是在与诗人汉利[②]唱反调。

我是我命运的主宰，

---

① 见福楼拜1877年作品《友爱的圣朱利安传奇》，朱利安裸身温暖麻风病人。

② 汉利（William Ernest Henley，1849—1903），英国诗人与文学批评家。

我是我灵魂的船长。

惠特曼启示的基调是《宽阔的大路》。让灵魂解脱，复归其自身，把他的命运交给大道。这才是人之最美好的教义。

可是呀，他并没有很好地这样去做。他不能彻底地摆脱那旧的令人发疯的做作的爱之枷锁。他不能彻底摆脱“善”的陋习——爱和善现如今已堕落为一种陋习。

惠特曼讲同情。如果他真的照此办事就好了！因为同情意味着“与人分享感受”而非“怜悯”。可他却一直怀着激情怜悯黑人奴隶、妓女或梅毒病患者——这意味着某种交融。瓦特·惠特曼的灵魂陷没在别人的灵魂中了。

他并没有坚持沿他的大道走下去。他不过是强迫自己的灵魂走入了死套子中。他并没有让自己的灵魂自由，反之，他把自己的灵魂逼迫进别人的情境中。

或许他真的是同情黑奴？他也许会与黑奴同感。同情——同病相怜——意味着分享黑奴灵魂中的激情。

黑人灵魂中的感觉是什么呢？

“哦，我是一个奴隶！啊，做一个奴隶太不好了！我要让自己自由。不自由毋宁死。我的灵魂对我说我一定要让自己自由。”

惠特曼看到了奴隶，自言自语道：“那个黑奴是与我一样的人。我们的身份是相同的。可他却受伤流着血。哦，哦，这难道不是我自己的伤口同样在流血吗？”

这绝不是同情，它只是交融与自我牺牲。“分担对方的重负”，“爱邻如爱己”，“怎样待别人也怎样待我”。[①]

如果惠特曼真的是同情，他就应该说：“那黑奴深受奴隶制之苦。他要自由。他的灵魂要他获得自由。灵魂从奴隶到自由得走过一段长长的道路。如果我能帮他，我会帮助他的。当然我不会把他的伤口变成自己的伤口，不会替他当奴隶。但是如果他要自由，如果他需要我的帮助，我肯定会帮他同奴役他的力量作斗争的。即使是他人身获得了自由，他的灵魂离自由还远得很，他的灵魂还要在大道下行很长的路程才能获得自由。”

关于妓女，惠特曼会这样说：

> 看那个娼妇！她一脑子的男盗女娼，本性变坏了。她没了灵魂，她明白。她也喜欢让男人失去灵魂。要是她试图使我也丢魂儿，我就杀了她。我巴不得她快死。

可对另一个娼妇，他又会这样说：

> 看！她让普里阿普斯的阳具迷住了[②]。等着瞧吧，她会让这东西折磨死的，这就是她的灵魂之路。她愿意这样。

---

① 这些引语均出自《圣经》。

② 普里阿普斯（Priapus），希腊神话中园林之神，其神像上的阳具坚挺，是阳物崇拜的对象。

关于梅毒者，他会说：

瞧啊！她要把梅毒染上所有的男人。我们得杀了她才行。

可对另一个梅毒患者他又会说：

你瞧！她让梅毒吓坏了。如果她朝我看一眼，我就帮她治好。

这就是同情。灵魂自己判断自己并能保持自身的完整。

可在福楼拜笔下，男人却光着身子去染麻风病。波比·德·蒙帕纳斯①与一个女子做爱是因为他知道这女子患了梅毒。当惠特曼拥抱一个恶娼时，他给她的绝不是同情。那恶娼绝无要他拥抱的欲望，不要他的爱。所以，如果你同情她，就不要怀着爱心去拥抱她。麻风病人是讨厌自己的麻风病的，所以，如果你同情他，你也该与他一起恨才对。如果你还没染上梅毒，那想把梅毒传染给所有男人的恶娼会恨透你的，如果你同情她，你就会感受到她的仇恨，因此你也会恨起来，会恨她。她的感情就只是一个恨字，你也得跟她分享这份恨才是。只有你的灵魂才会选择恨的方向。

只要你的头脑不指挥你的灵魂，灵魂本身是可以绝好地判

① 见查理-路易·菲力浦（1874—1909）的小说《蒙帕纳斯的蒲蒲》。

断自己的行为的，你的头脑大叫“博爱、博爱”，可你没必要强迫你的灵魂去亲吻麻风病或拥抱梅毒。你的双唇是属于你的灵魂的，你的肉体也是属于你的灵魂的，属于你独有的、个性的灵魂。这就是惠特曼的启示。你的灵魂仇恨梅毒和麻风。正因为这是灵魂，它才仇恨与灵魂为敌的这些玩意儿。正因此，强迫从属灵魂的肉体与肮脏龌龊相触是对你灵魂最大的不恭。灵魂是要清洁和完整的。灵魂之至深的意志是要保持自身的完整，与理智和破坏完整的力量作斗争。

灵魂与灵魂相怜。什么要试图杀死我的灵魂，我的灵魂将恨之入骨。我的灵魂和肉体是一体。灵魂和肉体希望保持贞洁与完整，只有理智才会产生大变态。只有理智才想把我的灵与肉驱赶向龌龊之地和分裂之状。

吾爱吾灵所爱。

吾恨吾灵所恨。

当我的灵魂中激起同情心时，我就变得极有同情心。

吾避吾灵所避。

这些才是对惠特曼之教义的真正解释：这就是他的《同情》的真正启示。

我的灵魂走上了大道，它与其他灵魂相遇，与那些志同道合者同行。它对它们全都拥有同情之心。爱的同情，恨的同情，或者干脆是亲和的同情。从最恨到最爱，没完没了的说不清道不明的灵魂上的同情。

指引我的灵魂升天的不是我。倒是我的灵魂把我引上众生之道。所以，我必须按照我灵魂深处的行动而行动，或爱，或恨，或同情，或厌，或淡然。我必须接受，必须听从它的指引，我的脚、我的唇和我的肉都是我的灵。我应该服从它才对。

这就是惠特曼关于美国民主的启示。

在真正的民主国家，灵与灵在大道上相遇。民主，美国式的民主，一切都在大道上。一个灵魂，一行动就会为人所懂。这靠的不是它的外衣和外貌，惠特曼不需要这些，靠的不是其家族的姓名，更不是它的名望。惠特曼和麦尔维尔都不把这些当一回事。也不是靠虔诚和行善。绝不是靠做什么。什么都不靠，只靠它自身。灵魂不靠什么来推动，它只靠两只脚自个儿行走。它全靠自己受人赏识。如果它是个伟大的灵魂，它就会在路上被人崇拜。

男女之爱即是灵魂之交，是崇拜的交流。同志之情亦是灵魂之交和崇拜的交流。民主即是灵魂之交。在大道上，一个灵魂在芸芸众生路的徒步旅行中见其伟大。灵与灵的交往是令人欢喜的，对伟大灵魂的崇拜更令人欢喜，只有它们才是世上最宝贵的财富。

爱与交融把惠特曼推向死亡的边缘！死亡！死亡！

但他的启示仍令人激动。被交融所净化，被自我所净化，当一个灵魂见到了另一个更伟大的灵魂时，它对之表示认可，对之欣然崇拜，这就是美国式民主的启示，这就是《宽阔的大路》上灵魂的启示。

伟大的灵魂是唯一的财富。

陀思妥耶夫斯基

艺术是艺术家之意识与潜意识自我的见证。几乎所有的戏剧和悲剧都存在于意识与潜意识自我的冲突之中。在意识中，伟大的艺术家几乎总是保守的、贵族气的。但在他的潜意识中，他则要颠覆旧的秩序。

伟大的悲剧家都可以证实这一点：埃斯库罗斯、莎士比亚和高乃依。至于莎士比亚，在他的意识层面他拥护已建立起来的秩序，推崇王位和父道，视之为人的最高尊严和意义。上帝就是世界的王，是人类之父。国王的人性和父亲的人性是最接近神性的。中世纪的世界就建立在这种信仰之上。它是莎士比亚的早期剧作如《亨利五世》的根，其戏剧之花也绽开在这种信仰之树上。但也正因此，《亨利五世》及其同类剧作绝算不上悲剧，它们不过是全然出自艺术家固有的和表层的自我。

但在他的后期剧作中，如《哈姆雷特》《李尔王》和《麦克白》，潜意识之人开始挺起身与意识，与已被认可的规则、固有的秩序作对了。此时莎士比亚的潜意识自我具体表现为女人，它真正杀死了几乎代表了全部男性之神圣的国王和父亲。是葛特鲁德[①]、麦克白夫人、高纳莉尔和里甘[②]这些女人毁灭了男人的最高神圣形象。尽管她们后来分别受到了惩治，可是国王和父亲却死了，被从崇高的神位上被拉了下来。

这是文艺复兴时期全部变革的戏剧性描写，它预示着后来真实生活中查理一世的被处决[③]，正像《熙德》[④]预示着法国大革命的到来一样。

在这方面，先是人文主义者伊拉斯谟斯[⑤]、萨文纳罗拉[⑥]和路德[⑦]从哲学和宗教上脱离了旧的位置。然后是个人的和艺术上的脱离，代表人物是戏剧家莎士比亚和弥尔顿，再其后是政治和社会上的脱离，产生了共和国[⑧]。

是这些哲学和宗教革命——思想革命，精神世界观念上的变革划分出、创造出一些伟大的历史阶段来。

中世纪的世界相信全能和永恒的上帝是天地的造物主，是众生的主宰，他有着绝对权力，其法律是永恒的。他有个儿子叫基督，基督可以向上帝说情，为忏悔的罪人求得同情与怜悯。

---

① 哈姆雷特的母亲。

② 李尔王的两个女儿。

③ 查理一世（Charles Ⅰ，1600—1649），斯图亚特王朝的英国国王，英国资产阶级革命中被推上断头台，英国宣布成为共和国。

④ 高乃依的著名诗剧。

⑤ 伊拉斯谟斯（Erasmus，1466—1536），荷兰学者，文艺复兴运动的领导者。

⑥ 萨文纳罗拉（Savonarola，1452—1498），意大利僧侣，宗教改革者及殉道者。

⑦ 路德（Luther，1483—1546），德国神学家，宗教改革领袖。

⑧ 指1649年克伦威尔处死英王查理一世到1660年封建王朝复辟这段时间的英伦三岛共和国。

这种东西在皇权国家中施行起来，这种绝对君主制被赋予全部的权力，但还能开恩。

可在文艺复兴时期，这东西在哲学上和宗教上全然崩溃了。上帝不再是全能的，不再是权力的掌握者，不再是创造者和毁灭者。中世纪的圣人们大大淡化了这种观念。

基督曾是上帝，基督，羔羊，鸽子，基督，他是全部的爱、怜悯和谦逊。这形象现在变成了牧羊人赶着羊把它们关进羊圈中。世上的人就是羊群，上帝是爱，爱他的子民。为了羊的缘故，牧羊人寻找着草色青青的牧场，为了羊的缘故，总是为了羊的缘故。

这就从根本上改变了旧的观念即全能的上帝右手握着雷电霹雳，左手擎着天穹。这种新观念就是要彻底推翻旧的固有秩序。

但是戏剧家莎士比亚头脑中绝无这等新秩序。他不是什么思想家。他的意识自我是迟钝迟疑的，他像任何一个艺术家一样发现自己难以把握抽象的命题、无法概括地思想。他只能高度地感受那些改革家们头脑中的东西。

他只会感觉到他的意识和潜意识自我和他原先要成为的那个人及他整个固有的灵魂都被弹劾了，被审讯了，被谴责了。他整个的生命都被谴责为虚无。

这是一个白痴讲的故事——[1]

① 见《麦克白》。

无聊，陈腐，无益

我眼中的世界毫无用处①。

这难道不是悲剧、虚无、疯狂和恐怖吗？莎士比亚有着一个双重的自我，他既是葛特鲁德又是哈姆雷特，既是邓肯②又是班果③，既是麦克白夫人又是麦克白，既是李尔王又是李尔王身边的傻子，又是他女儿科第莉亚，还是高纳莉尔和里甘。他既是被谋杀者又是杀人者，是国王也是弑君者，是父亲也是弑父者。正因此，他才最终因了恐怖、自我毁灭和自我泯灭而抽搐。

这是悲剧的全部条件——当艺术家固有的灵魂被潜在的、未成形的意志所毁灭。这潜意识的意志纯粹是一种毁灭。它非得毁灭旧的意识才能挺起身去占据它的地盘。

这种悲剧的条件是自然生成的，它生成于生命与世界之哲学与精神观念上发生的变化和实际生活框架为适应这新观念而发生的变化之间。这前一种变化发生在少数人的头脑与精神中，它纯属个人的东西，并非是要颠覆固有的秩序，因为它们之间毫无直接关系。只是当这新启示、新精神和观念浸入到血液中，当那些普通无知的人的感情发生变化，顺应了新的秩序和新的范畴，世上才创造出一个新的制度——或称之创造或称之为发生。

不过，这种新启迪新精神观念渐渐浸透人之血液的过程是

---

① 见《哈姆雷特》。

② 《麦克白》中的苏格兰王。

③ 邓肯的军事统帅。

十分缓慢的。艺术家是首先服从这种变化的人。正如哲学家的头脑是最先被新观念穿透，艺术家的灵魂也是最先受到影响的。它首先感到的是死，是自身的颠覆和毁灭。现存的灵魂形式必须打破，新的灵魂才能形成。

希腊悲剧家们就诞生在真正的哲学革命（以赫拉克利特[①]、毕达哥拉斯的信奉者们[②]，巴曼尼狄斯[③]和亚那萨格拉斯[④]为标志）和以后的社会与政治革命之间，这期间，民主精神取代了王权。埃斯库罗斯倾向于保守，因此最终相信了保守的秩序。不过，阿伽门农[⑤]还是被谋杀了。至于欧里彼德斯，他倾向于先进的思想，可最终却以死的精神而告结束，成为纯粹的非存在，全然一个过客而已。

屠格涅夫、托尔斯泰和陀思妥耶夫斯基在后来的欧洲历史危机中占据的位置同莎士比亚、高乃依和塞万提斯在文艺复兴时中世纪欧洲历史的危机中占据的位置大致相似，也同埃斯库罗斯、索福克勒斯和欧里彼德斯在希腊时期占据的位置大致相似。

（此文是1916年的未完成稿，以后才从私人收藏的劳伦斯手稿中找到，于1988年汇入《劳伦斯文集》中出版。）

---

① 赫拉克利特（Heraclitus，540—480B.C.），古希腊哲学家和数学家。
② 毕达哥拉斯（Pythagoreans，？—497B.C.），希腊哲学家、数学家。
③ 巴曼尼狄斯（Parmenides），公元前五世纪希腊哲学家。
④ 亚那萨格拉斯（Anaxgoras，500？—428B.C.），希腊哲学家。
⑤ 阿伽门农是埃斯库罗斯同名戏剧中出征特洛亚的统帅。他欲将女儿祭神，妻子为此而杀夫。后其子奥烈斯特为父报仇而杀母。劳伦斯在此似乎是表明埃斯库罗斯潜意识与主观意识的对立。

《三色紫罗兰》自序

这一小束花朵就是一串思绪（pensées），英国式的三色紫罗兰（pansies），一串思想。如果你从panser—思想这个词中衍生出别的意思来去抚平一道伤口，这束三色紫罗兰就是用来治疗我们精神和情感的伤口的。如果你愿意，你也可以拥有“内心平静”这种三色紫罗兰（heartsease），反正现代人的心是可以承受它的[①]。

每一首诗都是一个思想，而不仅仅是一个想法或一种见地或一种说教。它是一种真实的思想，它不仅来自头脑，还来自心灵，来自生殖器。大胆地说吧，一种思想，它身上流淌着自己的感情之血和本能之血，它就如同火蛋白石中的火一样。或许，如果你举起我这束三色紫罗兰，把它正对着光线看，你能看到花瓣上火样的血脉。至少，它们没有冒充美国式半生不熟的田园诗或小曲儿。这是流动在现代人头脑和肉体中的思想，各自有着自己的存在，但每一种思想又结合了所有别的，从而形成一种完整的思想状态。

---

① 此段中有几处谐音或同音歧义的字，故标出英文，供读者明察。

现代人的脾性是让自己的心态由指向不同方向的显然无关的思想组成，可它们又属于同一个归宿。每一种思想都像一个独立的动物在纸上跳跃，它有自己的小脑袋和小尾巴，按自己的方式跳跃着，然后蜷起身子入睡。我们喜欢这样，至少年轻人喜欢这样胜过沉重的大书中的那些枯燥文章，其粗硬的大段落像麻袋一样挤在书页上。我们甚至喜欢这个胜过那些轻微的说教和小小的机智，后者可以在帕斯卡尔[①]的《思想录》或拉布吕耶尔[②]的《品格论》中找到，排得一行一行的，间距细得像苍蝇爪或芹菜筋。让每一种思想都在自己的爪上跳跃吧，而不是切成薄片，再用苍蝇爪梳理开。

自己活也让别人活，每一种思想都会分别冲你眨眼睛。世上最美的东西是鲜花，它的根也是扎在粪土中；花香中仍萦绕着淡淡的土香，土之下是潮湿与黑暗。同样，三色紫罗兰的味道亦如此，清晨的蓝色伴随着的是黑色的腐殖泥土，否则那花香就甜得有毛病了。

就是这样，我们的根都在泥土中扎着。正是这根现在需要点照顾，需要坚硬的土质松动松动，透透新鲜空气，这样它们才能呼吸。因为我们装作无根的样子，从而把脚下的土地踩得太实，以至于这土地受着饥饿，几近窒息。我们有根，它就根植于我们肉感的、本能的和直觉的肉体中，正是我们的肉体需

① 帕斯卡尔（Blaise Pascal，1623—1662），法国哲学家、数学家、物理学家。

② 拉布吕耶尔（La Bruyère，1645—1696），法国作家。

要一点开放意识的新鲜空气。

我因为使用了所谓的"淫秽"词语而大受诅咒。谁也不知道"淫秽"这个词意味着什么，或者它打算意味什么。但是渐渐地，所有那些描述肚脐眼以下部分的古老词汇全变成淫词了。今天，淫秽就意味着警察认为他有权力抓你，没别的意思了。

至于我自己，我对这种仅仅为一个字引起的恐惧感到困惑，那不过是一个代表普普通通一件事的普普通通的一个字。"太初有道，道即上帝，道与上帝同在。"[①] 如果这话是真的，那么我们离那"太初"可过远了。字词是从什么时候开始"堕落"的？从何时起"肚脐眼以下"的字词变脏了？在今天，如果你试图暗示说屁股（arse）这个词是太初的上帝并且与上帝同在，你马上会锒铛入狱。而医生则可以用坐骨结节这样的词表达同样的意思，老女人们则虔诚地默默自语"很对"。这种事好不愚昧，好不叫人耻辱。无论那创造了我们的上帝是谁，他是把我们创造成了一个完整的人。他绝不是只把我们做到肚脐眼而住了手，把肚脐眼以下的部分留给魔鬼。这样想太天真了。对于字词这个上帝来说也一样。如果说字词是上帝，你绝不能说关于肚脐眼以下部位的字词都是淫秽之词。屁股这个词与脸一样是神性的。必须是这样，否则你干脆在肚脐线上将你的上帝一刀

① 见《圣经·新约·约翰福音》1：1。基督教中的"道"在希腊文里是Logos，这个字被译成了英文中大写的Word，而在英文里the Word of God又专指《圣经》。劳伦斯是在把玩这个多义词。望读者明察。

两断。

很明显，这些词是被人的头脑给弄脏的，被人的头脑肮脏的联想弄脏了。这些词本身是干净的，它们的所指也是干净的。可头脑却将它与肮脏的东西做了联想，唤起某些厌恶感来。那么，就该清洗一下头脑了。头脑才是奥基斯王的牛厩[①]，而非语言。屁股这个词是很干净的，甚至它所指的那一部分肉体也像我的手和我的大脑一样是我。如果我是什么，那么我就是它的一切。我不能与我的自然构造发生争吵。可是那无耻肮脏的头脑却不肯承认它。它仇视肉体的某一部分，从而叫表示这些部位的字词当了替罪羊。它把它们猛烈轰出意识之外，把它们弄脏，随后它们盘旋在上，永远不死，再滑入意识中，再次被弄脏并被轰将出去，它们便像豺或鬣狗一样盘踞于意识的边缘了。可它们所指的是我们活生生的肉体，是我们最基本的行为。就这样，人把自己贬为某种耻辱与恐惧之物了，而他的思想又不禁为自己对自己做下的恐惧打一个寒战。

那种事该有个完了。我们的思想不能继续让那些可鄙的幽灵缠绕着了，这些幽灵不过是些个表示人体部位的字词，可怜巴巴的替罪羊罢了。这些字词被懦弱而不洁的头脑逐入潜意识的黑狱，并由此夸张地返回到我们意识中，显得无比庞大，把

① 希腊神话，该牛厩中养了三千头牛，三十年未打扫，成为极脏的代喻。

我们吓得灵魂出窍。我们必须让这种状况结束。自我分裂、相互对立是顶危险的事。那简单而自然的“淫秽”字词，必须要洗去其堕落的恐惧联想，必须要叫它重新进入意识中并占有其自然的位置。现在它们被无限夸大了，它们所代表的精神恐惧也同样被夸大了。我们必须要像接受脸面这个词那样接受屁股这个词。我们都有屁股，永远会有。我们可不能像伏尔泰故事中的淑女那样因了精神上对屁股这个词的厌恶就削掉不幸的人类的屁股。

替罪羊的勾当对头脑做下了巨大的祸害。不妨停下来读读斯威夫特的一首诗，是写给他的赛利娅的，每一段的结尾都是这样发疯的副歌：“可是，赛利娅，赛利娅，赛利娅会大便！”这种赤裸裸的表述太可笑了，几乎是滑稽。可是一想到连斯威夫特这样的大伟人都被诸如此类的想法弄到咬牙切齿发疯犯狂的地步，这事儿就一点也不好笑了。是这种想法毒害了他，就像可怕的大便干燥一样。这想法荼毒了他的头脑。天知道这是为什么呀？拉屎这事实本身是不会令他苦恼的，因为他本人也要这么做，我们都要这样。赛利娅大便并不会令他发狂，令他发狂的是这种想法，他的头脑无法容忍这想法。尽管他算个大智者了，他并不明白他对这事的反感有多么荒唐。他那傲慢的头脑令他负担过重。他并不懂如果赛利娅不大便该有多么惨。他对肉体的同情过于漠然，他的心肠太冷，无法同情可怜的赛利娅顺其自然的动作。他那无礼、病态且神经质挑剔的头脑把她变成了一件恐怖之物，仅仅因为她顺其自然地去上厕所。这太可怕了！你会感到像是要倒退绵绵岁月对可怜的赛利娅说：这没问题，别理那个疯子。

时至今日，斯威夫特式的疯病仍很流行呢。有着冷酷心肠和过于挑剔头脑的人总想那些事，为此辗转不安。可怜的人是他自己那小小的厌恶之心的牺牲品，是他自己把这种厌恶夸大成巨大的恐惧，弄成吓人的禁忌的。我们全是野蛮人，都有禁忌。澳大利亚的黑人可能会把袋鼠当成禁忌。于是，如果一只袋鼠触摸他一下他就会吓死。我称之为全然无谓的牺牲。但现代人有更危险的禁忌。对我们来说，某些特定的字词，某些特定的想法是禁忌，如果我们让它们缠绕住无法自拔，无法驱赶它们，我们要么死去要么因了某种堕落的恐惧而发疯。这正是斯威夫特的症状，他还是个大才子呢，而现代人的头脑也全然坠入这种堕落的禁忌疯狂中了。我称之为人类理性意识的浪费。这对个人来说颇危险，对社会整体则全然危险。群体文明中再也没有什么比我们这种群体疯癫更可怕的了。

对这两种病症，药方只有一个：解除禁忌。袋鼠是一种无害的动物，大便也是个无害的词，把哪一个变成禁忌，它就成了一个危险的东西。禁忌的结果就是发疯。疯狂，特别是群体的疯狂更是可怕的危险，它危及的是我们的文明。有那么一些人带有狂犬症，他们活着就是为了传染大众。如果年轻人不警惕，他们不出几年就会发现自己也卷入了群体疯癫的狂呼乱叫之中。这境况一想就叫人打心眼里害怕，宁死也不愿看到这一幕。理智和完整，这才是一切。可是在虔诚和纯洁的名义下，又有多少恶心的疯癫话出了口，成了文字？我们必须与乌合之众斗才能保住理智，才能使社会保持理智。

（1928年秋天，劳伦斯在法国旅行期间开始写作自由体诗集《三色紫罗兰》，第二年将诗集打印稿寄给英国的代理人时却遭到内政部门的检查，认为该书内容犯忌，要予以没收。几经周折后，重新打印的完整稿件终于到达英国和美国并得以出版。估计检查者当时仅看了这篇序言就认为这部诗集犯忌了。）

为《查泰莱夫人的情人》一辩

市上出现了各式各样《查泰莱夫人的情人》的海盗版，害得我不得不于一九二九年推出一种廉价的大众版本在法国出版，只卖六十法郎一册。这样一来肯定能满足欧洲的需求了。偷印者们——当然是指美国——可真是手脚麻利又忙碌。第一版真本刚从佛罗伦萨运到纽约不到一个月，就有人依此偷印并上市销售。这种偷印本酷似原版，用的是影印术，又是通过一些可靠的书商出售，给心地纯真的读者造成首版真本的印象。这个摹真本一般卖十五美元一册，而真本只卖十美元。买书人真是大上其当。

随后又有不少人竞相模仿这一壮举。据我所知，纽约或费城还印了一个摹真本，我得到了一册。这个本子看上去模样肮脏：暗淡的橘黄色布包皮，上面印着绿色的书名，是用影印术照下来的，但字迹很模糊，我的签名一准是偷印者家的小孩子临摹上去的。一九二八年年底这个版本从纽约运到伦敦，只卖三十先令一册，挤掉了我那一个金币一册的二百册重版本的销路。我本想把这二百本保存一年多的，可又不得不拿出去卖，以此与那种脏乎乎的橘黄色海盗版争市场。可惜我的书太少了，橘黄色海盗版本依然卖得动。

后来我又得到一种细长的黑皮版本，看上去像是《圣经》或唱诗集，阴沉沉的，很丧气。这回，偷印者倒是既严肃又认真，这个版本有两个封面，每个封面上都绘着一只美国之鹰，鹰头四周环绕着六颗星星，鹰爪上放射出闪电的光芒，在这外层环绕着一个月桂花环，以此来纪念其最近一次文学上的抢劫。总而言之，这个本子着实可怕——就像苏格兰大海盗基德船长[①]蒙着黑面纱对那些即将被处死的俘虏诵读的经文。我不知道偷印者们为何要把版本设计成狭长形的并附加上一个伪造封面，其结果极令人扫兴，貌似高雅反倒显得庸俗不堪。当然这个版本也是影印的，可我的签名却抹掉了。我听说这个令人扫兴的本子竟卖到十元、二十元、三十元至五十美元不等——全看书商的精明程度及买者的愚笨程度如何。

这样看来，在美国出现了三个海盗版是没问题的了。我还听说又出了第四个本子，也是摹真本。不过我还没看到，宁可不相信。

对了，欧洲也有人偷印了一千五百册，是巴黎的书商行会干的，书上赫然标着：德国印刷。不管是否在德国印刷的，反正这次是铅印的，不是影印的，因为看得出真本中的一些拼写错误都改了过来。这可算得上令人起敬的本子，与真本几乎别无二致，只是缺了作者签名，书脊是黄绿双色绸子做的，因此

---

① 基德船长（William Kidd，1645—1701），因海盗和谋杀罪被处死刑。

难以乱真。这本书的批发价是每册一百法郎，零售价是每册三百到五百法郎不等。据说那些心黑无耻的书商们伪造我的签名并把此书冒充签名真本出售。但愿这不是真的。这听起来着实有损“商业贸易”的名誉。不过也有令人安慰之处：有些书商根本就不经手海盗版，这既有情操上的原因也有经营上的原因。还有一些人出售海盗版，但不那么十分热心，很明显，这些人更乐意经营正版书。在此，情操的确很起作用，尽管不能强大到促使他们洗手不干，但还是有作用的。

这些海盗版没有一本得到我的许可，我也没有从中获得过一分钱。倒是纽约有一个还算良心未泯的书商给我寄来一笔钱，说这是我的书在他店里售出的总码洋百分之十的版税。“我知道，”他信中说，“这不过是沧海一粟罢了。”其实他是想说这是大钱海中漏出的一点小钱。仅这一笔小钱已经够可观的了，由此可见那些偷印者们赚钱算是赚海了！

后来欧洲的偷印者们发现书商们欺人太甚，就提议让我抽取已卖或将来预备卖的书的版税，条件是我得承认他们的版本是合法的。好吧，我想，在一个你不占他便宜他就占你便宜的世界里，我何乐而不为呢？可一旦我真要这样做时，自尊心又阻拦起我来。人所共知，犹大要出卖耶稣，随时都准备吻他一下[①]。现在我也得以吻相回报！

---

① 犹大吻耶稣为暗号，向来逮捕耶稣的人指明耶稣其人。现通常以此比喻出卖的暗号。

于是有了这个廉价的影印本在法国出版，只卖六十法郎一册。英国的出版商撺掇我出一个洁本，许诺给我一大笔报酬，没准是一桶金币吧（小孩子在海边做游戏用的小桶）。他们一定要我向公众挑明，这是一部优秀的作品，全无一点污言秽语。我开始受他们诱惑并动手删改。可我终于是办不到的！我觉得改我的书就如同用剪刀修整我的鼻子，我的书流血了！

尽管人们敌视这本书，可我却要说这是一部今天人们必需的真诚而健康的小说。有些用词猛不丁看上去让人受不了，可稍许片刻就会好的。是不是人心受了习惯的影响变坏了？绝不是，一点没变坏。那些词只刺激人的眼睛但绝不刺激人心。全无心肝的人才会没完没了地感到震惊，他们算什么？心肝俱全的人绝不受惊，从未受惊，相反他们会感到读此书是一种慰藉。

这才是我要说的。我们今天的人类是大大地进化了、文明了，进化文明到不再受我们文化中继承下来的任何禁忌的影响。意识到这一点是很重要的。对十字军时代的人来说，几句话就可以引起我们今日无法想象的刺激。对于中世纪人的不开化、混沌、强暴的天性来说，所谓淫秽的语言是太有挑逗性和危险性了，或许对于今日头脑不太发达的低级人种来说其挑逗性和危险性还依旧是很强的。但真正的文化却使得我们对一个字词只产生理智的和想象的反应，理智可以阻止我们产生猛烈、鲁莽从而会有伤社会风化的肉体反应。先前的人理性太弱、心太野，无法控制肉体和肉体的官能，一想起肉体就会胡乱激动，人反倒为肉体冲动所控制，可如今却不再这样了。文化与文明教我们把说与做、思与行分开来。我们都知道，行为并非要追随思想。事实上，思与行、说与做是两回事，我们过的是一种分裂的生活。我们的确渴望把两者合而为一，可我们却思而不行、行而不思。我们最最需要的是思与行、行与思互为依存。但是我们依旧是思想时就不能真正地行动、行动时却不能真正地思想，思与行相互排斥，它们本应该是和谐相处才是。

这才是我这本书真正要说的。我要让男人和女人们全面、诚实、纯洁地想性的事。

即便我们不能尽情地享受性，但我们至少要有完整而洁净的性观念。所谓纯洁无瑕的少女如同没写上文字的白纸之说纯粹是一派胡言。一个年轻女子和一个年轻男子到了一起就成为被性的感情和观念所折磨的一团剪不断理不清的乱麻，只有岁月的流逝才能理得清。长年诚实地思考着性，长年的性行为的搏斗将会使我们最终到达我们意欲到达的目的地，即真正的、完美的贞洁和我们的完整——我们的性行为和性思想和谐如一，两者不再对立相扰。

我绝不是在此撺掇所有的女人都去追求猎场看守做情人，我毫无建议她们追求任何人的意图。今日的不少男女在没有性生活的纯洁状态下更能彻底地理解和认识性，为此他们感到极其幸福。我们这时代是一个认识重于行动的时代。过去我们行动得太多了，尤其是性行动太多了些，变着花样重复同一样东西却没有相应的思想和认识。我们如今的任务就是认识性是怎么一回事：更为有意识的认识要比行动重要得多。我们糊涂了多少辈子了，现在我们的头脑该认识、该彻底地认识性这东西了。人的肉体的确是被大大地忽视了。当代的人们做爱时，大半是为做爱而做爱，他们这样做是因为他们认为这是一件该做的事。其实这是人的理智对此感兴趣，而肉体是靠理智挑逗起来的，其原因不外乎是这个：我们的祖先频繁做爱而对性却毫无认识，到了现在性行为已变得机械、无聊、令人兴味索然，只有靠新鲜的理性认识来使性经验变得新鲜点儿才行。

在性行动中，人的理智是落后于肉体的，事实上，在所有的肉体动作中均是如此。我们的性思想是落后的，它还处在冥冥中，在恐惧中偷偷摸摸爬行，这状况是我们那粗野如兽的祖先们的心态。在性和肉欲方面，我们的头脑是毫无进化的。现在我们要迎头赶上去，使对肉体的感觉和经验的理性意识与这感觉和经验本体相和谐，即让我们对行为的意识与行为本身相互和谐统一。这就意味着，对性树立起应有的尊重，对肉体的奇特体验产生应有的敬畏。这就意味着，人应该有使用所谓淫秽词语的能力。因为这些词语是人的头脑对于肉体产生的自然反应。所谓淫秽是只有当人的头脑蔑视、恐惧、仇恨肉体和肉体仇视、抵抗头脑时的产物。

当我们知道巴克上校的案子后就明白了[①]。巴克上校原来是个女扮男装者。这位“上校”娶了一个老婆，如此这般地共同

① 1929 年，丽莉阿丝·史密斯被揭发以女儿身冒充男人“巴克上校”，以伪证罪被判入狱九个月。此人于 1923 年“娶”一女人为妻。

生活了五年光景，小两口过得“极和美”。那可怜的老婆一直以为自己嫁了一位真正的大丈夫呢，很为自己这桩正常婚姻感到乐不可支。后来一旦事发，这可怜的女人该有多惨是无法想象的，太可怕了。但是今天确有成千上万的女人可能同样上了当并且会继续上当下去。为什么？因为她们不谙事理，压根儿就没有性的想法，在这方面是呆子。这样看来，所有的及笄少女最好都来看看我这本书。

还有一位年高德劭的校长兼牧师，一辈子“圣洁”，却在花甲古稀之年猥亵少女被送上法庭受审。出这种丑闻时正值那位步入晚年的内政大臣[①]大声疾呼要求人们对性的问题守口如瓶。难道那位年高德劭、纯净无瑕的老人的经历不使大臣深思片刻吗？

人的头脑中一直潜伏着亘古以来就有的对肉体和肉体能量的恐惧，为此，我们应该使头脑解放，使之文明起来才是。头脑对肉体的恐惧可能使无数人变疯。那位名叫斯威夫特[②]的伟大才子变疯了，部分原因可以追溯到此。在他写给他的情妇赛利娅的诗中就有如此疯疯癫癫的副歌：“可是，赛利娅，赛利娅，赛利娅会大便。”由此可见，一位大才子神经错乱时会是个什么样子。像斯威夫特这样的大才子竟出了洋相还不自知，赛利娅

---

① 1924—1929年的英国内政大臣是威廉·乔因森-希克斯（1865—1932），绰号Jix。

② 斯威夫特（1667—1745），英国十八世纪著名作家，著有《格利佛游记》等。

当然会大便。哪个人不呢？如果她不大便的话那就太可怕了。真是让人没办法的事。想想可怜的赛利娅吧，她的“情人”会因为她的自然官能而把她羞辱一顿。太可怕了。究其原因，就是因为人间有了禁忌的言词，就是因为人的理智与肉体感知和性感知不够同步。

清教主义者不停地“嘘——嘘”，从而造就了性痴呆儿；而另一方面又有任谁都奈何不了的摩登放纵青年和趣味高雅之徒，“嘘——嘘”之声对他们毫无作用，只顾我行我素。这些先进青年不再惧怕肉体和否定肉体的存在。相反，他们走向了另一极端，把肉体当玩物要弄。这玩物虽有点讨厌，但只要你还不觉得腻烦，还是可以借此取乐的。这些年轻人压根儿不拿性当一回事，只把它当鸡尾酒品尝，还要借此话题嘲弄老一辈人。他们可谓先进而优越，才看不上《查泰莱夫人的情人》之类的书呢。对他们来说这样的书是太简单、太一般化了。对那书中的不正经词句他们不屑一顾，书中的爱情态度在他们看来也太陈旧。有什么大惊小怪的，把爱当一杯鸡尾酒喝了算了！他们说这本书表现的是一个幼稚男孩的心态。不过，或许一个对性仍旧有一点自然敬畏的幼稚男孩儿的心态比那些把爱当酒喝的青年的心要干净得多。那些青年对什么都不在乎，一心只把生活当玩物戏弄，性更是一件最好的玩具。可他们却在游戏人生中失去了自己的心灵。真是一帮希利伽巴拉！①

---

① 希利伽巴拉（204—222），罗马皇帝，以淫荡与残酷著名。

所以，对那些可能在摩登时代变得淫荡的老清教徒们，对那些言称“我可以为所欲为”的聪明放纵青年，还有对那些心地肮脏、寻缝即下蛆的缺调少教的下等人来说，这本书不是为他们写的。但对这些人我还是要说：你们要变态就变态吧——你们尽可以清教下去，尽可以放浪形骸下去，尽可以心地肮脏下去。可我依旧坚持我书中的观点：若想要生活变得可以令人忍受，就得让灵与肉和谐，就得让灵与肉自然平衡、相互自然地尊重才行。

如今很明显，没有平衡也没有和谐。往好里说，肉体顶多是头脑的工具；往坏里说，是玩具罢了。商人要保持身体“健康”，其实是为他的生意而让自己的身体处在良好状态；而普通的小青年们花大量时间来健身，不过是出于常规的自我意识和自我沉醉，水仙之恋而已[①]。头脑储存了一整套的想法和“感受”，肉体只用来照其动作，正如一条训练有素的狗，让它要糖它就要，无论它想不想；让它握谁的手它就亲亲热热地摸那手一下。如今男女们的肉体正是训练有素的狗，在这方面，那些个自由解放的年轻人首当其冲！他们的肉体就是驯服的狗。因为这批狗在受训所干的事是老式狗们从未做过的，因此他们自称是自由的，充满了真的生命，是真货。

可他们深知这是假的，正如同商人知道他在某些方面他全

① 希腊神话中一少年因自恋自己在水中的影子憔悴而死，死后化为水仙花，因此称自恋为水仙恋。

错了。男人和女人并非狗，可他们看上去像狗，行为也像狗，心中很懊恼，极为痛苦不满的狗。那自然冲动的肉体要么死了要么瘫了，它只像耍杂耍的狗一样过着低人一等的生活，表演完了就瘫倒。

可肉体自己的生命是怎样的呢？肉体的生命是感觉与情绪的生命。肉体感到的是真正的饥，真正的渴，在雪中和阳光中真正的欢乐，闻到玫瑰香或看到丁香时它会感到真正的快乐。它的怒，它的悲，它的爱，它的温柔，它的温情、激情、仇恨和哀伤都是真的。所有的感觉是属于肉体的，头脑只能认知这些感觉。我们听到一条令人悲伤的消息时，首先是精神上激动一阵子。但只是在几小时后，或许在睡眠中，这种悲伤的意识才传达到肉体的中心，产生真正的忧伤，感到心如刀绞。

这两种感觉真叫不同——精神上的感觉和真正的感觉。如今的人们，不少是生生死死一辈子却从未有过真的感觉，尽管他们有过“丰富的情感生活”，但很明显，他们表现出的是强烈的精神上的感觉，冒牌货罢了。有一种魔术叫“隐术”图像，它表现的是一个人站在一个平面镜子面前，镜子反射出他从腰到头的图像，从而你看到的是从头到腰的形象，而向下看则是从腰到头的形象。不管它在魔术中意味着什么，它象征着我们的今天——我们是这样的动物，没有活生生的情绪，如果有也只是从头脑中反射出来的。我们的教育从一开始就教我们学会情绪的范围，感觉什么，不感觉什么，如何感觉我们允许自己去感觉的感觉，其余的一概不存在。对一本新书庸俗的批评就是：没人有那种感受。这就是说明人们是只允许自己去感受某些已经完结的感觉，上个世纪就是这样的。这种做法最终扼杀了任何感受的能力，在情感的高层次上，你感受全无。这种情况终于在本世纪发生了。高层次的情感全死了，我们不得不赝造一些。

所谓高层次的情感指的是爱的各种表现，从纯欲望到温柔的爱，爱伙伴，爱上帝，我们指的是爱、欢乐、欣喜、希望、真正的气愤，激情的正义感与非正义感，真理与谎言，荣誉与耻辱及对事物的真正信仰——信仰是一种受精神默许的深厚的情感。在今日，这些东西多多少少地死了，我们用喧嚣、矫情的赝品来代替所有这些情感。

从来没有哪个时代比我们这个时代更矫情，更缺乏真情实感，更夸大虚伪的感情。矫情与虚情变成了一种游戏，每个人都试图在这方面超过邻人。无线电和电影里总是一派虚情假意，时下的新闻出版和文学亦是一样。人们全都沉迷于虚情假意之中。他们怀揣着它，沉溺其中，依赖它过活，浑身洋溢着这种虚情。

有时人们似乎很习惯与虚情共处，可久而久之他们就会崩溃、破碎。你可以自己欺骗自己的感情很久，但绝非永远，最终肉体会反击，无情地反击。

至于别人，你可以用假情永远欺骗大多数人，可以欺骗所有的人很长时间，但绝不能永远欺骗所有的人。[①] 一对年轻人陷

---

① 这个句式参见林肯总统1858年9月8日的著名演说。

进假的情网中，完完全全相互欺骗一通儿。哈，假的爱是美味的蛋糕却是烤坏的面包，它产生的是可怕的情感消化不良，于是有了现代婚姻和更现代的离婚。

假情感造成的问题是，没有哪个人真切感到幸福、满足、宁静。人人在不断地逃避越变越糟的情感赝品，他们从彼德处逃到阿德林处，从玛格丽特处到弗吉尼亚处，从电影到无线电，从伊斯特本到布莱顿，不论怎么变，万变不离其宗，逃不出虚假的感情。

今日首要的问题是，爱是一种感情赝品，年轻人会告诉你，这是现今最大的欺骗。没错，只要你认真对待这问题，是这么回事儿。如果你不把爱当成一回事，只当成一场游戏，也就罢了。可是，你若严肃对待它，结果只能是失望和崩溃。

年轻的妇人们说了，世上没有真正的男人可以爱一爱。而小伙子们又说，找不到真正的女孩去恋一下。于是他们就只有同不真实的人相爱了。这就是说，如果你没有真实的感情，你就得用假的感情来填补空白，因为人总要有点感情，比如恋爱之类。仍然有些年轻人愿意有真的感情，可他们不能，为此他们惊恐万分。在爱情上更是如此。

可今天，在爱情上只存在虚假情感。从父母到父母的上下辈，我们都被教会了在感情上不信任别人。对任何人也别动真情，这是今天的口号。你甚至在金钱方面可以信任别人，但绝不要动感情，他们注定是要践踏感情的。

我相信没有哪个时代像我们的时代这样人与人之间如此不

信任，尽管社会表面上有着真切的信任。我的朋友中绝少有人会偷我的钱或让我坐会让我受伤的椅子。可事实上，我所有的朋友都会拿我的感情当笑料儿——他们无法不这样做，这是今日的精神。遭到同样下场的是爱和友情，因为这两者都意味着感情与同情。于是有了爱之赝品，让你无法摆脱。

情感既是如此虚假，性怎么会有真的？性这东西，归根结底是骗不得的。感情上的行骗是顶恶劣的事了，一到性的问题上，感情欺骗就会崩溃。可在性问题上，感情欺骗却越来越甚。等你得手了，你也就崩溃了。

性与虚假的感情是水火不相容的，与虚假的爱情势不两立。人们最仇恨的是不爱却装爱甚至自我幻想真爱，这也算得上我们时代的一种现象。这现象当然在任何时代都有，可今天却是普遍的了。有些人自以为很爱，很亲，一直这样多年，很美满，可突然会生出最深的仇恨出来。这仇恨若不出在年轻时，就会拖延起来，直到两口子到了知天命之年，性方面发生巨变时，届时会发生灾难的！

没什么比这更让人惊奇了，在我们这个时代没有比男女相恨更让人痛心的了，可他们曾经“相爱”过。这爱破裂得也奇特。一旦你了解了他们，就会明白这是常理，无论对打杂女工还是其女主人、女公爵还是警察的老婆，这道理全一样。

要记住的是，无论男女，这意味着对虚假之爱的器官性逆反，忘了这一点是可怕的，今日的各种爱都是虚假的。这是一种老套子了，年轻人全知道爱的时候该怎么感受、该怎么做，于是他们便照此办理，其实这是假的。于是他们会遭到十倍的报复。男人和女人的性——性之有机体在多次受骗后会生出绝望的愤怒，尽管它自身献出的不过也是虚假的爱。虚假的成分最终会让性发疯并戕害了它，不过更为保险的说法是，它总会使内在的性发疯并最终扼杀了它。总有一个发疯的时期。奇怪的是，最坏的害人者在耍一通虚伪之爱的游戏后会成为最狂的疯子，那些在爱情上多少真诚点的人总是比较平和，尽管他们让人坑害得最苦。

现在，真正的悲剧在于：我们不都是铁板一块，并非完全虚伪也并非完全爱得真切。在不少婚姻关系中，双方在虚伪时也会闪烁一星儿真的火花。悲剧在于，在一个对虚伪特别敏感、对情感特别是性情感的替身和欺骗特别敏感的时代，对虚伪的愤慨和怀疑就容易压倒甚至扼杀真正爱的交流之火，因为它太弱小。正因此，大多数“先进”作家只喋喋不休地大谈情感的虚伪和欺骗，这种做法是危险的。当然了，他们这样做是为了抵消那些矫情的“甜蜜”作家更大的欺骗性。

或许，我应该谈点我对性的感受，为此我一直在被人无聊地攻击着。那天有个很“认真”的年轻人对我说：“我不信，性能让英国复活。”对此我只能说：“我相信，你不会信的。”他压根儿没有性，只是个自作聪明、拘束、自恋的和尚，很可怜的一个人儿。他不知道如果有性感受意味着什么。对他来说，人只有精神或没有精神，几乎多数人毫无精神可言，因此他们只能遭嘲笑。这人完全紧固地封闭在自我之中，东游西荡找着供他嘲笑的人或者寻找真理，他的努力纯属枉然。

现在，一有这号儿精明青年对我谈性或嘲弄性，我都一言不发。没什么可说的，我对此深感疲倦了。对他们来说，性不过就是一个女人的内衣和一阵子摸弄。他们读过所有的爱情文学如《安娜·卡列尼娜》等等，也看过爱神阿芙洛迪特的塑像和绘画。不错，可一到行动，性就变成了无意义的年轻女人和昂贵的内衣什么的。无论是牛津毕业生还是工人，全都这么想。有一则故事是从时髦的消夏胜地传来的，在那儿，城里女人同山里来的年轻“舞伴”共度一个夏天左右。九月底了，避暑的人们几乎全走了，山里来的农夫约翰也同首都来的“他女人”告别了，一个人孤独度日，人们说：“约翰，你想你女人了吧！”“才不呢！”他说，“倒是她那身里头的衣裳真叫棒哎。”

这对他们来说就是性的全部意义了：仅仅是装饰物。英国就靠这个再生吗？天呀！可怜的英国，她得先让年轻人的性得到再生，然后他们才能做点什么让她得到再生。需要再生的不是英国，倒是她的年轻一代人。

他们说我野蛮，说我想把英国拖回到野蛮时期去，可我却发现，倒是这种对待性的愚昧与僵死的态度是野蛮的。只有把女人的内衣当成最激动之事的男人才是野蛮人。我们从书中看到过女野人的样子，她一层又一层地穿三层大衣，以此来刺激她的男人。这种只把性看作是官能性的动作和抓摸内衣，在我看来实在是低级的野蛮。在性问题上，我们的白人文明是粗野、野蛮的，野得丑陋，特别是英国和美国。

听听萧伯纳是怎么说的吧，他可是我们文明最大的倡导者。他说穿衣服会挑逗起性欲[①]，衣服穿得少则会扼杀性——指的是蒙面的女人或露臂露大腿的女人们，讽刺教皇想把女人全蒙起来。他还说，世上最不懂性的人是欧洲的首席主教；而可以咨询性问题的人则是欧洲的“首席妓女”，如果有的话。

这至少让我们看到了我们这位首席思想家的轻佻和庸俗。半裸的女人当然不会激起今日蒙面男人太多的性欲，这些男人也不会激起女人太多的性欲。可这是为什么？为什么今日裸体女人反倒不如萧先生那个八十年代[②]的蒙面女人更能激起男人的性欲？若说这只是个蒙面问题，那就太愚蠢了。

当一个女人的性处在鲜活有力的状态时，这性本身就是一种超越理性的力量，它发送着其特有的魔力，唤起男人的欲望。于是女人为了保护自己而尽量遮掩自己。她蒙面，一副怯懦羞涩的样子，那是因为她的性是一种力量，唤起了男人的欲望。如果这样有着鲜活性力的女人再像今天的女人那样暴露自己的肉体，那男人还不都得疯了？大卫当年就为巴斯西巴疯狂过[③]。

可是，如果一个女人的性力渐衰，甚至在某种意义上已经

---

① 1929年9月30日萧伯纳在一次有关性问题的会议上讲话，强调服饰能加强“性吸引力”，并建议“首席妓女”就此指导大主教。萧氏一贯幽默反讽，此话或许另有背景。劳伦斯可能对此有误会。

② 指的是十九世纪八十年代。

③ 据《圣经》上说，大卫王看中仆人乌利亚的妻子巴斯谢巴，便与之同居使其怀孕。后设计使乌利亚在战场上“战死”，从而娶巴为妻并生子所罗门。见《圣经·旧约·撒母耳记》(下)。

僵死，她就会想吸引男人，仅仅因为她发现她再也吸引不了男人了。从此，过去那些无意的、愉快的行为都变成有意的、令人生厌的。女人越来越暴露自己的肉体，而男人却因此在性方面越来越厌恶她。不过千万别忘了，当男人们在性方面感到厌恶时，他们作为社会的人却感到激动，这两样是截然相反的。作为社会人，男人喜欢街上那些半裸女人的动作，那样子潇洒，表达一种反叛和独立；它时髦，自由自在，它流行，因为它无性甚至是反性的。现在，无论男人或女人，都不想体验真正的欲望，他们要的是虚伪的赝品，全是精神替代物。

但我们都是有着多样的、时常是截然不同的欲望的人。鼓励女人们变得大胆、无性的男人反倒是最抱怨女人没性感的人，女人也是这样。那些女人十分崇拜在社会上精明但无性的男人，可也正是她们最恨这些男人“不是男人”。社会上，人们都要赝品，可在他们生命的某些时候，人们都十分仇恨赝品，越是那些与之打交道多的人，越仇恨别人的虚伪。

现在的女孩子可以把脸遮得只剩一双眼睛，穿有支架的裙子，梳高高的发髻。尽管她们不会像半裸的女人那样叫男人心肠变硬，可她们也不会对男人有什么性吸引力。如果没有性可遮掩，那就没必要遮掩。男人常常乐意上当受骗，有时甚至愿意被蒙面的虚无欺骗。

关键问题是，当女人有着活跃的性力和无法自持的吸引力时，她们总要遮掩，用衣服遮掩自己，打扮得雍容高雅。所谓一千八百八十个褶的裙子之类，不过是在宣告着走向无性。

因为性本身是一种力量，女人们就试图用各种迷人的方式掩盖它，而男人则夸耀它。当教皇坚持让女人在教堂里遮住肉体时，他不是在与性作对而是在与女人的种种无性可言的把戏作对。教皇和牧师们认为，在街上和教堂里炫耀女人的肉体会让男人女人产生“不神圣”的邪念。他们说得不错，但并不是因为裸露肉体会唤起性欲，不会，这很鲜见。甚至萧伯纳先生都懂这一点。可是，当女人的肉体唤不起任何性欲时，那说明什么东西出了毛病。这毛病令人悲哀。现在女人裸露的手臂引起的是轻佻，是愤世嫉俗，是庸俗。如果你对教堂还有点尊敬，就不该带着这种感受进教堂去。即便在意大利那样的国家，女人在教堂里裸露手臂也说明是对教堂的不恭。

天主教，特别在南欧，既不像北部欧洲的教会那样反性，也不像萧伯纳先生这样的社会思想家那样无性。天主教承认性并把婚姻看成是性交流基础上的神圣之物，其目的是生殖。但在南欧，生殖绝不意味着纯粹的和科学的事实与行为，北部欧洲的人才这么想。在南欧，生殖行为仍带有自古以来肉欲的神秘和重要色彩。男人是潜在的创造者，他的杰出也正在这方面。可这些都被北方的教会和萧伯纳式的逻辑细则剥得一干二净。

在北方已消逝的这一切，教会都试图在南方保存下来，因为他们知道这是生命中最基本的要素。一个男人，如果要活得完美自足，就得在日常生活中做一个有着潜在创造者和法律制定者之意识的人，作为父亲和丈夫，这种意识是最基本的。对男人和女人来说，婚姻的永恒感对保证内心的宁静似乎都是必要的，即便它带有某种末日色彩，也还是必要的。天主教并不费时费力地提醒人们天堂里没有婚姻或婚姻中没有赐物，它坚持的是：如果你结婚，就要让婚姻永恒！人们因此接受了其教义、其宿命感及其庄严性。对牧师来说，性是婚姻的线索，婚姻是人们日常生活的线索，而教会是更为高尚生活的线索。

所以说，性的魅力对教会来说并不可怕，可怕的是裸臂和轻佻，“自由”、犬儒主义和不恭，这些是所谓反性的挑衅。在教堂里性可能是淫秽的或渎神的，但绝不应成为愤世嫉俗和不信其神圣的表达方式。今日妇女裸露臂膀，从根本上说是愤世嫉俗和无神论的表现，危险又庸俗。教会自然是反对这样做的。欧洲首席牧师比萧伯纳先生更懂得性，因为他更懂人的本性。牧师的经验是千百年来传统的经验，而萧伯纳先生却用一天的工夫做了一大跳跃。作为戏剧家，他跳出来玩起现代人虚伪的性把戏。不错，他胜任干这个。同样，那些廉价电影也可以这样做。但同样明显的是，他无法触到真正人之性的深层，他难以猜到其存在。

萧伯纳先生建议说欧洲的首席妓女可以与他比肩做性咨询，而不是首席牧师。他是把首席妓女看成与自己一样是可以做性咨询的人，这种类比是公正的。欧洲首席妓女与萧伯纳先生一样懂得性。其实他们懂得都不够多。像萧伯纳先生一样，欧洲首席妓女十分懂得男人的性赝品和刻意求成的次品；也正与他一样，她丝毫不懂男人之真正的性，这性震荡着季节和岁月的节奏，如冬至的关键时刻和复活节的激情。首席妓女对此一窍不通，因为做妓女，她就得丧失这个才行。尽管如此，她还是比萧伯纳先生懂得要多。她明白，男人内在生命之深广而富有节奏的性是存在着的。她懂这一点，这是因为她总在反对它。世界的全部文学都表明了妓女之性无能，她无法守住一个男人，她仇视男人的忠诚本能——世界历史表明这种本能比他毫无信任感的性乱交本能要强大一点。全部世界文学表明，男人和女人的这种忠诚本能是强大的。人们不懈地追求着这种本能的满足，同时为自己找不到真正的忠诚模式而苦恼。忠诚本能或许是我们称之为性的那种巨大情结中顶顶深刻的本能，哪里有真正的性，哪里就有追求忠诚的激情。妓女们懂这一点，是因为她们反对它。她只能留住没有真正的性的男人，即赝品男人，她其实也瞧不起这种男人。真有性的男人在妓女那里无法满足自己真正的欲望，最终会离她而去的。

首席妓女很是懂这些。教皇也很懂，只要他肯思考一下，因为这些都存在于传统的教会意识中。可那位首席戏剧家却对此一无所知。他的人格中有一个奇怪的空白。在他看来，任何性都是不忠且唯有性是不忠的。婚姻是无性的，无用的。性只表现为不忠，性之女王就是首席妓女。如果婚姻中出现了性，那是因为婚姻中的某一方另有别恋因此想变得不忠。不忠才是性，妓女们全懂这个。在这方面，妻子们全然无知也全然无用。

这就是吾辈首席戏剧家和思想家的教导，而庸俗的公众又全然同意它——性这东西只有拿它当游戏你才能得到，不这样，不背叛，不通奸，性就不存在。一直到轻佻而自大的萧先生为止的大思想家们一直在传授这种谰言，最终这几乎成真。除却卖肉式的赝品和浅薄的通奸，性几乎不存在，而婚姻则空洞无物。

如今，性和婚姻问题是最重要的问题了。我们的社会生活是建立在婚姻之上，而婚姻呢，据社会学家说是建立在财产之上。人们发现婚姻是保留财产和刺激生产的最佳手段，这就成了婚姻的全部意义。

可事实是这样吗？我们正在极其痛苦地反抗着婚姻，激情地反抗婚姻的束缚和清规戒律。事实上，现代生活中十有八九的不幸是婚姻的不幸。无论已婚者还是未婚者，没有几个不强烈地仇视婚姻本身的，因为婚姻成了强加在人类生活之上的一种制度。正因此，反婚姻比反政府统治还要厉害。

几乎人人这样想当然地认为：一旦找到了可能的出路，就要废除婚姻。苏联正在或已经废除了婚姻。如果再有新的“现代”国家兴起，它们肯定会追随苏联的。它们会找到某种社会替代物来取代婚姻，废除这种可恶的配对儿枷锁。这意味着由国家奉养母亲和儿童，女性从此得到自立。任何一种改革的宏大蓝图中都包含了这个，它当然意味着废除婚姻。

我们唯一要反躬自问的是：我们真需要这个吗？我们真想要女性绝对自由，要国家来奉养母亲和儿童并从此废除婚姻？我们真想要这个吗？那就意味着男人和女人可以真的为所欲为了。但我们要牢记的是，男人有着双重欲望即浅显的和深远的，表面的、个人的、暂时的欲望和内在的、非个人的及久远的巨大欲望。一时的欲望很容易辨别，但别的，那些深层次的，则难以辨别。倒是要由我们的首席思想家们来告诉我们什么是我们深层的欲望，而不是用那些微小的欲望来刺激我们的耳朵。

教会至少是建立在某些伟大的和深层的欲望之上的，要实现它们，需要多年，一生，甚至几个世纪。教会，正像教士是单身一样，是建立在彼德[①]或保罗[②]那样孤独的基石上的，它的确是依赖于婚姻稳定的。如果严重损害了婚姻的稳定性和永恒，教会也就垮了。英国国教就是这样发生了巨大的衰败。

教会是建立在人的联合因素之上的。基督教世界的第一个联合因素就是婚姻的纽带。婚姻纽带，无论你如何看待它，是基督教社会的根本联系之关键，切断它，你就会倒退到基督教时代以前的国家统治。罗马国家曾十分强大，罗马的元老院议员代表着国家，罗马的家庭是元老院议员的庄园，庄园是国家的。在希腊时代情况也一样，人们对财产的永久性没什么感觉，反倒对一时的财富感兴趣，那情景令人吃惊。希腊时期的家庭较之罗马时期更不稳固。

但在这两种情况下家庭都是代表国家的男人。在有的国家女人就是家庭或一直是家庭。还有的国家中，家庭难以存在，如牧师国家，牧师的控制就是一切，甚至起着家庭控制的作用。这情形就如同那些宗教大国，如早期的埃及就是通过牧师的监

---

① 耶稣十二门徒之一。

② 《圣经》中初期教会主要领袖之一。

督和宗教仪式直接控制每个人的。

现在的问题是，我们想要倒退或前进到这些形式的国家统治中去吗？我们想成为罗马帝国的国民吗？甚至成为“理想国”的国民？就家庭和自由而言，我们想成为希腊时期城邦国家的公民吗？我们想把自己想象成早期埃及人吗？像他们那样受着牧师的控制，身陷宗教仪式之中？

要让我说，我会说不！说完不字，我们就得回过头来思考一句名言——或许基督教对人类生活做出的最大贡献就是婚姻了，是基督教给世界带来了婚姻，即我们所了解的婚姻。基督教在国家的大统治范围内建立起了家庭这个小小的自治区域。基督教在某些方面使得婚姻不可损害——不可被国家损害。或许是婚姻赋予了男人最大的自由，赐予了他一个小小的王国(在国家这个大王国之中)，给予了他独立的立足点去承受和反抗不公平的国家。丈夫和妻子、一个国王、一个王后、和几个国民，再有几亩自己的国土：这，真的就是婚姻了。它意味着真正的自由，因为，对一个男人、一个女人和孩子来说，它意味着真正的满足。

那我们还要拆散婚姻吗？如果要拆散它，就说明我们都成了国家统治的直接对象。我们愿意受任何国家的统治吗？反正我不愿意。

而教会创造了婚姻并使之成为一种神圣物，男人和女人在性交流中连为一体的神圣物，只有死，没什么能把他们分开。即便被死亡分开了，他们仍然不能摆脱这桩婚姻。对个人来说，婚姻是永恒的。婚姻使两个不完整的肉体合二为一，促使男人的灵魂与女人的灵魂在终生结合中获得全面的发展。婚姻，神圣不可侵犯，在教会的精神统治下，成为男人和女人通向世俗满足的一条伟大道路。

这就是基督教对人类生活的巨大贡献，可它极易被人忽视。难道它不是男女达到生命完美的一个巨大步骤吗？是还是不是？婚姻对男女的完美是有益还是挫折呢？这是一个极重要的问题，任何一个男人或女人都要回答。

如果我们用非国教即新教的观点看自己，我们都是孤独的个人，我们最高的目标就是拯救自己，那婚姻就成了一种障碍。如果我只是要拯救自己的灵魂，我最好放弃婚姻，去当和尚或隐士。还有，如果我只是要拯救别人的灵魂，我也最好放弃婚姻去当传道者和布道的圣士。

可如果我既不要拯救自己也不要拯救别人的灵魂呢？假设灵魂拯救在于我是一窍不通呢？“被拯救”在我听来纯属呓语，是自傲的呓语。假如我根本不明白什么救世主和灵魂拯救，假设我认为灵魂必须终其一生才能发展至完美，要不断地保养并得到滋养，不断发展不断完善直至终极呢？那又会怎么样？

于是我意识到婚姻或类似的什么是根本。旧的教会最知道人的需要，这绝非今天或明天的事。教会要让人们为生而结婚，为灵魂活生生的生命完善结婚，而不是要拖到死后再结婚。

旧的教会懂得，生命就在眼前，是我们的，要过这日子，要活得完美。伯尼蒂克特[①]僧侣的严厉统治，阿西西的芳济[②]的大溃退，这些都是教会天堂中的光彩。教会保存下了生命的节奏，一时又一时，一天又一天，一季又一季，一年又一年，一个时代又一个时代，在人们中间传递，教会的异彩是与这永恒的节奏同辉的。我们在南方的乡间能感受到它——当我们听到那教堂钟声，在黎明，在正午，在黄昏，这钟声与芸芸众生的声音和祈祷声一起宣告着时光，它是每天每日太阳的节奏。我们在节日的进程里感受到它——圣诞节，三王节，复活节，圣灵降临节，圣·约翰节，万圣节和万灵节。这是年月的轮回，是太阳的律动——冬、夏至和春、秋分，迎来一个个季节又送走一个个季节。它亦是男人和女人内在的季节：大斋期的忧伤，复活节时的欢乐，圣灵降临时的神奇，圣·约翰节的烟火，万灵节时坟茔上的烛光，还有圣诞时分灯光闪烁的圣诞树，这些都表达着男人和女人灵魂中被激起的感情节奏，男人以男人的方式体验着感情的伟大节奏，女人则以女人的方式，但只有在男女的结合中这节奏才获得完整。

奥古斯丁说，上帝每天都创造一个全新的世界。对活生生的情感之灵来说，这真对。每个清晨都带来一个全新的宇宙，每个复活节都燃亮一个崭新的世界，它如同一朵初放的鲜花。

---

① 伯尼蒂克特（Saint Benedict，480？—543？），僧侣，创立同名教会制度。

② 阿西西的芳济（Saint Francis of Assisi，1182—1226），教士，创立芳济会。

同样，男人和女人的灵魂亦是日新月异，充满着生命的无限欢乐和永远的新鲜。所以，一个男人和一个女人一生都感到对方新鲜，因为他们婚姻的节奏与岁月的节奏是相伴相随的。

性是宇宙中阴阳两性间的平衡物——吸引，排斥，中和，新的吸引，新的排斥，永不相同，总有新意。在大斋期，人的血液流动渐缓，人处于平和状态；复活节的亲吻带来欢乐；春天，性欲勃发，仲夏生出激情，随后是秋之渐衰，逆反和悲凉，黯淡之后又是漫漫冬夜的强烈刺激。性随着一年的节奏在男人和女人体内不断变幻其节奏，它是太阳与大地之间关系变幻的节奏。哦，如果一个男人斩断了自己与岁月节奏的联系，斩断了与太阳和大地的和谐，那是怎样的灾难呀。哦，如果爱仅仅变成一种个人的感情而不与日出日落和冬、夏至和春、秋分有任何神秘关系，这是怎样一种灾难和残缺啊！我们的问题就出在这上头。我们的根在流血，因为我们斩断了与大地、太阳和星星的联系；爱变成了一种嘲讽，因为这可怜的花儿让我们从生命之树上摘了下来，插进了桌上文明的花瓶中，我们还盼望它继续盛开呢。

婚姻是人生的线索。但是，离开了太阳的轮回，地球的转动，星球的陨落和恒星的光彩，婚姻就没有意义了。难道一个男人在下午不是与上午的他不同、甚至完全不同吗？女人不也如此？难道他们之间和谐或不和谐的变奏不是汇成了一曲生命的神秘之歌吗？

难道人的一生不都是如此？一个男人在三十岁、四十岁、五十岁、六十岁和七十岁时都与以往的自己大不相同，他身边的女人亦然。不过，在这些不同之间是否有某种奇特的连接点？人的整个青年时代难道就没有某种特别的和谐——出生期、成长期与青春期？女人生命的变化阶段痛苦也是一种更新，逝去了激情但获得了感情的成熟；死期的临近是黯淡的，也是不平等的，男女双方深怀恐惧面面相觑，害怕分离，其实那未必真的是分离。在这一切过程中，是不是有某种看不见的、不可知的东西在起着平衡、和谐和完整的相互作用？就如同一首无声的交响乐那样，从一个乐章到另一个完全不同的乐章起着过渡作用，使迥然不同的乐章浑然一体。这种东西使男女两个全然陌生不同的生命在无声的歌唱中浑然一体。

这就是婚姻，是婚姻的神秘，它自会在这种现世生命中完善自身。我们完全可以相信：天堂里没有娶也没有嫁，这些都必须在现世完成，否则就永远完成不了。那些大圣人，甚至基督，他们活一遍，仅仅是为婚姻之永恒的神圣增添一种新的满足与新的美丽。

但是——这个“但是”像子弹一样击痛我们的心——如果婚姻从根本上和永恒意义上说不是阳物的婚姻，且与阳光、大地、月亮、恒星、星球无关联，与日、月、季、年、十年和世纪的节奏无关联，它就不叫婚姻。如果婚姻不与血性相呼应它就不是什么婚姻了。因为血液是灵魂的物质，是深层意识的物质。我们是靠血液存在的，是靠心肝生存、运动并获得自己的存在。在血液之中，知识、存在和感觉是一体，密不可分的——什么蛇或智慧果都不能让它们分裂[1]。只有当它们靠血性联系在一起，婚姻才真正成其为婚姻。男人的血与女人的血是两股永不相同的流水，它们永远也不会交融，甚至从科学上讲这一点也对。但也正因此，这两条河流才环绕起整个的生命。是在婚姻中，这两条河水使生命变得圆满；在性中，这两条河水相触并更新自己，虽然永不相混相融。我们是知道这一点的。阳物是一根血液的支柱，它充满了女人的血液之峡谷，男性的血液长河触到了女性血液长河的最深处，但双方都不会破界。这是所有交流中最至深的交流，任何宗教都懂这一点。事实上，它是最伟大的神话，几乎每个最初始的故事都在表现神秘婚姻的巨大成就。

这就是性行为的意义：交流，两条河水的相触，就像幼发拉底河和底格里斯河环绕起美索不达米亚平原，那里是天堂或者说伊甸园的所在，人在此获得了自己的起始。这就是婚姻，两条河流，两股血溪的交流，不是别的。所有的宗教都懂得这一点。

丈夫和妻子，两条血河，永不相同的溪流，他们相触，交流，从而更新自己，但绝不冲破最细微的界限，不相混相融。而阳物是这两条河相汇的交点，它使两股流水成为一体，使这条河的双重性同一，这种一生中渐渐形成的一体之双重性是时光与永恒的最高境界。从这一体中产生了所有的属人的东

---

① 这里指《圣经》里知识与存在的分裂。

西——儿童、美和精致，产生了全部人类的创造物。我们知道上帝的意志就是希望这种一体持续终生——这种人类双股血流中的一体。

男人要死，女人也要死，两个人的灵魂是否分别回归造物主？天知道。但我们知道，婚姻中男女血流的一体性使宇宙完整了，完成了太阳和星星的流溢。

当然了，与之对应的东西是有的，那就是赝品。世上有虚假的婚姻，就像今日大多数婚姻一样。现代人只是个性而已，现代婚姻的发生是由于男女双方被相互的个性所“惊颤”——当他们对家具、图书、体育运动或文艺娱乐活动有着共同的兴趣时，当他们感到与对方说得来时，当他们相互钦佩对方聪明的头脑时。于是，这种智慧和个性的共鸣成为两性间友谊的良好基础，可这种基础对婚姻来说是灾难性的。因为，婚姻不可避免地导致性活动的开始，而性活动现在是，一直是，将来也还会是男女间精神关系的某种敌人。两个个性促成的婚姻会以肉体的仇恨而告结束，这句话都快成警句了。以个性相吸开始，会以仇恨告终，他们甚至无法解释这种仇恨。他们还要掩饰这种仇恨，因为这让他们感到羞愧。那些个性强的人，若因婚姻而生怒，往往会接近发疯，而且说不清为什么。

真正的原因是，两性间一味的精神交感和兴趣的共鸣终归是与血性的交感相敌视的。现代的性格偶像对两性间的友谊有好处，但对婚姻来说却是灾难性的。总之，现代人还是不结婚的好，不结婚反倒可以使他们更忠实于自己的个性。

无论结婚与否，不幸总会发生。如果你只懂得个性的交感与个性的爱，这迟早要引起愤怒与仇恨，因为血性的交感和血性的接触受了挫，受到了否定。若是独身，这种否定会使人变得枯萎讨厌，可在婚姻中，只能产生愤怒。现在，我们无法躲避它正如同我们无法躲避雷电。它是心理现象的一部分。重要的一点是，性本身没有性满足和完美照样对性格和性格之“爱”言听计从。事实上，在“性格”促成的婚姻中可能有着比血性婚姻更多的性活动，女人总为永恒的情人叹息，而往往她是在性格婚姻中才能得到这样的情人。可这样的情人有着没完没了的欲望，永远也没个结果，也无法满足什么，于是她会十分仇恨他！

我谈论性时犯了一个错误：我总在说性意味着血性的交感和血性的接触，从技术上说是这样的。可事实上，几乎全部现代的性都是纯精神的、冷漠的、无血性的。这就是性格之性。这苍白、冷漠、“诗意”的性格之性（现代人都懂）产生了肉体的和心理上的效果。在这种情况下，男人和女人的两条血河交汇了，与血性激情和血性欲望驱使下的交汇一样。但是，血性欲望下的交汇是积极的，会使血液更新。而在这种精神欲望下，血与血的交汇就会产生摩擦，变得有害，会使血液变得苍白枯竭。性格、神经或精神的性活动对血液有害，是一种分解代谢活动；而火热的血性欲望之下的性交则属于一种新陈代谢活动。神经性的性活动可能一时间会产生狂喜，使精神兴奋，可这如同酒精或毒品产生的效果，会分解血球，是血液枯竭的过程。这就是现代人精力不好的原因之一——本来应该使人焕然一新的性活动却把人搞得疲惫衰竭。正因此，当那个小伙子不相信性能使英格兰复活时，我毫无办法。现代的性活动其实全是精神活动，造成了疲惫与衰竭，其后果是无法否认的。其后果只比手淫好一丁点儿，后者与死似无二致。

于是，我终于开始明白批评我的人为什么批评我抬高性的作用。他们只知道一种性的形式，事实上对他们来说只有一种性，那就是神经的、性格的、分裂的，即苍白的性。这东西可以说得天花乱坠，可以不当回事，但绝无半点指望。我很同意，同意这样说：别指望这样的性来使英格兰复活。

我还看不到任何使一个无性的英格兰复活的希望。一个失去性的英格兰似乎教我感觉不到任何希望。没有几个人对它寄予希望。我坚持说性可以使之复活，这样似乎有点愚不可及。眼下的这种性既不是我意中的也不是我想要的。因此我无法寄希望于它，无法相信纯粹的无性可以使英格兰复活。一个无性的英格兰！对我来说它没什么希望可言。

而另一方面，我们如何重新得到那种在男女之间建立起活生生联系的火热的血性之性呢？我不知道。可我们必须重新得到它，要么由下一代来做，否则我们就全然失落。因为通向未来的桥就是阳物，仅此而已，绝不是现代“精神”爱中那可怜、神经兮兮的赝品阳物，绝不是。

新的生命冲动绝不可能不伴随着血性的接触而到来，我指的是积极的真正的血性接触，绝非那种神经质的消极接触。最根本的血性接触是在男人和女人之间进行的，过去是这样，将来也还是这样，这是积极的性接触，同性恋次之，但它不仅仅是对男女间因精神之性造成不满的替代物。

如果英格兰要复活——这是那位认为有复活必要的年轻人的话——它靠的是一种新的血性接触，一种新的婚姻，它是阳物的复活而非仅仅是性的复活。因为阳物是男人唯一神性活力的古老而伟大的象征，意味着直接的接触。

这也意味着婚姻的更新——真正阳物的婚姻。更进一步说，这将是把婚姻重新纳入宇宙节奏中去，我们绝不可以没有宇宙节奏的，否则我们的生命将变得枯竭痛苦。早期的基督徒们试图扼杀异教徒们宇宙仪典的节奏，他们在某种程度上成功了。他们扼杀了行星和黄道带，可能是因为占星早已堕落成为算命把戏了。他们想要扼杀每年的节日，但是教会懂得：人并非只与人生活在一起，还与进化中的太阳、月亮和地球在一起，于是又恢复了那神圣的节日，几乎和异教徒没什么两样，从此信基督教的农民也和异教农民一样生息：日出时做祷告，然后是正午和日落，再就是古已有之的七日一循环，复活节，上帝的死与生，圣灵降临节，施洗约翰节的烟火，11 月万灵节时坟茔上死人的灵魂，圣诞节和三王节。几个世纪以来，人们在教会统治下就是循着这个节奏生息的。宗教的根就这样永恒地扎在了人们中间。一旦某一群人失落了这个节奏，这群人就等于死了，没希望了。但是新教的到来给人类生活中每年的宗教和仪典之节奏以重大打击。新教教徒几乎完成了这一使命。现在的人们不再随进化中的宇宙而调节自己，不再有仪典，不再服从其永恒的规律，没有这种永恒的需求了。相反，他们只与政治和公假日息息相关。婚姻，作为一种伟大的必然，也因为失落了那伟大的规律之摆动节奏而深受其苦，那宇宙之节奏本应永远支配生命的。人类真应该转身寻回宇宙节奏，走向婚姻的永恒。

这些都是《查泰莱夫人的情人》的注释，或者说是开场白也行。人有渺小的需要和深层的需要，我们疯狂地陷入渺小的需要中生活而几乎失去了深层的需要。有一种渺小的道德影响着人们，还有那渺小的需要，天啊，这就是我们赖以生存的道德。但还有一种影响男人女人、民族、种族和阶级的深层道德。这种更高的道德在很长时间里影响着人类的命运，因为它迎合了人的深层需要，它与渺小需要之渺小道德时常发生冲突。悲剧思想甚至告诉我们，人之深层需要是死的知识和死的体验，每个人都需要知道他肉体的死亡。但前悲剧和后悲剧时代的伟大思想（尽管我们并未达到后悲剧时代）告诉我们，人最大的需求是永远更新生与死的整个节奏——太阳年的节奏，那是肉体一生的年月，还有星星的生命年月，那是灵魂的不朽年月，这是我们的需要，迫切的需要。这是头脑、灵魂、肉体、精神和性的需要。求助于语言来满足这种需要是没用的。字词和道[①]是无法做到这一点的。该说的几乎全说过了，我们只需凝神谛听，可谁能让我们注意行动呢？四季的行动，年月的行动，灵

① 这里第一个字母大写的 Word 和 Logos 有时都表示“道”。参见《圣经·新约·约翰福音》1：1—12。

魂周期的行动，一个女人和一个男人的生命在一起的行动，月亮流浪的小行动，太阳的大行动，还有更大星球的行动？谁让我们去注意这些行动？我们现在要学习的是生命的行动。我们似乎学会了语言，可看看我们自己吧，可能我们说起来什么都行，可行动起来却是疯狂。让我们准备好，让我们渺小的生命死去，在一种宏大的生命中再现，去触动那运动着的宇宙。

其实，这是一个“关系”的问题。我们必须回到与整个宇宙和世界的活生生、有益的关系中，其途径是每日的仪式和再醒。我们必须再次开始日出、正午和日落的仪式，点火和泼水的仪式，醒来和睡去的仪式。这是每个人和一家人的事，是每日的仪式。月亮和晨星及晚星下的仪式，男女应分开来做。季节的仪式是集体的事，男女一起列队而舞，表现灵魂的激情。男女一起做，整个集体一起做。而星年中大事件的仪式则是国家和国民的事。我们必须回到这些仪式上来，或者说我们必须让它们符合我们的需要。真实原因是，我们因为难以满足我们深层的需要而一天天烂下去。我们断绝了内在的养分和更新自己的巨大源泉之间的联系，要知道这源泉就在这宇宙中永恒地流淌着。人类的生命力正走向死亡，就像一棵连根拔出地的大树，它的根飘在空中。我们必须重新把自己根植于宇宙之中。

这意味着重返古老的形态。重返，意味着我们重新创造它，这比宣传福音书还难。福音书告诉我们说，我们都获救了。可看看今天的世界，我们会意识到，人类非但没有被从罪恶之类的东西中拯救出来，它几乎全然失落了，失落了生命，几近虚无和灭亡。我们得向回转，走过一段久远的路，回到理想诞生之前——柏拉图之前，回到生命的悲剧意识产生之前，再次自己站立起来，因为，福音书讲的通过理想获救及逃离肉体正好与人生的悲剧观巧合了。拯救和悲剧是同一事物，现在看来，它们都离题了。

回去，回到理想主义的宗教和哲学诞生并把人推入悲剧之轨之前的时代，人类最近这三千年来是向着理想、非肉体和悲剧的进程，现在它结束了。这就如同剧院里一出悲剧的结束，舞台上陈尸一片，更坏的是，这些尸首毫无意义，幕布就降下了。

但在生活中，幕布从未降下过。视野中依旧尸横遍野，总要有人去清除，总还有人要继续前行。这是明天的事。今天已经是悲剧与理想时代的明天，剩下的主角们全然呆滞了，可我们还要继续前行。

现在我们必须重建起被那些大理想主义者毁灭了的伟大的关系。那些大理想主义者根本上是悲观的，他们相信生命不过是无谓的冲突，要避免这些冲突，甚至要终生避免。佛陀、柏拉图和基督，在对待生命的态度上可说是三位极端悲观主义者。他们教导我们说，唯一的幸福就是脱离生活，即每日、每年、每季的有生有死有收获的生活，要的是生活在“不可改变的”或者说是永恒的精神中。可几乎三千年后的今日，我们几乎与季节的生活节奏全然脱离了，与生死收获没了关系，我们意识到这种脱离既不是什么幸福，也不是解放，而是虚无。它带来的是虚无的惰性。而那些大救星大导师们只会把我们与生活割断，这就是悲剧的附注。

对我们来说宇宙已经死了，怎么让它再生呢？“知识”扼杀了太阳，让它变成一只充满大气的球，上面有黑点；“知识”扼杀了月亮，把它说成是被死火山侵蚀的一片死亡土地，像患了天花一般；机器扼杀了地球，使它的表面变得崎岖不平。我们怎么能从这里夺回那个曾令我们无限欢愉的灵之天堂？如何重新找回阿波罗[①]，阿蒂斯[②]，迪米特[③]，波赛芬[④]和冥府？我们怎么能看到金星 或拜迪吉尤斯[⑤]之星？

我们应让它们回来，因为我们的灵魂，我们深层的意识居于那个世界上。在理性和科学的世界中，月亮是一堆死亡之土，太阳是有黑点的气团。这是抽象的头脑聚集其中的世界。我们是在分离的状态下了解我们微小的意识世界的，我们就是这样在与世界分离的状态下了解世界的。可当我们与世界成为一体时，我们才知道地球是风信子花样的紫蓝色或是火成岩样的红色；我们知道月亮给我们的肉体带来欢乐或从中偷走欢乐；我们知道太阳这头金狮的低语，他舔着我们就像一头母狮舔着幼崽，令我们勇敢起来，或者像一头恼怒的红狮张牙舞爪冲向我

---

① 阿波罗（Apollo），希腊神话中的太阳神。

② 阿蒂斯（Attis），罗马帝国时期人们崇拜的大神。

③ 迪米特（Demeter），希腊神话中司农业的女神。

④ 波赛芬（Persephone），希腊神话中迪米特与宙斯之女，被冥王普鲁托劫持娶作冥后，只能春天返回地面一次。

⑤ 拜迪吉尤斯（Betelgeuse），猎户星座中一颗颜色发红的巨星。

们。有各种各样认识的途径，有各种各样的知识。对人来说有两种认识的途径：一种是在分离状态下的认识，这就是头脑的、理性的和科学的；另一种是融合状态下的认识，这就是宗教的和诗意的。从基督教始，到新教终，终于失去了与宇宙的一体，失去了肉体、性、情绪、激情与大地、太阳和星星的一体。

但是，关系有三重：与活生生宇宙的关系，男女间的关系，男人与男人之间的关系。每一对关系都是血的关系，不仅仅是精神的关系。我们把宇宙抽象为物质与力量，把男人和女人抽象为分离的性格——分离的，不能融会的，于是这三种关系都失去了形体，死了。

没有什么比男人与男人的关系更死气沉沉了。我想，如果我们彻底分析一下男人对别的男人的感觉，我们会发现每个男人都把别的男人看成是威胁。这很奇怪。但是男人越是精神化，他们越把别的男人的肉体存在看成是一种威胁，对自己存在的威胁。每个走近我的男人都威胁着我的存在，甚至我的生命。

这丑恶的事实正是我们文明的基础。正如一本战时小说的广告说的那样，它是一本“友谊与希望，泥浆与鲜血”的史诗。这当然意味着，友谊和希望必须在泥浆和鲜血中完结。

当讨伐性与肉体的十字军与柏拉图一起迈开大步的时候，它要的是“理念”，要的是分离状态下的“精神”知识。而性是巨大的黏合剂，伴随着它巨大而缓慢的震颤，心的热能使融合在一起的人们感到的是幸福。理念哲学和理念宗教执意要扼杀它，他们这样做过，现在又这样做了。最后的友谊与希望的火花就被扼杀于泥浆与鲜血之中。男人都变成了分离的个体。“善良”成了今日的一道油滑的命令——每个人必须“善良”不可。而在这“善良”之下，我们发现的是冷漠的心，是漠然的心，真令人心寒。每个男人都是别个男人的威胁。

男人只在威胁中相互了解。个人主义胜利了。若我是个彻底的个人主义者，那么，任何别人，特别是男人，就成了我的威胁。这就是我们今日社会之特色。我们彬彬有礼相待，是因为我们骨子里相互惧怕。

先是隔绝感，随后是威胁感和恐惧，它们注定会产生，因为与同胞间的一体感和集体感在消失，而增长的是个人主义和个性即孤独的生存感。所谓“文化”阶层率先要兴起“个性”和个人主义，率先陷入这种无意识的威胁与恐惧状态中，劳动阶级则会多保持几十年那种古朴的血性热情的“一体”，但随后也会失去它。随后阶级意识开始萌发，由此带来阶级仇恨。阶级仇恨和阶级意识的兴起，只能说明古朴的一体和古朴的血性热情丧失了，每个人真正在分离状态中意识到了自己。然后我们就有了一伙人仇视一伙人的对立斗争，内乱就成了坚持自我的必然结果。

这是今日社会生活的悲剧。在古老的英格兰，那奇特的血性把各阶级团结在了一起。地主乡绅尽管傲慢、粗暴、欺压百姓，可他们与人民总算是一体，也是一条血流的一部分。我们读笛福或菲尔丁的作品对此有所感觉。可在下作的简·奥斯汀的作品中，这感觉就消逝了。这老姑娘强调“个性”而非性格，分离中的认识而非融会中的认识，她令我感到十分反感，可以说是一个不良、下作、势利的英国人，正如同菲尔丁是个善良而慷慨大方的英国人一样。

所以，在《查泰莱夫人的情人》中我们看到一个克里福德男爵，他是个纯粹的个性之人，与他的同胞男女全然断了联系，只同有用的人还有联系。他身上热情全无，壁炉全凉了，心已非人心[①]。他纯粹是我们文明的产物，但也是人类死亡的象征。他善良的时候也不失刻板，他根本不知热情与同情为何物。他就是他，最终失去了他的好女人。

另一个男人仍然有着人的热情，可他被捕杀、毁灭了。那个爱上他的女人是否会真的与他同舟共济，是否真的捍卫他的生命意义，这甚至成问题。

我多次被人问起，我是否有意让克里福德瘫了，这写法是不是象征。文学朋友们说在他完完全全并有性力的情况下让他的女人离他而去，这样设计才好。

至于那“象征”是否有意为之，我说不上。至少在最初设计克里福德时没这意思。我开始设计克里福德和康妮时，我根本说不清他们是怎么回事或为什么。他们就是那样产生的。不过，这小说从头到尾整整写了三遍。我读第一稿时，发现克里福德的瘫痪是一种象征，象征着今日大多数他那种人和他那个

---

① 壁炉英文是hearth，也比喻家，而心的英文是heart，与壁炉是谐音，两词连用，体现了劳伦斯的遣词艺术。

阶级的人在情感和激情深处的瘫痪。我还意识到，如此这般技术地弄瘫了他，可能对康妮是不公正的，等于是把康妮弃他而去给大大地庸俗化了。但故事是自己跑来的，我只能任其如此这般保留它。不管这叫不叫象征，就其故事的发生来说，这是不可避免的。

小说写完近两年后的今天写下这些，并非是要解释或阐明什么，只是表达一些感情的信念，或许可作为这本书的必要背景。很明显，写这书是在向传统挑战，因此要为这挑战态度说明点理由：让普通人震惊是一种愚蠢的欲望，绝不可取。如果说我用了禁词，也是有道理的——不使用淫词，不使用阳物本身的阳物语言，我们永远也别想把阳物的真实从“高雅的”玷污中解救出来，对阳物真实最大的亵渎就是“将其高雅化之”。同样，如果这位贵妇人嫁给了这猎场看守（她尚未嫁呢），这不是阶级中伤，而是冲破阶级的界限。

最后说一下，有人来信抱怨我对海盗版有微辞而对首版却不说什么。首版在佛罗伦萨出版的，是精装本，颜色单调，是桑红色的，用黑色印着我的凤凰（不朽之象征，那鸟儿正从火中腾起获得新生），封底还有一道白。纸是好纸，用的是意大利手工压纸，奶白色。印刷虽不错，却流于普通，装订嘛，就是佛罗伦萨小铺子的订法儿。这书做得绝无特别的匠心，但让人愉快，总比不少“高档货”好。

若说有不少拼写错误，那是因为它是在一家意大利小厂排的版，是个家庭小厂，厂里无一人懂英文，既然无人认一个英文字，也就无可指责了。校样可怕极了，印刷者本可以出几页漂亮活的，可他那天醉了或出了别的毛病，于是那文字全飞舞起来，舞得让人毛骨悚然，根本不是英文了。若仍有大量错误，那也是一种福分，因为没有再多的错误了。

有篇文章同情那可怜的印刷者，说他是上了当被骗去印这本书的。绝不是骗。那长一唇白胡子的小矮子刚娶了第二个老婆，告诉他说这书里有这样那样的英文字眼，而且是写某类事的，要是你因为印这书惹麻烦你还干不干？“写什么了？”他问。告诉他后，他以佛罗伦萨人满不在乎口气说，“嗨，我的妈哎，我们天天干这种事儿！”这就算没问题了。既然这书没政治问题，也非有毛病，就不用考虑了。司空见惯的平常事而已。

不过，那是场战斗哩。奇迹是，这书就那么印出来了。当时的铅字只够排一半的，就先排了一半，印了一千份。为谨慎起见，二百份是用的普通纸，第二版也一样，然后拆了版，再排另一半。

随后是运输的斗争，书一到美国就让海关给扣了。幸好英国拖延了些日子才扣，所以，几乎整整这一版——至少八百册全进了英国。

随之而来的是庸俗的谩骂浪潮。这也难免。“我们天天干这种事儿。”那矮个儿意大利印刷者说过。“恶魔般可怕！”英国新闻出版界有人尖叫。“谢谢你终于写了一本真正关于性的书。我对那些无性之书厌倦了。”一位佛罗伦萨最有声望的市民对我说。“我不知道，说不清，这书是否太过火了？”一位谨小慎微的佛罗伦萨批评家说，他也是个意大利人。“听着，劳伦斯先生，你真觉得非这么说不可吗？”我说是的，非这么写不可。于是他沉思起来。“哼，一个滑头滑脑，勾引人，另一个是个性痴子。”一个美国女人这样评论书中的两个男人。“所以，我怕康妮的选择好不了，这种事儿，常这样儿！”

（1928年，《查泰莱夫人的情人》在意大利出版私人版后就被禁止运入英国，为此劳伦斯写了这篇长文旗帜鲜明地表明自己的态度，为自己的最后一部小说进行辩护。）

色情与淫秽[①]

任何人对任何一个字眼儿产生的反应不外乎有两种：或是群体的或是纯个人的。这该由他扪心自问：我的反应是自己个人的呢还是出自群体意识？

当说到淫词秽语时，我相信，几乎没有哪个人的反应不代表着众人的态度。头一个反应总是群体的反应，群体的愤恨和群体的谴责。芸芸众生们不过如此罢了。可真正有个性的人会三思：我真感到震惊了吗？我是真感到受伤害、感到愤怒了吗？其答案肯定是：不，我不震惊，没觉得受伤害，不生气。我懂这个词儿，它就是那个意思，我不会为一个词就小题大做，犯不着。

如果几个所谓的淫秽词儿就能震动世上的男女，让他们脱离群众习惯而产生个性，那倒挺不错。假正经就是普遍的群体习性，我们现在该受受震惊，从这习性中震将出来。

我们谈论的还只是淫秽，而色情的问题可就更严重了。当一个人因震惊而独自思考，他内心深处或许仍旧弄不懂，拉伯

---

① 此文为节选，略去了开始与结尾处几个段落，英国的选本均如此。

雷[①]的作品是否属于色情之类？而面对阿里蒂诺[②]甚至薄伽丘[③]他或许会百思不得其解，会被他们的作品弄得如坠五里云雾。

我记得有一篇谈色情的文章说，色情艺术旨在刻意撩拨人的情欲、让人产生性激动。这文章强调说，作品色情与否取决于作者是否有意撩拨人的性感觉。关于“有意”的问题自古以来就争论个不休，到如今再争，就显得过于无聊了，因为我们知道潜意识的意图在于我们是何等强大、何等重要。我不知道，既然每个人的无意识的意图多于有意识的，那为什么人们就要为自己有意识的想法感到有罪而为无意识的想法感到清白？我就是我本来的样子，而不是我认为的那个样子。

那也没用！我们认为色情是某种低下、让人讨厌的东西。简言之，我们不喜欢这玩意儿。为甚？是因为它撩拨性感觉吗？

我不以为然。不管我们如何装假，我们大多数人还是挺喜欢让人小小撩拨一下我们的性欲的。它让我们感到挺温暖，如同阴天里的阳光令我们激动。过了一二百年的清教时期，大多数人的确是如是感觉的，可是芸芸大众都习惯于责骂性的任何表现形式，这群体习俗太强大了，它让我们不敢发自内心地承认我们的感觉。当然也有不少人是真的厌恶最简单和最自然的

---

① 弗朗索瓦·拉伯雷（1495—1553），法国人文主义作家，著有《卡冈都亚》和《庞大古埃》。他反对禁欲，提倡反权威。

② 皮埃特罗·阿里蒂诺（1492—1556），意大利情爱诗人。

③ 薄伽丘（1313—1375），《十日谈》的作者，人文主义者。

性感冲动的。这是些个变态的人，他们仇视自己的同类。这是些个受了挫折、大失所望、欲壑难填的人。天啊，我们的文明社会里这号人太多了。可他们却背地里享受着某些并不简单和并不自然的性兴奋。

甚至很先进的艺术批评家也试图让我们相信，任何“性感”的书和图画都是坏的。这可真叫虚伪。世上有一半伟大的诗篇、绘画、音乐和小说之所以被称为杰作，是因了它们的性感美。提香或雷诺阿，《所罗门之歌》或《简·爱》，莫扎特或《安妮·劳莉》①，这些艺术家和作家名作的美都是与性的感召和性的刺激（不管你称之为何物）交织在一起的。甚至那位十分厌恶性的米开朗基罗也情不自禁地在象征丰饶的羊角中填满具有阳物象征的橡子②。性是人生之强大、有益和必需的刺激物，每当我们感到它像阳光一样温暖而自然地流遍全身，我们会很感激它的。

所以，我们可以否定所谓艺术中的性之感召是色情一说。或许对阴郁的清教徒来说这是色情，可那是一些个病人啊，他们的灵与肉全病了，我们何必因为他们的胡思乱想而自扰？当然了，性的感召也是各有不同。类型不同，程度各异。或许可以说，轻度的性感召算不上色情，而渲染重的就算是了。这是一种荒谬之说。如果说色情，薄伽丘的作品最热闹的地方

① 查尔斯·马克福森（1870—1927）所作的爱情歌曲，流传甚广。

② 传说中长角的女神哺育了天神宙斯，她的角在艺术中被当成丰饶的象征，画家们在她的角中画满果实和鲜花。

也赶不上《帕米拉》、《克拉瑞萨》[1]、《简·爱》以及甚至当代未受查禁的不少书和电影。还有，瓦格纳的《特里斯坦与伊索德》[2]倒更接近色情，甚至不少很著名的基督教颂歌也很色情呢。

这是怎么回事？这不仅仅是性感召的问题，甚至也不是作者有意撩拨人们的性激动的问题。拉伯雷有时是有意为之，薄伽丘以另一种形式这样做了。不过我相信，可怜的夏洛蒂·勃朗特或《族长》[3]的女作者是无意刺激读者的性感觉的。可我却发现《简·爱》很接近色情而薄伽丘的作品倒似永远清新、健康。

前任英国内政大臣自诩为一个异常诚挚的清教徒，每一根神经都是阴郁的。他有一次对有失体统的书大为光火道："有两个十分纯洁的年轻人，看了这样的书就搞起性交来！"那是他们的事！我们只能如此回答。可这个阴郁的英国卫道士却似乎觉得如果他们相互杀戮或厮打个稀烂倒更好。阴郁病！

那什么才是色情呢？绝不是艺术中的性感或性刺激。甚至艺术家有意唤起性感觉也算不得色情。只要他们坦诚，不隐晦，不要花腔，他们的性感觉就没什么错。正确的性刺激对于人的日常生活是很宝贵的。没有它，这世界就是灰色的了。我很乐

① 英国作家理查逊（1689—1761）的两部作品。头一部讲的是女仆人与主人的婚姻；第二部讲的是一位良家女受坏人引诱的故事。

② 德国作曲家瓦格纳（1813—1883）的一部音乐作品。

③ 1919 年伊迪斯·哈尔所著的畅销书。

意让每一位都读一读文艺复兴时期的快乐小说，它们可以帮我们祛除不少现代文明病，即阴郁的自以为是病。

当然我也会依理查禁真正的色情作品。这其实不难。首先，真正的色情作品总是在见不得人的地方偷传，绝不会公开的。其次，你仅凭它一贯对性和人类精神的污辱就可断定它是色情作品。

所谓色情就是试图玷污性，这是不可饶恕的。举个最下流的例子吧，下流社会中传卖的绘画明信片，不少城市里都有出售。那种丑陋，简直令人发指。那真是对人体的污辱，是对活生生人际关系的污辱！他们把人的裸体弄得很丑陋、很下贱，把性活动搞得看上去丑陋、低下、令人作呕。

他们在下流社会中出售的书也是如此。这些书要么令人作呕，要么愚昧至极，让你无法想象除了智力低下的货色读、写这种书以外还有别的什么人会这样。

那些人们茶余饭后传诵的打油诗或从吸烟室里的出公差人那儿听来的肮脏故事亦是如此。偶尔也会有一个确实好玩的故事可以替他们挣回点面子来，但一般情况下这些脏故事只能是丑陋、令人恶心，那故事中的所谓“幽默”不过是玷污性爱的一种花招儿罢了。

现代人的裸体变得丑陋而下贱，现代人之间的性行为也是如此的丑陋和下贱了。这一点都不值得骄傲。这是我们文明的灾难。我相信，再也没有哪个别种文明（甚至罗马时期）把人的裸体贬到如此可鄙、如此下贱，把性玷污到如此可怕的程度。

这是因为以前的文明并未把性驱赶入下层社会，把裸体画驱入厕所。

谢天谢地，聪明的年轻人似乎决心在这两方面改一改。他们正把自己年轻的裸体从老一辈郁闷和色情的下层角落中拯救出来，他们拒绝偷偷摸摸地谈论性关系。面对这种变化，阴郁的老一代当然是很悲哀的，这实在是一大改变，一次真正的革命。

可是，普通的庸人们却拼命要玷污性，那股子劲头儿之足实在令人瞠目结舌。小时候，我很爱想象，火车车厢里、旅馆或封闭车厢的吸烟室里那些个看上去体格健康的人们一定在情感上也很健康，他们对待性持一种健康、粗粝、自然的态度。全错了！全错！经验告诉我，这号儿普通人对待性的态度十分恶心，别有用心地意欲玷污它。如果这种男人与女人性交了，他会很得意，感到自己玷污了她，现在这女人贱了，比以前低下了。

只有这类人才讲些个淫秽故事，携带不干不净的绘画明信片，去看脏书。这些世俗男女构成一个庞大的色情阶级。他们像最厉害的清教徒一样仇视性，一旦有谁呼吁，他们总是充当安琪尔的角色。他们坚持说电影上的女明星应该是中性人，清白如洗。他们还坚持认为真正的性感总是由男女恶棍们表现出来的，是低级的欲望。他们发现提香或雷诺阿的画实属不净，他们也不愿自己的老婆和女儿看上一看这样的画。

为甚？因为他们害了性仇视的阴郁病，还并发了肮脏欲望的黄色病。人体的性器官和排泄器官相依是太近了些，可它们全然是两回子事。性是一种创造性的流溢，而排泄则是通向消亡，不是创造——如果我们可以这样说的话。对真正健康的人来说，凭本能就可懂得两者的区别，我们最深刻的本能或许就是区分这两者的本能了。

可那些堕落的人，深刻的本能早就死了。在于他们，这两种流溢是一样的。这是真正庸俗和色情的人的秘密：他们以为性的流溢和排泄的流溢是一样的。只有当心灵腐坏、具有控制力的本能崩溃时才会发生这种事。于是性就是肮脏，肮脏就是性；性兴奋变成了肮脏的游戏；一个女人的任何性标志都成了自身肮脏污点的展示。这就是普通庸人的现状，他们的名字叫“群众”。他们扯着嗓门儿叫唤道：“群众的声音就是上帝的声音。”[1]这就是所有色情的源泉。

从这个角度说，我们必须承认《简·爱》或瓦格纳的《特利斯坦》比薄伽丘的作品更接近色情。瓦格纳和夏洛蒂·勃朗特都处在强烈的本能崩溃的状态中，对他们来说性变成了某种有点淫味的东西，既看它不起，自己又沉迷于它。罗切斯特先生的性激情只是到他被烧瞎了眼睛、形体走了样儿、孤立无助时才显得“可敬”。这样如此谦卑、受尽屈辱，人们也就承认他可敬了，而以前的刺激都有点不纯洁，如同在《帕米拉》、《弗

① 这是英国禅学家、国王顾问艾尔昆（735—804）给国王莎乐美信中的一句名言，原文是拉丁文。

洛斯河上的磨房》以及《安娜·卡列尼娜》中那样。只要性激动是出自对性的蔑视，欲辱没之，色情的因素就开始渗入了。

从这个角度说，几乎全部十九世纪的文学中都有色情的成分，而且不少所谓纯洁的人都有不干净的一面，人们的色情胃口从来没像今天这样大。这说明国家出了毛病。但是，对付这种病的办法就是对性和性刺激持一种开明的态度。真正的色情者是不喜欢薄伽丘的，因为这位意大利小说家的健康与自然让这些现代色情小人感到自己是脏虫。今天，无论老少，人人都该读读薄伽丘。现如今我们陷入了秘密或半秘密的色情中不能自拔，只有把性公开才能挽救自己。或许文艺复兴时期的小说家薄伽丘和拉斯卡[①]等人的作品是我们所能找到的最好的良药，而越来越多的清教主义药膏则是最有害的东西。

全部色情问题在我看来是个保密的问题。没了秘密就没了色情。秘密和羞涩是两种完全不同的东西。秘密总带有恐惧的成分，时常接近仇视。羞涩则是文雅而含蓄的。今天，羞涩已随风而去，甚至在那些阴郁的卫道士面前抛掉了。可人们仍然掖藏着秘密——它被当成了罪恶。那些卫道士的阴郁态度是：亲爱的年轻女士，只要你掖藏着你那肮脏的小秘密，你完全可以抛弃你的羞涩。

这“肮脏的小秘密”对今日的芸芸众生来说变得十分珍贵了。它就像某种隐伤或炎症，每搔一下就会让人觉得极舒服。

---

① 即安东·弗朗西斯科·格拉基尼（1503—1584），佛罗伦萨讽刺作家。

于是这肮脏的小秘密总被人触动，直到它隐隐地发炎，炎症愈来愈厉害，人的神经和心理健康随之受到伤害。你可以轻而易举地说，今日有一半的爱情小说和爱情故事片全靠隐隐地搔动这肮脏的小秘密才得以成功。你尽可以称之为性兴奋，不过这可是一种隐隐的、偷偷摸摸的兴奋，有点“各色”。薄伽丘小说中那开诚布公、健康、质朴的性兴奋是绝不可拿来同现代畅销书靠撩拨肮脏的小秘密引起的偷偷摸摸的性激动混为一谈的。偷偷地、狡诈地搔动人的想象中的炎症是当代色情的一个绝招儿，这最下流、最阴险了。就因为它诡秘而狡诈，所以你无法轻易地揭穿它。于是现代的通俗言情小说和电影泛滥了起来，甚至那些卫道士们都对此大加赞赏，就因为你让那纯洁的漂亮内衣里偷偷地漾起了激动，而人家却可不动声色，你根本不知他内心的动静。

没了秘密就没了色情。可如果说色情是隐秘的结果，那色情的后果又该是何物呢？色情对人们会产生何种影响呢？

其影响是多方面的，但总是有害的。有一种影响则是永不可避免的——今日的色情，不管是性商店里的橡皮人还是通俗小说、电影和戏剧中的色情，都肯定会导致自虐，即手淫。现代的色情作品会直接引诱男女老少进行手淫，只能是手淫，不会是别的。当那些阴郁的卫道士哀叹青年男女们外出性交时，他们其实是哀叹他们没有分开各自搞各自的手淫。性一定要有出路，对年轻人尤其如此。因此，在我们这光辉的文明时代，它的出路就是手淫。而我们大多数的通俗文学和文娱形式偏偏要撩拨人去手淫。手淫是人的一大秘密作为，甚至比排泄更秘密。这是性神秘造成的后果，它是被我们引以为自豪的小小的色情文学撩拨起来的，它专在你毫不警觉时搔动你心中的肮脏小秘密。

我已听说男人们——教师和牧师们通过手淫来解决无法解决的性问题。这至少是诚实的。性问题的确存在，是不以人的意志为转移的。在父母、教师、朋友和仇人所设置的秘密和禁忌的压力下，性欲终于找到了自己的出路，即手淫。

可这种解决问题的出路如何呢？我们是否接受它？世上的阴郁卫道士们是否接受它？如果接受，他们就该现在就公开接受。我们当中任何人面对男女老幼的手淫问题都不该再继续视而不见了。卫道士们既然准备禁止一切公开、质朴的性描述，那他们就该宣布：我们只鼓励人们手淫。如果这种意愿公开宣布了，那么就是说眼下的审查制度是正确的。如果卫道士们赞同人们手淫，那就是说他们现在的表现是正确的，通俗的娱乐形式也是应该如此的。如果说性交是大逆不道的罪恶而手淫则是相对纯洁和无害的，那就什么问题都解决了。那就让一切照旧吧。

难道手淫真的无害吗？真的相对纯洁吗？我反正不这样以为。对于年轻人，适当的手淫是不可避免的，但这并非说它是自然的行为。我想没有哪个男孩或女孩在手淫时不感觉到羞耻、愤怒或空虚。兴奋过后随之而来的是羞耻、愤怒、辱没和空虚感。随着岁月的增长，这种空虚感和耻辱感愈来愈加深，会因着无望解脱而变成压抑的愤怒。无法解脱的事情之一就是业已形成习惯的手淫。这习惯一直延续到老年，不管你是否结婚、与人相爱。伴随着手淫的永远是空虚、羞耻，空虚、羞耻。或许，这就是我们文明的最危险的癌症。手淫不仅不是纯洁无害的东西，从长远计议，它是最危险的性罪恶。或许它还算干净，可是何以说它无害呢！！！

手淫最大的危害在于它只是一种消耗。性交是一种给予和接受的行为。随着自身刺激物的分裂，一种新的刺激物加入了进来。原有的负荷转移了，一种新鲜的东西加入了进来。只要是两个人合作的性交，哪怕是同性恋，都会是这样。可手淫只会让你损失，没有交流这一说。只是消耗掉某种力量而没有回归。在某种意义上说，自虐之后，肉体就成了一具活尸。没有变化，只有死亡。我们称之为导致死亡的损失。而在两个人的性交中就不会这样。两个人在性交中可能会一损俱损，但绝不像手淫这般产生虚无感。

手淫的唯一积极之处在于它似乎释放了某些人的精神能量。精神能量总是这样表现为一种恶性循环：会分析但无力批判或者是虚假廉价的同情与感伤。我们大多数现代文学中的感伤主义和细腻的分析（时常是自我分析）就是自虐的一种标志。这就是手淫的表现，是由手淫刺激而生出的有意识的行为，无论男女，皆是如此。这种意识的明显标志就是没有真正的客体，只有主体。在小说或科学著作中情况亦是如此。书的作者永远也不能摆脱自己，他一直在自我的恶性循环圈子中踏步。几乎没有哪一个作家或画家能摆脱自我这个恶性循环圈子。于是他们的作品就缺少创造性，只是一大堆产品罢了。这是自我手淫的结果，是向人们公开一种自恋。

当然，其过程是一种消耗。英国人真正的手淫始于维多利亚时期。它一直延续至今，带来的是真正活力的日益空乏和人的生命萎缩，现如今人们只剩下空壳子了。人的大部分反应能力已死，大部分意识已死，几乎全部的创造性行动已停顿，剩下的只是空壳子样的躯体，他们只注重自己，既不能给予也不能接受，已经半空了。他们活生生的自我没能力给予和接受。这就是手淫的后果。人的自我包围在恶性循环圈中，与外界没有生命的接触，愈来愈空虚，直至空荡。

尽管如此空虚，人们还是抓住肮脏的小秘密不放，一定要挠它、让它发炎不可。恶性循环，永远如此这般。这东西可是有一个怪诞盲目的意志。

一位最同情我的批评家写道："如果采取了劳伦斯先生对待性的态度，有两样东西就会消失：爱情抒情诗和吸烟室里的故事。"我觉得这话倒是不假。可不知道他说的是哪种爱情抒情诗。如果是"谁是西尔维娅，她是何许人也？"①那就让它消失好了。所有那些纯洁、高尚、上天保佑的东西只不过是吸烟室里故事的翻版。"你是一朵鲜花，那么纯美！"②是的，的确是。

---

① 莎士比亚的《维洛那二绅士》中的一首歌。

② 德国浪漫主义诗人亨利希·海涅（1799—1856）所作的一首歌。

你可以看到那位老绅士用手抚着纯洁少女的头，请求上帝保佑她永远纯洁、永远美丽，他可太好了！简直就是色情！眼睛向上翻着祈求上帝保佑，手却搔动人的肮脏小秘密！他十分清楚，如果上帝令这少女再纯洁和美丽几年（这是他庸俗的纯洁观），她就会成为一个不幸的老处女，因此也就不纯也不美了，只剩下一股朽味和悲哀气。感伤这东西毫无疑问是一种色情的标志。为什么人家少女纯洁美丽反会让这老绅士感到“悲哀撞击着心头”？除了手淫者以外，任何人都会高兴地想：真是个可爱的人儿，哪个男人娶了她算是有福气！但那些自我封闭的色情手淫者们是不会这样想的。悲哀就该撞击他那颗兽心！远离这些爱情抒情诗吧，这东西里有太多的色情毒药，一边向上翻着眼睛祈祷上帝一边搔动人们心中肮脏的小秘密。

但是如果是健康的情歌如《我的情人像一朵红红的玫瑰》[①]，那就是另一回事了。只有当我的情人不是一朵纯纯的百合花时她才像一朵红红的玫瑰。可现如今，大多数纯纯的百合都烂了。远离那些抒情诗吧。让这些纯纯的百合花抒情诗和吸烟室的故事一块儿滚开吧，它们是一路货色，全是色情。“你是一朵鲜花，那么纯美”就如同一个肮脏的故事一样色情——都是一边翻着眼睛祈祷上帝一边搔动人们心中肮脏的小秘密。可是，哦，如果彭斯的本来意义被人所接受了，那样，爱还会像一朵红红的

① 这是苏格兰诗人罗伯特·彭斯（1759—1796）写的一首民歌。劳伦斯仰慕彭斯，曾有一度下笔写一部以彭斯为原型的小说。

玫瑰。

恶性循环，恶性循环！手淫的恶性循环！自我意识的恶性循环，可它从来不是完整的自我意识，从来不是彻底开放的意识，倒是一直缠在肮脏的小秘密上。秘密的恶性循环——从父母到老师到朋友，人人都有肮脏的小秘密。特别值得一提的是家庭的恶性循环。出版物制造了流毒甚广的秘密之阴谋，没完没了地搔动人们心中的肮脏小秘密。一边是无益的手淫，一边又没完没了地大谈纯洁！没完没了的手淫和没完没了的纯洁。恶性循环！

如何冲破这个恶性循环圈子呢？只有一条路，那就是抛弃秘密！不要再有秘密！唯一能够制止这可怕的意淫的办法就是让性极其简单自然地走向公开。这样做是万般困难的，因为秘密就像螃蟹一样狡猾。但总得有个开头才行。一个男人对气恼的女儿说："我的孩子，我平生最大的快乐就是把你造了出来。"这句话本身就在很大的程度上把他自己和女儿从肮脏的小秘密中解脱了出来。

怎样才能摆脱这肮脏的小秘密啊！事实上，对我们惯于遮遮掩掩的现代人来说这是件太难办的事。对这事儿你不能像玛利·斯道普斯[①]那样理智、科学态度十足。当然，理智与科学态度比那些卫道士的虚伪要好得多。可是，理智与科学的严肃认

---

① 玛利·卡米歇尔·斯道普斯（1880—1958），早期节育临床医师，早期性手册的作者。

真态度只能给肮脏的小秘密消毒灭菌。这样的结果，不是用太多的严肃和理智扼杀了性就是使它变成痛苦的无毒秘密。不少人倒是心里没了那肮脏的小秘密，他们用科学的语言给它消了毒，可他们那不幸的“自由与纯洁”的爱较之庸俗的肮脏小秘密式的爱则可悲了许多。危险的是，在扼杀肮脏的小秘密的同时，你也扼杀了生机勃勃的性本身，剩下的只是科学蓄意激情的手段了。

这种事发生在不少人身上，他们在性问题上着实“自由”，既自由又“纯”。他们使之理性化，于是它变成了一种理性的数量，其实一无是处。其结果就是灾难，每每如此。

在更多的放浪形骸的人中更是如此。今天的许多年轻人都很放荡。他们是“性自由”的人。对他们来说，肮脏的小秘密已不再成其为秘密了。说实在的，这对他们已经是百分之百的公开了。没有他们说不出口的，该公开的全公开了。他们可以为所欲为了。

那会怎么样呢？很明显，他们在扼杀了肮脏小秘密的同时也扼杀了一切，或许有些脏东西仍然挥之不去；性依旧是肮脏的。可是秘密带来的激动却没了。于是，现代放荡艺术家们感到无聊、压抑得可怕，今日不少年轻人也感到内心空虚无聊。他们以为他们杀死了肮脏的小秘密。由秘密带来的激动也荡然无存了。可有些肮脏之物还依旧。再有的就是压抑和惰性，没有生气可言。性本是我们勃勃生命的源泉，可现在这泉水停止了喷涌。

为什么？原因有二。玛利·斯道普斯之类的理性主义者与今日的青年放荡者们在内心里扼杀了那肮脏的小秘密。可他们作为社会的人仍受制于它。在社会上，出版物、文学、电影、戏剧和无线电广播等等，处处都为清教和肮脏的小秘密所把持。在家中的餐桌上也依然。你走到哪里情况都是如此。人们心照不宣地以为年轻的姑娘和女人们是处女，是没有性力的。“你是一朵鲜花，那么纯美。”可怜的她实在明白，即便是百合花这样的花儿也有抖动的黄色花药和黏状的柱头，那就是性，滚动着的性。可在普通人看来，花是没有性力的东西，如果说一个女孩儿像一朵花，那就是说她没有性力，她本该没有性。可她自个儿心里明白她并不是无性，她并非仅仅是像一朵花儿而已。可她怎能承受巨大的社会压力呢？她无法承受！她只得屈从，于是肮脏的小秘密胜利了。她失去了对性的兴趣，至少在男人看来是这样。可是手淫和自我意识的恶性循环圈封闭了她，把她愈封愈紧。

这就是今日年轻生命的灾难之一。不少人，或许是大多数年轻人都对性采取公开的态度了，他们对肮脏的小秘密更感兴趣。这是件好事。可在社会生活中，年轻人却完全受着老一辈阴郁卫道士的制约。那些老阴沉们属于上个世纪——太监的时代。在那个时代里，人们转弯抹角地扯谎，试图毁灭人类。这就是十九世纪。那些老阴沉们正是那个世纪的遗老遗少们。可他们却统治着我们。他们用来统治我们的，正是那个伟大世纪的谎言。谢天谢地，我们正在摆脱那些谎言。可他们却仍旧以谎言的名义用谎言统治我们，为的是保住谎言。这些老阴沉们人数太多了，力量也太大了。不管这统治是什么样的，他们都是上个世纪剩下的老阴沉。那是巧舌如簧的扯谎时代，是清教和肮脏小秘密的时代。

所以说，造成年轻人压抑的原因之一就是谎言、清教和肮脏小秘密对公众的统治，尽管年轻人自己私下里已抛弃了这些东西。虽然他们在私生活中扼杀了不少谎言，可他们仍然被老阴沉们造成的巨大社会谎言所禁锢。于是现代年轻人中出现了放浪、歇斯底里，随之而来的是虚弱和可怜的滞固。他们身处某种囹圄中，这囹圄正是由大谎言和老骗子们的社会所组成。或许这就是年轻人性的流溢——真正活力渐渐灭亡的原因之一。他们被一个谎言包围，于是性不再流溢。一个完整的谎言是无法延续三代人以上的，而这批年轻人则是十九世纪谎言的第四代传人。

性之流溢的死亡还有第二个原因，这就是，虽然年轻人很解放了，但他们仍逃脱不出意淫般手淫的恶性循环。每当他们试图逃避时，他们都被清教和肮脏小秘密这巨大的公众谎言击回。那些把性当吹牛内容的最解放的放荡者们其实是最不自然的人，他们受制于自恋般的手淫而不能自拔。他们没准儿比那些老阴沉们还缺乏性力呢。他们的头脑全被这谎言占据，根本没有肮脏小秘密活动的余地。性在于他们是比算术还理性的东西；他们根本不是活生生的肉体存在，如果说他们还存在的话，那他们就连鬼魂都不如。现代的放荡者们的确是一些鬼魂，他们甚至连水仙花都不是，只是映在水边观花者脸上的花影［这里的水仙花意指希腊神话中的自恋者那西索斯（即水仙花的同音词），他因爱恋自己在水中的倒影而死，变成一朵水仙］。那肮脏的小秘密是最难扼杀掉的。你尽可以在社会上千百次地把它置于死地，可它又会像螃蟹一样在人性的暗石下潜出，据说法兰西人在性问题上顶开放了，可他们肯定是最不愿杀死肮脏小秘密的。或许他们压根不想这样。反正不管怎么说，光靠社会宣传是不行的。

你尽可以四处展示性，可你无法杀死那肮脏的小秘密。你尽可以读遍马塞·普鲁斯特全部的小说[①]，领略详尽的一切。可你杀不死那肮脏的小秘密。没准儿你反会使它变得更狡诈。你甚至可以造成性冷漠和性呆滞，可还是杀不死那肮脏的小秘密。或许你是那位顶纤弱、顶招人爱的现代小唐·璜，可你的精神核心仍旧只是肮脏的小秘密。这就是说，你仍旧陷在自恋的手淫恶习中不能自拔。因为，只要肮脏的小秘密还存在，它就是手淫和自我封闭的中心内容。反之，只要你身陷手淫和自我封闭中，你的精神中心就是这肮脏的小秘密。今天最狂热的性解放青年或许正是自我封闭在手淫中最没救、最紧张的人。他们也并不想挣脱出来，因为挣脱出来也是徒劳。

可的确有些人想摆脱这可怕的自我封闭。今天，其实每个

---

① 劳伦斯认为普鲁斯特的小说“过于做作”，还把他列入“最变态者”之列。

人都很不自然，都陷在这做作的牢狱中。这是肮脏的小秘密造成的后果，它肯定为此称快。大多数人绝不想冲出自作自受的囹圄：他们已经没有多少冲出来的能耐了。可的确有人要冲破这自我封闭的厄运——也是我们文明的厄运。的确也有一群骄傲的少数派想要永远摆脱这肮脏的小秘密。

出路有二。第一，与你心中的和外部世界的肮脏小秘密和清教的伤感谎言作斗争。与渗透了我们的性力和血骨的十九世纪的大谎言作斗争。这就意味着竭尽全力去斗争，因为谎言无处不在。

第二，在自我意识的冒险中，人总会达到自身的极限并会意识到某种自身难以掌控的东西。一个人一定要变得十分具有自我意识才会了解自己的局限并认识到自己不能掌控的是什么。我无法掌控的正是我体内生命的冲动本身。这生命催促着我忘却自己、服从那半原始的冲动去击碎世上的巨大谎言并建立一个新的世界。如果我的生命只是在自我封闭和手淫的自我恶性循环中打转转，那就毫无意义了。如果我的个体生命被封闭在今日社会巨大的陈腐谎言中——清白和肮脏的小秘密，那它就没什么价值了。自由是很伟大的。可它首先意味着摆脱谎言。首先，它意味着我能脱离我自己，脱离我自身的谎言，脱离我自以为是的谎言，甚至摆脱自欺；这是一种摆脱自以为是、自我封闭的手淫者——我——的自由。再者，自由意味着摆脱了社会巨大的谎言即清白和肮脏的小秘密。其余所有可怕的谎言都隐藏在这一大谎言的外衣下。可怕的金钱谎言也潜藏在清白的外衣下。杀死清白之谎言，金钱的谎言就不攻自破了。

我们一定要十分清醒，十分自觉，才能认清自己的局限，同时也认清自己心中的和超越自身的巨大动力。那样，我们就不会对自身太专注了。我们会学着忘却自我，不再做作：不再做作感情，也不再做作性。平息了心中的谎言，然后我们就可以猛烈攻击外界的谎言了。那才是自由和为自由进行的斗争。

（这一篇与《为〈查泰莱夫人的情人〉一辩》和《直觉与绘画》写于同一时期，它们有异曲同工之妙，由费伯－费伯出版社于 1929 年出版。）

艺术与道德

人们爱哗众取宠说“艺术无行”。你看看吧，这世上的艺术家们，争先恐后地穿上爵士乐手短打，一副很无行的样子。这至少是要把他们自己与中产阶级区分开来。[①]

中产阶级据说是道德的神圣守护者。而我个人则发现艺术家们过于道德了。

说到底，一块皱皱巴巴的桌布上摆一只水罐子和六只摇摇欲坠的苹果，这与中产阶级的道德有何干系？但我注意到了，大多数不谙艺术之道的人面对这类塞尚[②]的静物写生确会生出道德上的反感。他们认为他画得不对。

对他们来说，这不是画。

可凭什么就要说这画有点不道德呢？

同样的设计，如果把它弄成人的模样，把垂落的桌布变成裸体人像，把水罐子也设计成一个哭泣着的裸体人，那就十分道德了。为什么？

---

① 二十世纪二十年代，艺术家们往往着装鲜艳夺目，以反传统和耸人听闻著称，以求有别于中产阶级的世俗气。

② 塞尚（Paul Cézanne，1839—1906），法国后期印象主义绘画大师。

可能绘画比其他艺术形式更能让我们意识到什么让人感到是道德的或不道德的，这种感觉的区别是很微妙的。这是普通人的道德本能。

但是，本能主要是一种习惯。普通人的道德主要是对一种旧习惯的情绪化护卫。

可是，塞尚的静物写生中哪一点激怒了普通人的道德本能？那六只苹果和水罐子怎么妨碍人们的古旧习惯了？

那画上的水罐子不怎么像水罐子，苹果也不像苹果，桌布更不像桌布。我可以画得比塞尚像！

可能！可你为什么不拿塞尚的画当成一个败笔看？哪儿来的这股怒气和敌视？哪儿来的这种可笑的反感情绪？

六只苹果，一只罐子和一张桌布是无法让人联想到不合时宜的行为的，甚至无法让一个弗洛伊德主义者产生这种联想。反之，如果它们有这等启发力，倒会使普通俗众们更心安理得地对待它们。

是不是在这节骨眼儿上闹出“不道德”来了？没错，是这样。

文明人在整个文明过程中形成了一种十分奇特的习惯，他已经让这习惯禁锢住了，这渐渐形成的习惯就是看什么都要像照相机一样准确无误。

你尽可以说，反射在视网膜上的东西总是像照片一样的呀。可能是吧。但我表示怀疑。不管视网膜上反射的是什么，它极难说就准是人所看到的那个东西。因为他并没有亲眼看见它，他看见的是“柯达”产品叫他看的东西。而人，无论怎样努力，也不会成为一件“柯达”产品。[①]

当一个孩子看见一个人，这个人给他的是什么印象？两只眼，一个鼻子，一张包着牙的嘴巴，两条腿和两只胳膊，像一幅象形文字画儿一般。小孩子们惯于用这形象来表示什么是人，至少我小时候是这么做的。

难道这就是孩子确实看到的吗？

如果你把看当作是意识的记录，可以说，这是孩子的所见。照相式的印象可能准确地反射在视网膜上了，可孩子却置视网膜于不顾。

多少年代以来，人类努力要记录下视网膜上的准确印象，不要什么雕刻文字和象形文字，以为这样就能得到客观的真实了。

我们成功了。一经成功，就有“柯达”的诞生来证明我们的成功。谎言能从一只暗盒中出来吗？只需让光线进去就行吗？不可能！讲个谎言是需要付出生命的。

原始人看不见色彩，而我们现在看见了，还能把它们弄进光谱中去呢。

尤里卡！我们亲眼看到了。

见到一头红色的母牛，那就是红色。我们确信这一点，因为无懈可击的“柯达”看到的正是这种颜色。

---

① 指柯达公司的照相机，但泛指快照机。

可是，假如我们生来都是瞎子呢？我们不得不通过触摸、嗅觉、听觉和感觉来获得一头红牛的印象，那我们怎样认识这头牛呢？在我们那黑暗的头脑中它是什么样子？截然不同，的的确确不同！

视觉在向“柯达”发展，人对自己的认识也向快照发展了。原始人简直不知道他是什么样子，因为他总是一半在黑暗之中的。但我们学会了看自己，对自己有了一个全面的“柯达”式概念。

在花草丛中你给你的甜妞儿拍一张快照，照下她温柔地微笑着给红母牛和小牛犊递上一片白菜叶子。

这十分漂亮，而且绝对“真实”。照片上，你的情人很完整，正欣赏着一种绝对客观的真实。完整完美的环境让她看上去更为完美，她真的变成了“一幅画”。

这就是我们养成的习惯：让任何事物都变成可视的图像。每个人对自己来说都是一帧照片，这就是说他是一个小小的完整的客观真实，那个真实完全自立存在着，就存在于那帧照片中，其余的只是背景。对每个男人和女人来说，宇宙不过是他/她自己那帧小照的背景。

这是几千年来人之理性自我发展的结果。是希腊人最早冲破“黑暗”之魔力的，从那以后，人就学会了如此看自己。现在嘛，他就是他看到的自己那个样子，他是在他自己的图像中造就着自己。

以前，甚至在古埃及，人们也没学会如此直观地看。他们在黑暗中摸索，仍搞不清他们身处何方，他们是谁。正像人在黑暗的屋子里那样，他们只能在别人的黑暗存在中随之涌动，从而感觉到自己的存在。

可我们现在学会了看自己的模样，正像太阳看我们那样。“柯达”是一个见证。我们像万能之眼一样看自己，用的是全世界通用的眼光，从而我们是我们看到的自己。每个人在自己眼中都是一个与自己相同的人，一个孤独的整体，与一个孤独整体们的世界相呼应。一张照片！一张“柯达”快照，用的是通用的快照相纸。

我们终于获得了通用的眼光，甚至上帝的眼光都与我们的无所区别，我们的只能更广远，像望远镜，或更专注，像显微镜。但这目光是一样的，是图像的目光，是有限的。

我们似乎探到了口袋的底部，亲眼看到了柏拉图式的理想被照片完美地表达出来，躺在宇宙这条大麻袋的最下面，这就是我们的自我！

把我们自己与我们的照片相等同已经变成了一种本能，这种习惯已变得十分古老而成为本能。我的照片，被自己看到的我就是我。

就在我们对此十分满意的时候，偏偏有个人出来招人嫌，这就是塞尚。他画的什么水罐子和苹果，岂止是不像？简直就是活脱脱的谎言。“柯达”可以证明这一点。

“柯达”能拍各种快照，雾状的，气状的，强光的，跳跃状的，样样俱全。但是，照片毕竟只是照片而已，上面只是或强或弱的光、或轻或重的雾、或深或浅的影子。

所谓全能的眼能看出各种强度来，能看出各种情绪来。乔托[①]，提香[②]，埃尔·格里科[③]和透纳[④]，虽然各有千秋，但在“全能眼”看来都是真实的。

但塞尚的静物写生则与“全能眼”相反。在全知全能的上帝眼中，苹果不是塞尚画的那个模样，桌布和水罐子亦非如此，所以说塞尚画得不对。

因为，人是由人化的上帝创造出来的，他继承了人化上帝的头脑，所谓“永恒的眼睛”与“全能眼”是一回事。

因此，如果在任何光线和情境中，或在任何情绪下看它们都不像苹果，那就不该那么画。

哦——哦——哦！塞尚发话了，他喊着说在我眼中苹果就是那个模样儿！那就是苹果，管它看着像什么！

苹果就是苹果！大众的声音这样说。大众的声音就是上帝的声音。[⑤]

有时苹果是一种罪孽，有时是冲脑袋上的一击，有时是肚

---

① 乔托（Giotto di Bondone，1267—1337），意大利画家，以壁画著名。

② 提香（Titian，1490—1576），意大利画家，以宗教绘画著名。

③ 埃尔·格里科（El Greco，1544—1614），西班牙画家，以戏剧化用色而著名。

④ 透纳（Turner，1775—1851），英国风景画家，绘画以奇特的光线而著名。

⑤ 此处用的是拉丁语成语 Vox Populi，Vox Dei：大众的声音即上帝的声音。劳伦斯惯用这句话来表示对从众心理的反讽。

子痛，有时像一只饼的一角，有时是鹅食的调料——

可你看不见肚子痛，看不见罪孽，看不见往头上的一击。如果你把苹果照这个路子画，你可能——大约就会画出塞尚的静物写生来。

在刺猬眼中苹果是什么样？在画眉鸟眼里呢？在吃草的牛眼里？在牛顿先生眼里？在毛毛虫、大黄蜂和鲭鱼眼中呢？你们自己猜吧。但是，那种“全能眼”则应该既有人的眼光也有鲭鱼的眼光才行。

塞尚的不道德即在于此——他比人的“全能眼”看到的还多，比“柯达”还聪明。若是你能在苹果身上看出肚子痛和脑袋受到的一击并把这些画得惟妙惟肖，那等于宣布了“柯达”和电影的死亡。因此你必属“无行”类无疑。

你尽可以大谈什么装饰、图解、意蕴形式、深厚质感、可塑性、动感、空间构成及杂色关系等术语，你甚至还可以在吃完一顿饭后迫使你的客人吃下菜单呢。

但艺术要做的并且要继续做的，是在不同的关系中揭示事物。这就是说，你应该在苹果中看出腹痛来，看出牛顿敲脑壳的感觉来，看到昆虫产卵时要冲破的巨大而湿润的屏障，看出夏娃未曾尝过的禁果的味道。如果再加上鲭鱼浮出水面时看到的灰蓝色，那么，方汀·拉多[1]笔下的苹果相形之下可就跟炸肉

---

[1] 方汀·拉多（Ingnace Henri Jean Theodore Fantin-Latour，1836—1904），法国画家，以画静物和花卉著称。

卷儿差不多了。

真正的艺术家是不会用不道德取代道德的。相反，他们总是用更美好的取代粗糙的。一旦你看到更美好的道德，那原先粗糙一些的就相对成为不道德的了。

宇宙就如大海，百川终归大海。我们在动，岁月之石也在动。既然我们永不停息地在运动，向着某个并不明确的方向运动着，那也就没有什么运动中心这一说了。对我们来说，每动一下，中心就变动一次。甚至北极星也不再在北极之上了。走吧！前面无路了。

没别的办法，只有同那些我们与之同行、身置于斯与之作对的东西保持一种真切的关系。那苹果正如同月亮一样，有其未被识破的一面。大海的运动会教它转向我们或把我们甩到它的那一面去。

人没别的办法，只有与他周遭的世界保持真切的联系。一个古埃及的国王完全可坐着对一切视而不见，只在内心深处感受一切。米开朗基罗的亚当[①]能够首次睁开眼，客观地审视天上的这位老人。透纳可以跌跌撞撞冲出光的客观世界之口，我们只能看到他的脚后跟儿。川流裹挟着每个关系各不相同的人，教人走过生命。

任何事物，有生命的还是没生命的，都随奇特混杂的川流

① 此处指米开朗基罗所作壁画，讲的是上帝创造人的故事。此画作于西斯廷教堂。

而动，没有哪个人（甚至人的上帝）或哪个人自以为懂得的或有感触的事物是一成不变的。一切都在动。没什么是真、是善、是正确的，它们只是与周围世界及同流者活生生相连时才真、才善、才正确。

艺术上所谓设计，指的是对不同事物、创造性交流中不同成分之间关系的确认。你无法发明一种设计，你只能在第四维空间中确认它，这就是说用你的血肉去认知，而非你的眼睛。

埃及就与一种广大的活生生宇宙神奇地连在了一起，其真实则是朦胧的。非洲黑人的视觉模糊，可血的感知却强烈。甚至在今天，这种感知和眼光给予我们的都是奇异的形象，而我们的目光却看不出这些奇景，我们深知那是我们无法企及的。古埃及国王那沉默的巨大塑像就像穿越世纪的一滴水珠，从来不是静止的。那些非洲拜物神像并不会动，可这静止的小木头雕像却比巴台农神庙的中楣更令人浮想联翩。它静处一方，任何柯达产品都无法用照片来表现它。

至于我们，我们有着柯达式的眼光，星星点点地聚合或闪动着，就如同电影，它颤动但并非在真动[①]。独立的图像在没完没了地变动晃悠，但其本身并不能运动和变化，这纯属惰性图像的万花筒，在机械地晃动。

这就是我们自以为是的“思想”，像摄影机那样是由惰性的图像组成的。

---

① 在此指早期电影的特征。

让塞尚的苹果滚下桌去吧。它们依照自身的规律而生存，生存在自己的氛围中，而不是按柯达——或人的规则生存着。它们与人若即若离，而人对它们来说远非一成不变。

我们与宇宙间崭新的关系意味着一种崭新的道德。去尝尝塞尚那远非稳定的苹果吧。方汀·拉多的稳定的苹果则是所多玛之果[①]。如果现状是个天堂，那么食禁果就是罪过了。可是，现状比监狱还坏，那我们只好去食塞尚之果了。

（此文写于1925年，与《道德与小说》算是姊妹篇，分别探讨绘画与小说写作中的“道德”问题。劳伦斯作为颇有画家功底的作家，思考问题常一箭双雕，绽放并蒂之花，如同其晚期同时出版《查泰莱夫人的情人》和自己的绘画集，并举行画展。纵观劳伦斯的一生，他的文学创作与绘画之间都有互文，相得益彰。）

---

① 据古代传说，这是一种外表美丽，摘下便成灰烬的果子。

直觉与绘画[1]

——《D.H. 劳伦斯绘画集》自序

英国哺育出的画家为数如此之寥寥，这并非因为英国这个民族缺乏视觉艺术的真正感觉。诚然，看看英国的绘画，看看实实在在的英国风景被他们画得一塌糊涂，你会认为英国是这样的民族。但这并不是创造英国人的上帝之错误使然。他们与任何别的民族一样天生具有审美情感，错就错在英国人对生命的态度上。

英国人，还有随后的美国人，全因着恐惧而瘫痪。就是这个恐惧造成的瘫痪，歪曲了盎格鲁-撒克逊的存在，令其受挫。它同样挫败了生命，歪曲了眼光，扼杀了冲动，这压倒了一切的恐惧。天知道，到底怕什么呢？盎格鲁-撒克逊这个种族到底被什么吓成这副呆板相？若要弄明白英国在视觉艺术上的失败，我们得先回答这个问题才行。是的，总的来说，英国视觉艺术是个败笔。

① 此文是劳伦斯为自己的绘画集（曼德里克版）所写的序言。现在的标题为译者所加，副标题为原标题。

这是一股古已有之的恐惧，它浸入到了英国人的灵魂里，可以追溯到文艺复兴时期。没有谁比乔叟更可爱、更无畏的了。可到了莎士比亚就出现了可怕的恐惧，害怕后果。这是英国文艺复兴运动的奇特现象：对后果神秘的恐惧，害怕行动的后果。它在十六世纪末的意大利也有反应，出现了相似的恐惧，不过不像英国的恐惧来得这样大，这样不可收拾。阿里蒂诺[①]就不胆小，他像所有文艺复兴时期的小说家一样勇敢，甚至还更高他们一筹。

而十六世纪末叶紧紧攫住北方[②]人的是一种恐惧，是对性生活的恐惧。这正是从我们认为很不可一世的伊丽莎白时期开端的。哈姆雷特真正“尘世的烦恼”全然来自性——这小伙子怕的是与他母亲的乱伦。在我看来，性这东西带来了史无前例的混乱与无以言表的恐惧。在这方面，俄狄浦斯与哈姆雷特则全然不同。在于俄狄浦斯，他不惧怕性——希腊戏剧从没有向我们展示这一点。当希腊戏剧中出现恐惧时，那是对命运的恐惧，人被命运所束缚，因此感到恐惧。可是，文艺复兴，尤其是英国的文艺复兴却带来了对性的恐惧。奥列斯特[③]是为命运所驱使并被复仇女神逼疯的。可哈姆雷特却是害怕与母亲的肉体联系，这种恐惧也使他厌恶欧菲利娅，甚至厌恶已成鬼魂的亲生父亲。他一想到肉体联系就害怕，似乎那是什么见不得人的脏东西。

---

① 阿里蒂诺（Pietro Aretino，1492—1556），意大利讽刺家和戏剧家。

② 指意大利以北的欧洲地区。

③ 奥列斯特（Orestes），希腊神话中阿伽门农之子，杀其母为父报仇。

毫无疑问，这全是牺牲了本能-直觉意识去发展“精神-理智”意识的结果。人开始惧怕自己的肉体，谈性色变，于是开始死命压抑那激进、肉感和性感的本能-直觉意识。骑士诗和爱情诗已经开始脱离肉体了。堂恩早期狂热地写了一阵子亲亲爱爱的诗，后来就变神圣了。“只需你的双眸凝视我”已成了骑士的表达方式，这在乔叟的诗中是绝对没有的。“我爱你，亲爱的，就像我爱荣誉一样。”骑士情人这样唱着。在乔叟的诗里，这“亲爱的”与那“荣誉”大体上意思相似。

可到了伊丽莎白时期，人们的意识开始了大裂变。人的理智开始从肉体、本能和直觉那里退缩。对于王朝复辟时期的戏剧家们来说，性总的来说是件肮脏的事，可他们好歹还在肮脏中取点乐。费尔丁试图为人的犯罪本能辩护，却毫不奏效。理查德逊清心寡欲，即便是激动也是偷偷摸摸的，他把什么都一扫而光。斯威夫特则对性和排泄发疯地反感。斯泰恩对同样的排泄显出幽默的态度。肉体意识在彭斯那里成了绝唱，从此就死了。华兹华斯、济慈、雪莱和勃朗特三姐妹全是些个死气沉沉的诗人。最重要的本能-直觉的肉体已经死了，他们只崇拜死了的肉体，这种做法才太不健康。到了史文朋和奥斯卡·王尔德，他们试图把肉体从理智手中解救出来。可史文朋的“白色大腿”则纯属理智。

在英国，随后是在美国，肉体的自我不只是像在意大利或大多数欧洲大陆国家那样被蒙上遮羞布或在公共场合遭到禁忌。在英国，它引起了奇怪的恐怖。这种额外的恐怖，我想，是来自梅毒及其后果引起的震惊。梅毒这东西弄不清源自何处，在十五世纪末的英国还算是件新鲜事。可到了十六世纪，其危害大大明显起来，它震惊了人们的思想和想象。英格兰和苏格兰的皇族们染上了梅毒，爱德华六世和伊丽莎白一生下来就受到这种家族遗传病的影响。爱德华六世还是个孩子时就因梅毒而死，玛丽[①]则死而无嗣，为此抱恨。伊丽莎白不长眉毛，牙齿溃烂。她一定认为自己全然不适合结婚，可怜的人儿。这就是伊丽莎白女王盛誉背后隐藏着的恐惧。都铎家族就这样灭绝了，继承王位的却是另一个不幸的梅毒患者詹姆斯一世。很明显，苏格兰的玛丽女王也并不比都铎家族的人幸运。很明显，她丈夫丹利染上了梅毒，不过也许一开始玛丽并不知道。可是当圣·安德鲁斯的大主教给她的儿子、未来英国的詹姆斯一世施洗礼时，那老牧师手上梅毒淋漓，玛丽吓得魂飞魄散，生怕他把梅毒传给婴儿。其实她的担心为时已晚，因为这可怜的孩子已经从丹利这个傻父亲那里继承了梅毒。这位英格兰的詹姆斯一世于是就淌着口水，步履蹒跚，是基督教世界中最聪明的傻瓜。斯图亚特王朝也同样毁灭了，整个家族全为这种病而衰竭。

英格兰和苏格兰的皇族们都是这种情形，我们据此可以判断这两个民族中生活放浪、纵情乱交的贵族们该是什么样的人。英格兰与东方和美洲都有贸易关系，于是它就不知不觉中为梅毒打开了大门。英国贵族四处旅行，品尝着爱的奇味儿，

① 指玛丽·都铎，即玛丽一世，英格兰女王（1553—1558 年在位）。

于是梅毒进入了这个民族的血液中，特别是进入贵族的血液中，他们更有传染的机遇。梅毒先是入血，随后进入思想，击毙了人们活生生的想象力。

很可能，梅毒的影响和人们对其后果的认识就在这个时期给西班牙人的心理带来了重大的打击。而意大利人的履历不太广，与美洲没什么联系，他们自成一家，因此受梅毒之苦就轻得多。真应该有人对伊丽莎白时期梅毒对各不同民族的心灵、感情和想象力所产生的影响做一番全面的研究。

对伊丽莎白时期的人和王朝复辟时期的智者们来说，这种影响是奇怪的。他们似乎只把这种事当玩笑，口头上用来咒人的话就是“让你得点梅”，听起来很好笑。这咒语也太司空见惯了！“梅”这个词在人们心中和口中竟如此平常，伊丽莎白时期的人张口闭口皆是“梅”，他们很有男子气地对待它，如同福斯塔夫似的哈哈一笑了之！梅！你染了点梅！哈哈，你干了些什么好事儿？

这正如今天的普通人对待微小的性病一样。可就我的经验而言，梅毒已不再被看成一种玩笑了。光这个词儿本身就够吓人的了。你可以拿“梅”开玩笑，可“梅毒”二字却玩笑不得。一字之差就让人笑不起来。人们仍然拿“淋”开玩笑，因为这是一种无关紧要的性病。人们装作男子汉对待“淋”，甚至装作得了这病或装作得过这东西。“什么！你连点儿淋都没染上过吗？真是的！”绅士们相互叫着。“怎么回事？你这辈子怎么活的？”可如果换成“淋病”，就玩笑不得了。不过的确有年轻人面色铁青瑟瑟发抖地来告诉我他们怕是“染上了点儿淋”。

尽管伊丽莎白时期的人们都拿梅毒开玩笑，可对他们来说这并非儿戏。玩笑可以说是一种对付灾难的勇敢办法，但也可以说是一种胆小鬼的办法。反正我就觉得伊丽莎白时期的玩笑是一种纯粹懦弱的表现。他们并不以为这东西好玩。天晓得这一点都不好玩。甚至可怜的伊丽莎白没有眉毛、牙齿溃烂，这并不好玩。他们都懂这一点。他们可能还不知道这是梅毒造成的直接后果，尽管他们很可能知道。这个事实说明，没有哪个人患了梅毒或其他致命的性病而不感到震撼身心的恐怖，这恐怖会穿透他的生命之根。没有人看到别人得了性病而不深感恐怖的。我们的肉身注定了我们要一同分享这种恐惧感。这种恐怖太强大了，人们拿梅毒开玩笑不过是一种逃避，接下来就是一片寂静！巨大的寂静！人们被吓得魂不附体了。

现在么，有了药方治梅毒，我们不必太害怕了。怕了这许多年，我们可以开始正视这个问题了。最可怕的破坏总算过去了。

那令人失魂落魄的恐惧是人类心灵的一剂毒药，它就像一个可怕的神秘毒瘤，从伊丽莎白时期起就毒害着我们的意识。那个时期的人第一次发现梅毒之毒会进入人的血液，于是大惊失色，梅毒令人代代恐惧。

我对医学一窍不通，也不大懂病理，我举的几个例子都是读书中的偶然巧得。但是我相信，对于梅毒的悄然意识及其对梅毒全然神秘的恐怖，对英国和美国人的思想产生了巨大的、无法估量的影响。甚至这种恐怖只显露端倪之时它就已经很厉害了。我相信，莎士比亚悲剧中的某些恐惧和失望就是因为他意识到了梅毒的危害、受了惊吓才有的。我从未猜测过莎翁是否也染上过梅毒，反正我自个儿是没得过这种病。但我承认我太怕这玩意儿了，不仅是怕，而且是恐惧。其实我倒不怎么怕它，只是一想到这东西的存在我内心深处就不寒而栗。

这些话听起来似乎与绘画离题十万八千里了。可其实离题并不远。我们内心深处所想象的梅毒对我们的性生活着实是一大打击。从此以后，乔叟的真正自然纯朴就不存在了。为了生殖的性行为可能会导致一种脏病，那未出生的孩子在怀上的那一刻就沾上了这东西。想想就吓死人！是太可怕了，几个世纪以来尽管我们对此司空见惯，可还是怕它。它一直让人想起就害怕，为了让我们得到解脱，我们应该苦思冥想，竭尽全力，而不是像鸵鸟一样躲进沙丘中编几个傻乎乎的玩笑或更为愚蠢地置之不提。梅毒或任何别的性病会传染未出生的婴儿，这后果让人们害怕极了，它令任何做父亲的包括那些最干净的父亲深感震惊。我们的思想真是个奇怪的东西，意识到了什么东西思想就会受到致命伤，尽管这东西并未直接触动我们。所以，我相信莎士比亚笔下的某些弑父情结、哈姆雷特对母亲、对叔父及所有老年男人的惧怕，这些全是因为他觉得父亲会传染给孩子梅毒。我甚至不知道莎士比亚是否的确意识到对患梅毒的父母所生育的孩子来说，梅毒意味着什么。他或许没意识到，但他极有可能意识到了。他肯定意识到了梅毒本身对人、特别是对男人的影响。这种意识撞击着他内心深处的性想象力，撞击着他做父亲的本能并给他的生殖行为增添了些许恐怖感。

恐怖感进入了人们对于性和生殖行为的想象中，这至少是清教主义兴起的部分原因，处决查理一世和建立新英格兰殖民地也与此有关。如果真是美国人带来了梅毒，那么他们就该得到清教主义，让梅毒彻底吓破胆。

比这更严重的是，这种恐惧感会使人的思想瘫痪。人之最基本的东西就是他的性与生殖生命，他不少强壮的本能和流动的直觉所依赖的就是他的性和生殖生命。根深蒂固的亲缘本能使人们携起手来，这种血肉的亲和力促使本能意识的热流在人与人之间流淌。我们之所以能真正意识到对方，靠的是直觉而绝非理智。人与人之间相吸引，实在凭的是本能和直觉，绝不是靠判断。或许在人与人的相互吸引中存在着人生最大的愉悦。相互的吸引可以使我们在二三个小时之内喜欢我们的旅伴然后就此结束，也可以加深感情，使之变成强大的爱，持续一辈子。

可梅毒造成的恐怖感对我们肉体的交流感觉带来一大打击，事实上扼杀了它。我们从此变成了理智的人，我们只存在于各自的理念中而不是有血有肉的亲朋。肉体和血肉亲和感崩溃了，取而代之的是我们思想上、社会上和政治上的同一，于是我们的直觉就瘫痪了，人类那了不起的紧张躁动也随之失灵了。我们惧怕自己的本能，惧怕自身的直觉。我们压抑本能，割断了我们与别人和这世界之间的直觉意识，这就是生殖自我受到了重大打击的原因。我们现在只把各自当成是思想、社会和政治实体，没血没肉，像萧伯纳笔下的人物一样冷酷。我们相互之间的直觉感应已经死了，我们全变冷了。

只凭着直觉，人就可以真正地意识到他人活生生的实体世界。仅凭着直觉男人就可以爱并懂得女人或世界，而且仅凭着直觉他就可以再现神奇意识的意象，我们称这东西叫艺术。过去的人再现了神奇意识的意象，现在我们按习惯仰慕这些东西。比如，习惯告诉我们要仰慕波提切利或乔尔乔尼[①]，所以旅行指南上给他们的绘画标上星标让我们去瞻仰。可这全是虚假的。甚至那激动，甚至人们号称从这些旧画中获得的激情，也不过是理性的激动。其实他们的直觉和本能的肉体深处并没有产生回应，并没有受到触动。他们不能这样，因为他们已经死了。一具直觉上僵死的肉体站在那里凝视美丽的躯体时往往只会产生厌恶。有时他们会感到理性的闪耀，于是他们称之为狂喜或美的回应。

现代人，特别是英美人，是无法发挥自己全部的想象力去感受什么的。他们像瞎子看不到颜色一样地看待活生生的意象。想象力，包括肉体上直觉的感悟能力正是他们所没有的。可怜的人们，他们肉体上直觉的感悟力已死。他们站在波提切利所画的维纳斯前面，按习惯说这是一幅“美丽”的图画。这就如同一个瞎子站在一束玫瑰、石楠花和麝香前一样，他们

① 乔尔乔尼（Giorgione，1478？—1511），意大利文艺复兴时期威尼斯画家。

会说：

> 请告诉我，哪个是红的，让我摸一下那红色吧！让我摸一下白色！哦，让我摸一下吧！我摸的这是什么？是麝香吗？是白的吗？你是说黄色上点缀着橙色吗？可是，我摸不出来啊！它到底是什么颜色啊？是白丝绒样的还是纯粹像绸缎？

可怜的瞎子啊！可他也许对活生生的美有一种强烈的感悟。只凭着触摸和嗅觉，他的直觉就可以很活跃，因此他可以获得一种真正心灵上满足的想象经验。可这绝非图像，图像是他永远也不能企及的。

可怜的英美人在波提切利画的维纳斯面前就是这副瞎相，他们拼命地睁大眼睛，多么想看看啊。要知道他们的视力是没毛病的，可他们看到的只是一个光身子的女人站在碧水托着的一只什么壳子中。按一般常规，他们着实不喜欢这幅画的“做作劲儿”。如果他们是些高雅之士，他们从中获得的是一点儿自作聪明的审美快感。可是那更属于肉体的真正想象意识却与他们无缘。“什么也没有啊。”正如人们问法国人天使们是否在天上做爱时他们所说的那样。

哦，这些情趣高雅之士，他们满怀狂喜地凝望着这幅画，从中获得一种毫无偏差的理智激动！这些高雅之士那可怜的肉体站在那儿就仿佛一座座呆板的垃圾箱，根本不能感受全部的想象在他们身上的震动。“什么也没有啊。”本能和直觉在他们身上几乎已经死了，他们甚至还害怕那仅剩的一丁点。他们对本能和直觉的惧怕比听到英国士兵的叫喊更甚——“喂，杰克！来看呀，这女孩儿一丝不挂，有两个醉鬼正朝她啐唾沫呢！”这就是那当兵的对波提切利的维纳斯的看法，对他来说这幅画就意味着这些，因为他不具备想象力，看不出这画的意境。不过，他至少不会像那些高雅之士一样故作一阵子理智上的激动，这些人才真正是毫无眼光呢。

何其相似，有教养和没教养的，他们都受制于那种无可名状却压倒一切的对肉体深处本能的恐惧和仇恨，惧怕肉体上奇妙的直觉意识。怕，除了思想他们什么都怕，思想倒是不会染毒菌。可这种恐惧可以反过来变成对生殖肉体的惧怕，这部分地可以追溯到梅毒给人们带来的震惊。

对本能的恐惧包括对直觉意识的恐惧。“美是一个陷阱”。“美是肤浅的”。“行为美才是美”。“外表不算数”。“人不可貌相”。你如果注意的话，你会发现有成百上千个诸如此类不值钱的谚语喋喋不休地吵了我们二百多年了。全是假的。美不是陷阱，也不肤浅，因为它总是与造型美有关，而行为美的人往往是些丑陋、令人生厌的人。如果你不在乎事物的外表，你会让英国布满贫民窟，最终导致精神上的沮丧，那简直是自杀。如果你不是凭外表作判断，也就是说如果你不相信事物给你留下的印象，那么你就是个傻瓜。所有这些低俗的谚语都出自钱匣子，都是直接与直觉意识作对的。自然的是，人们从美、从事物外形的美感中得到不少生活的满足。老派的英国人满怀童趣建筑自己的房舍，这种乐趣纯粹是发自直觉的。而现代英国人有了几种舶来的思想，反倒不知该如何感受了，把建筑弄得一团糟，尽管他们也许是在建筑和造房子方面进行改良。那唯一把我们与肉体和实体直接相连的直觉已被窒息而死，我们已经不懂得去如何感受了。我们明知自己该去感触点什么，可，是什么呢？哦，告诉我们是什么吧！这是所有民族的现实，法国人和意大利人与英国人情况一样。看看法国的新式郊区吧！逛逛“太太商场”或其他法国的大商店，浏览一下那里的陶器和家具吧。在这些傻呆呆的丑恶东西跟前，你体内的热血都会冰冷了。在此你不得不承认现代中产阶级是大傻瓜。

在所有的国度里，反本能、反直觉的行为都会打出一副道德腔调，它起始于仇恨。我们永远不能忘记，现代的道德扎根于仇恨，那是对本能、直觉和生殖的肉体所抱有的深仇大恨。这股子仇恨因为人们的恐惧而加深，而无意识中对梅毒的恐惧又是新添的一服毒药。于是，我们明白当代中产阶级的思想了，原来这思想是围绕着恐惧与仇恨之秘密支柱旋转的。这才是所有国家里中产阶级思想的轴心——惧怕和仇恨本能、直觉和生殖的男女肉体。当然了，这恐惧和仇恨要以某种正义的面目出现，于是有了道德。道德说，本能、直觉以及生殖肉体的一切行为都是罪恶的；同时它还许诺，如果人们压抑这一切，就可以得到回报。这是了解中产阶级心理的一条主要线索——回报。

这种心理在玛利亚·埃奇沃思[①]的故事中表现得最明显，她的故事肯定对普通人造成了难以言状的破坏：当好人，你就会得到金钱；恶毒，你最终会一文不名，那些好人会给你一点施舍。这是世上顶有说服力的道德箴言了。事实上人们发现，即使在弥尔顿心中，《失乐园》中的真正英雄也该是撒旦。可俗众们受这种道德的引诱，还未等到意识到这一点就做了工业主义的奴隶；那些好样的占有了财富，从而由金钱、机器和工资奴隶构成的我们的现代“文明”开始了。我们千万不要忘记，它的核心是恐惧和仇恨，极度地恐惧和仇恨自己的本能与直觉肉体，恐惧和仇恨别的男人和女人热烈的生殖肉体和想象力。

这种恐惧和仇恨将对造型艺术造成何种影响，现在变得明显了。造型艺术全然依赖对物质实体的描述和对物质实体之真实的直觉感悟。物质实体的真实只能通过想象来感知，而想象则是由直觉意识所主宰的激动状态中的意识。造型艺术都是形象，形象是我们想象生命的实体，而想象生命是我们的一大乐事和满足，因为想象是一种较之其他东西更有力、更完整的意识流动。在真正想象的流动中，我们完整地——肉与灵同时在更为激动的意识支配下感知。想象的极致是我们达到宗教境界之时。如果我们否认自己的想象，没有想象的生活，我们就是一群没有生活过的可怜虫。

十七和十八世纪有过对直觉意识的刻意否定，我们看到了

---

① 玛利亚·埃奇沃思（Maria Edgeworth，1767—1849），爱尔兰作家。

这种否定对艺术产生的影响：意象变得更直观而缺少直觉，绘画竟开始繁荣。可那是什么样的绘画啊！华多[①]、安格尔[②]、普桑[③]和夏尔丹[④]的作品还闪烁着一些真正的想象之光。在某种意义上说他们还是自由的。清教主义和理性主义还没有用恐惧和仇恨压垮他们。可是，请看看英国吧！霍迦斯[⑤]、雷诺兹[⑥]和庚斯博罗[⑦]这些人早已变成了中产阶级。对于他们，衣服已经比人更重要了。衣服突然令人吃惊地变得重要起来，他们是如何给主体穿上衣服的呀。老雷诺兹笔下着红色制服的上校更多是强调他的红制服而不是一个个人。至于庚斯博罗，我们可以用一句话打发他：多漂亮的衣服和帽子呀！真正昂贵的意大利绸缎！这类画着衣服的绘画一直很时髦，以至于到后来发展到萨金特[⑧]的画画的全是最贵重的缎子，缎子上露着一个很标致的小脑袋。想象力已经快死了，那些画给人的视觉是一片耀眼的彩色照片，风靡一时。

---

① 华多（Jean-Antoine Watteau，1684—1721），法国洛可可风格画家。

② 安格尔（Jean-Auguste-Dominique Ingres，1780—1867），法国著名新古典主义画家。

③ 普桑（Nicolas Poussin，1593—1665），法国古典主义画家。

④ 夏尔丹（Jean-Baptiste-Simēon Chardin，1699—1799），法国著名静物画家。

⑤ 霍迦斯（William Hogarth，1697—1764），英国风俗画家。

⑥ 雷诺兹（Sir Joshua Reynolds，1723—1792），英国著名人像画家，皇家美术学院首任院长。

⑦ 庚斯博罗（Thomas Gainsborough，1727—1788），英国人像画家、风景画家。

⑧ 萨金特（John Singer Sargent，1856—1925），旅居英国的美国著名肖像画家。

提香、委拉斯开兹[①]和伦勃朗[②]的画中，人尽管也穿着衣服，可那衣服上充满了个性的生命，热烈的生殖肉体光芒透过衣服直射而出，即便是半瞎的老妪或是怪诞的西班牙小公主，都如此。可现代人呢，除了衣服再也不意味着别的什么了，只见头从衣服上露出，手臂从袖子中露出，真让人讨厌。或者在劳伦斯[③]和雷本[④]的画笔下，你看到的是些可爱但千篇一律的小东西，画中极少透出本能和直觉的感悟力。

除了这些风景画及水彩画，严格地说，英国没有绘画。至少我认为，“拉斐尔前派”是没地位的，华兹[⑤]也不行，萨金特也不行，现代的这些个画家一个都不行。

布莱克[⑥]倒是个例外。除了风景画他不擅长以外，他是英国哺育的唯一一个富有想象力的画家。可惜的是，画坛上没他什么地位，即便有那么点地位，还被错划到象征派里去。但无论如何，布莱克是以真正的直觉意识和坚实的本能感觉作画的。他敢于摆弄人体，当然有时他只把人体当作一种表意符号。再

---

① 委拉斯开兹（Diego Velasquez，1599—1660），西班牙画家。

② 伦勃朗（Rambrandt Harmensz van Rijn，1606—1669），荷兰著名画家。

③ 劳伦斯（Sir Thomas Lawrence，1769—1830），英国人像画家，曾任皇家美术学院院长。

④ 雷本（Sir Henry Raeburn，1756—1823），苏格兰人像画家。

⑤ 华兹（George Frederic Watts，1817—1904），英国画家、雕塑家，作品富于深奥的哲理。

⑥ 布莱克（William Blake），英国十九世纪诗人、画家，神秘主义者。他的诗歌早已为我国读者熟知。劳伦斯很钦羡布莱克的才华。评论家们也常把布氏说成是劳氏的思想祖先之一。

没有第二个英国人敢于像布氏这样以活泼的想象处理人体。英国的创作型画家中也许就数华兹有成就了，可他都没有超越陈腐气、感伤主义和恐惧。甚至华兹也是个失败的画家，尽管他尽了力。约克美术馆收藏的埃蒂①的裸体画在想象力上一败涂地，尽管透出了些肉感。其余的画家如莱顿②们甚至现代的画家们也没什么真正的作为。他们的画不过是些室内模特儿的临摹和一些个陈旧的裸像，都只是些视觉图像而已。

风景画则不同。英国的风景画倒还有其独特之处。可我觉得，风景似乎总在等待什么东西来充实它。对更富有张力的生命眼光来说，风景似乎意味着背景，所以我觉得画出的风景只是背景，而真正的主体却不在里边。

不过，风景画还是可以招人喜欢的，特别是水彩风景画更是这样，它是无实体的媒介，也不追求什么很实在的生命，它太渺小，无法攫取人的意识。水彩画永远只是一种说明而非一种体验。

总的来说，风景画大致如此这般，它无法唤起人类想象的强大回应，即肉欲激情的回应，因此，它成了现代绘画中一种受宠的形式，毫无什么深刻的冲突；本能的和直觉的意识倒是有所动作，但很轻，很肤浅，因此无法与任何活生生的生殖肉

---

① 埃蒂（William Etty，1787—1849），英国裸体画画家，其佳作被其故乡约克市美术馆收藏。

② 莱顿（Frederic Leighton，1830—1896），英国画家、雕刻家，是晚期维多利亚艺术的最后一位代表，曾任皇家学会主席。

身相撞击。

所以，英国人喜欢风景画，从而在这方面很有了点成就。这对英国人来说是一种逃避，既可以借此逃避他们万分痛恨的真实的人之肉身，又可以借此发泄他们那了无情趣的审美欲望。一个多世纪以来，我们英国出了很不错的水彩画，而威尔逊[①]、克罗姆[②]、康斯太勃和透纳[③]就是几位了不起的风景画家。我觉得透纳的一些风景画是有史以来最好的，它们甚至比梵·高和塞尚的风景画更让我满足，因为后两位的风景画对人的情绪撞击得更猛烈些，为此会让人产生抵触，反正我不喜欢风景画猛烈撞击我的感情。风景只是背景，里面不要有人物或该使人物缩到最小才好，梵·高笔下那澎湃般的土地和塞尚笔下那爆破性鼓噪着的平面让我觉得闹得慌。我不大对风景画感兴趣，因此，我喜欢它娴静些，别太闹了。

当然了，英国人喜欢风景画为的是逃避，到处都这样。北方民族太惧怕他们的肉体存在，他们认为肉体这东西是个魔鬼，真是不可思议。你发现他们谈起隔壁有个男人正同自己的女人做爱时他们是那样不安、难为情、羞耻。他们唯一渴求的就是逃避，所以，艺术应该特别提供这种逃避。

在文学中逃避是容易的。雪莱就是个纯粹的逃避者，肉体

---

① 威尔逊（Richard Wilson，1714—1782），英国第一个专攻风景画的画家。

② 克罗姆（John Crome，1768—1821），英国风景画家。

③ 康斯太勃（John Constable，1776—1837）和透纳均为英国杰出的风景画家，劳伦斯对透纳的作品尤为钦敬。

在于他早已升华为空气了。济慈则逃得不太容易——你还可以感到肉体在不断的死亡中消融，可死亡是件十分令人满足的事。小说家们日子则更好过。你可以看到海蒂·索利尔[①]犯的淫荡"罪"，你可以欣赏对她做出的终身苦役判决。你可以为罗切斯特先生[②]的激情感到惊讶，也可以看到他的眼睛烧瞎了而感到解气。就这些，"激情"小说都是这个路子！

可在绘画中就不那么容易处理这样的主题了，你如果没有真正受到震惊你就绘不出海蒂·索利尔的罪恶或罗切斯特先生的激情。可你又不敢受那份震惊。就是出于这个原因华兹和米莱斯[③]才洗手不干了。如果他们不是生在维多利亚时代，他们会成为好画家的。可他们生不逢时，没有成功。

英国艺术史就是这么可怜，既然我们不能强行把伟大的荷尔拜因[④]纳入英国艺术家之列，那么，上个世纪欧洲大陆上的艺术又如何呢？它更有趣，更全面些。一位艺术家只能创作他真正虔诚地感受到的真实，是骨血里真正感到的宗教真理。英国人永远也不会认为与肉体有关的东西有宗教意义，除了人的眼睛。所以他们描绘人的社会面貌，希望给他们美好的眼睛。可他们认为风景是有宗教意义的，因为风景中没有肉体的真实，所以他们对风景大发宗教感想，尽自己最大的努力从各自

---

① 英国作家乔治·艾略特的小说《亚当·贝德》中的人物。
② 英国女作家夏洛蒂·勃朗特的小说《简·爱》中的人物。
③ 米莱斯（John Everett Millais，1829—1896），英国拉斐尔前派画家。
④ 荷尔拜因（Hans Holbein，1497—1543），生于德国，1526 年移居英国，成为宫廷画家。

的角度去描绘它。

在法国又如何呢？情况大致如此，但稍有区别。更为理性的法国人认为肉体应该占一席之地，但要使之理性化才行。或许今日法国人的肉体是世上顶顶理性化的了。法国人的性观念根本上是保健的。适度的性交对人是有好处的，有益于身体健康！这句话概括了法国人从身体角度对于爱、婚姻、饮食和运动所抱的观念。这当然比盎格鲁-撒克逊的恐惧要明智得多。法国人也恐惧梅毒和生殖的肉体，不过不像英国人那么过分。法国人早就懂得可以采取预防措施，他们不够有幻想力。

所以法国人可以搞油画。但他们像所有的现代画家一样要躲避肉体，很注意其保健作用，当然他们不那么太与肉体作对。甫维·德·沙旺[①]的确像所有的感伤主义者一样多愁善感。雷诺阿[②]就很乐观，他对肉欲的态度就是“有益于身体健康”。他说，如果一个女人没有丰乳肥臀，她就不值得画。太对了。大师，您用什么作画？用我的阳具，怎么样？雷诺阿并不曾试图远离人体，但他总是躲躲闪闪的，剥夺了它的恐怖和它天生的魔鬼的一面。他是乐观的，但是个小庸人。有益于身体健康！即便是这样，他也比英国的同类人强多了。

---

① 甫维·德·沙旺（Pierre Puvis de Chavannes，1824—1898），法国重要壁画家。

② 雷诺阿（Pierre-Auguste Renoir，1841—1919），法国印象派画家。其名言“我用画笔做爱”被讹传为“用阳具”作画。

库尔贝[①]、杜米埃[②]和德加[③]，他们都描绘人体，可杜米埃却拿它大加嘲讽，库尔贝视之为苦役的东西，德加则把它看成是一个妙不可言的工具。他们全都否定其自身美好的品质、深邃的本能和纯而又纯的直觉。他们更喜欢拿它工业化[④]，而否认它是最美好的想象存在。

现代法兰西艺术真正闪光之时、真正爆发出其欢愉之时是肉体的实体消融、成为阳光和阴影的一部分之时。不管我们怎么说，现代法兰西艺术的真正让人激动处在于印象派和后印象派（甚至包括塞尚在内）对于光的发现以及其后的一系列发现。不管塞尚怎么与印象派作对，是印象派画家们以其谵狂般的光和“自由”色彩的发现使他大开眼界。或许绘画史上顶兴奋的时刻就是早期印象派画家发现光和色彩之时。哦，就是从这以后，他们奔向了自由，奔向了无限，奔向光和狂喜。他们借此逃避了固体的强暴和群体的威胁。他们逃走了；逃离了纠缠人的黑暗生殖肉体，逃到了露天地里、光线中并因此变得几乎是欣喜若狂。

就像其他各种人的逃亡一样，这意味着以后还会夹着尾巴被拖回来。逃跑者回来了，回到这物质的、肉体的厄运，阴郁、固执的肉体拒绝变成纯粹的光、纯粹的色彩或任何纯粹的东西，

---

① 库尔贝（Gustave Courbet，1819—1877），法国写实派画家。

② 杜米埃（Honoré Daumier，1808—1879），法国讽刺漫画家。

③ 德加（Edgar Degas，1834—1917），法国印象派画家。

④ 此处所谓工业化可能是指缺乏想象和创造性的“成批生产”。

它与纯粹毫无关系。生命不是纯粹。化学、数学和理念宗教是纯粹的，可它们只算得上一星半点的生命，而生命本身又是肉体的存在，所以，化学什么的既算不上纯也算不上不纯。

向印象主义和纯粹光线、纯粹色彩和无形体大逃亡之后(肉体变成了闪烁的光线和色彩)，可怜的艺术逃亡者阴郁地夹着尾巴而归。就是这种回归令我们感起兴趣来。我们知道这种逃避是一种幻想，幻想，幻想。逃走的猫终于归来了，所以我们现在实在看不起那些“光线”的鼓吹者们。我们对他们不赞一词。这也是荒谬的，其实他们也是很了不起的，尽管他们曾逃向伟大的虚无。

但逃走的猫终归是回来了。回头的浪子令人同情，雷诺阿颇让人同情，但最让人同情的还是塞尚这位崇高的老猫，随后是马蒂斯①、高更②、戴乐③、弗拉芒克④、布拉克⑤和其他挑战、嚎叫的猫们，他们必然要返归有形和实体，离弃那美好的虚无。

毋庸赘言，人们不禁为印象派画家逃离肉体感到有趣。他们使肉体变形，成为变幻着的光线和阴影，涂满了色彩。他们

---

① 马蒂斯（Henry Martisse，1869—1954），法国画家、雕塑家，野兽派领袖。

② 高更（Paul Gauguin，1848—1903），法国画家，与塞尚和梵·高等同属后印象派。

③ 戴乐（Andre Derain，1880—1954），法国画家。

④ 弗拉芒克（Maurice de Vlaminck，1876—1958），法国野兽派画家，提倡使用非自然色彩。

⑤ 布拉克（Georges Braque，1882—1963），法国画家，与毕加索共创立体派。

就用一团迷人的色彩涂抹出一个男人和女人来，那是一团乱糟糟交织着的阴影和光线。好极了！这不能不说也是真实，一种纯视觉的真实，是颜料要达到的效果。他们画得很有味道，不过又太有味道了一点。一时间他们令我们厌烦了。不过赶时髦的批评家可用不着太厌烦，要知道，优秀的印象派画家的作品还是有其十分美妙的作品的。十年以后，批评家们会对时下这批后印象派画家感到厌烦，尽管不会十分厌烦，因为这些后印象派们不像印象派感动我们的父辈那样感动我们。我们得说服自己，还要相互说服去对后印象派产生好感。总的来说，他们令我们失望。或许这对我们是件好事。

可是，现代艺术批评却是处在一种奇怪的困境中。艺术突然成为一种反叛，反叛所有约定俗成的宗教信条、良好形式和一切的训诫。当印象派之猫从惬意的远足中归来时，虽已是支离破碎却张牙舞爪，毛发竖立。他们光彩的逃离全变成了幻想。世上还有实体，这可真是岂有此理！有肉体，庞大笨重的肉体。为此你感到如鲠在喉。可这些的确是存在的，一堆堆的肉体。那就画它们吧。否则就只能画那苍白残缺的精神，这精神看上去憔悴得很，算是受到了报应。绘画让精神得到了报应。

后印象派们就是如此愠怒而反叛。他们仍然仇视肉体，仇视。但他们却在仇恨中承认了它的存在，把它绘成块状、管子、方块、平面、圆柱、球体、锥体和圆筒，全是些“纯粹的”数学形式。至于风景画，也是在同样仇恨下绘出来的，也是突然间变成了色块。梵·高不觉得它美妙、缥缈和清白，他发现它很实在，很肉感。梵·高把风景画处理得很沉重，塞尚不得不承认这一点。从克劳德·洛朗[①]以后，风景不再是纯粹的流光溢彩及飘忽的阴影，它突然爆炸了，摇摇摆摆奔向艺术家的画布，变成了一堆堆色块。引用批评家们最喜欢的字眼儿说，从塞尚开始，风景画变得“具象化”了，是的，它一直具象着，成了立体、锥体和金字塔什么的。

经过几个世纪的努力，印象派们最终把世界带入光的美妙同一中。终于，终于！嘿，神圣的光！伟大的、自然的同一，同一，同一者！我们没有分开，我们在光、可爱的光线中是一体！这首赞美诗还未唱起来，后印象派们便像一群犹大放弃了这场表演。他们的幻想爆炸了，破灭的幻想落在艺术的画布上成了一堆乱糟糟的块状物。

当然，这种新的混乱需要新的辩护士。他们于是群起为新的混乱进行辩护。他们对此感到有点儿内疚，于是又厚颜无耻地换了一副新的腔调，像原始卫理会的教徒那样提出挑衅。是的，他们的确是艺术批评上的原始卫理会教徒。这些传教士般的绅士们立即匆忙搭起他们的教堂，搭成古罗马和拜占庭式——似乎这对于原始卫理派艺术家是最自然的样式，然后开始在颓废的荒野中吼出他们的教义。他们再一次发现，审美的经验是一种狂喜，一种只有少数人才被赐予的狂喜，他们是上

---

① 克劳德·洛朗（Claude Lorraine，1600—1682），法国风景画家，以理想化的田园风光著称。

帝的选民，而前面提到的这些批评家们则是上帝选民中的选民。罗斯金[①]就是这号人，简直是艺术中的加尔文[②]。让这些饕餮者们贪婪地给自己争抢美名吧，审美的狂喜的确属于少数人，属于上帝的选民，但只是当他们放弃了他们虚假的教义之时，才属于他们。他们在绘画中放弃了“主体”的巨大财富，他们不再追求其巨大的“利益”，也不再追求艺术“表现”的享受了。哦，净化你自己，然后你就会懂得审美的狂喜，到达“艺术灵感的雪峰”。净化你自己，莫再追求那讲滥了的故事，净化追求雷同的低下欲望。净化你自己吧，然后你就会懂得那唯一一种高尚的意蕴形式。我就是这种昭示和这种形式！我就是意蕴形式，毋庸置疑我的名字叫真实。哦，我是形式，是纯粹的形式。我是在幕后行动的精神生活的昭示。我现在走到幕前来让人们知道我是纯粹的形式，看吧，我是意蕴形式[③]。

艺术新时代的预言者们就是如此这般地向大众高叫着，其实他们喊的全是复兴宗教热忱的福音传教士们那一套陈词滥调，

---

① 罗斯金（John Ruskin，1819—1900），维多利亚时期最重要的艺术与社会批评家，强调道德与艺术之间直接的关系。

② 加尔文（John Calvin，1509—1564），法国宗教改革者，建立了加尔文派，强调道德。

③ 这一段里多处从《圣经》中借典，一些祈使句式直接套用《圣经》。这种暗喻是劳伦斯散文写作的一大特色，说明劳伦斯对《圣经》稔熟于心，在此不一一注出。这一段引号中的术语均来自克莱夫·贝尔（Clive Bell，1881—1964）《艺术》一书。此人是英国艺术与艺术哲学批评家，名作家伍尔夫夫人的姐夫，布鲁姆斯伯里文化圈的重要成员。劳伦斯对贝尔的一系列占主导地位的艺术批评术语，特别是“意蕴形式”表现出极大的反感，几乎随时在对此大加讽刺鞭挞。

因为他们本身就是这样的福音传教士。他们要复兴原始卫理教友派艺术、拜占庭、拉温那[①]、早期意大利和法国原始艺术（到底更注重哪个，我们尚未了解），这些才是正确的、纯粹的、精神的、真实的艺术！早期罗马式教堂的建筑者们，哦，我的兄弟！他们在人们崇尚哥特式建筑前是些神圣的人。哦，回归吧，我的兄弟，回归原始卫理艺术吧。抬起你的双眼求助于意蕴形式你就会得救。

可我一直是个不信英国国教的新教教徒，压根儿不懂什么救世的语言。我从来不懂他们谈论的那一套是什么——他们大谈被拯救，在耶稣的怀抱里安全，在亚伯拉罕的怀抱里安全，看到了神光，获得天国的荣耀，我根本不明白他们说的是什么意思。[②]那似乎是在摆出一副自以为是的样子并让自己沉醉其中，然后再清醒过来难受一阵子。这就是我理解的如何获得天国的荣耀。这个词儿本身应该是意味着什么却没有表达清楚。它令我的头脑发昏，我不得不认为这是在刺激虚假的自傲。当荣耀只是一种抽象的人类状态而非与人分离的实体时我怎么能获得它？如果说荣耀真意味着什么的话，可以说它是当千万人怀着敬畏和喜悦的心情仰望一个人时这个人心中产生的狂喜。今天，荣耀就意味着是鲁道夫·瓦连蒂诺[③]。所以，所谓获得荣

① 拉温那是拜占庭时期意大利的首都。

② 这里出现的几处专有名词均出自《圣经》。

③ 鲁道夫·瓦连蒂诺（1875—1926），原籍意大利的美国男影星，二十年代的大众情人。

耀的无稽之谈只是用来虚晃一枪，激励人们的自傲感，是一种廉价的麻醉药般的词儿。

恐怕所谓“审美狂喜”这样的字眼在我听来也是如此这般的虚假。讲这话时你的口气中越带着规劝它越是虚假。它听起来就像把你硬拔上自傲的高度，像是造神般羽化登仙。讲这话时，如果还带点什么“为人普遍接受的庸俗世界之幕后的真实纯粹世界”和“通过视觉艺术进入上帝选民之列”之类的滥调，就更显得像自吹自擂。太多的福音，太多的礼拜堂和原始卫理派艺术家，标榜自己的计谋也过于明目张胆。正如美国人所说，自己把自己封闭起来，把墙涂成天蓝色，然后自以为是生活在天上。

再说说救世的巨大象征吧。当福音传播者说：看这上帝的羔羊[①]，他想让人看到什么？我们是被请去看一只毛茸茸的羊蹦蹦跳跳地拉屎吗？那可太好了，可它与上帝或我的灵魂有何干系？与十字架又有何干系？他们想让我们从十字架上看到什么？是一种绞刑架么，还是我们用来涂抹错字的标记号？算了吧！十字架被赋予的含义总是令我困惑，羊之血也是如此。在羊的血液中沐浴！这种暗示总让我感到十分恶心。杰罗姆说：在耶稣的血中沐过的人永不需要再洗澡了[②]！听着这话，我就想赶紧洗个热水澡，甚至把那个暗示也一齐冲掉。

---

① 上帝的羔羊指耶稣。

② 此语并非出自杰罗姆（St Jerome，340—420），可能属于劳伦斯记忆错误。

同样我也对诸如“意蕴形式”和“纯粹形式”之类的空洞词儿感到困惑，这些词就像“十字架”和“羊羔的血”一样让我困顿。它们纯粹是些个呼神唤鬼的咒符，不会是别的了。如果你想召唤审美的狂喜，那就请站在某个马蒂斯式的人面前喘息不住地狂呼：“意蕴形式！意蕴形式！”于是该来的就来了。这呼唤让我听起来像是在手淫，其目的是让自己的肉体按照理智的想法动作。

我怀疑，现代批评是否对现代艺术染指太多了些。如果说绘画能在福音教义的喷薄中幸存下来（肯定会的），那是因为人们总会恢复自己的理智，甚至在追求过最愚蠢的时尚之后。

所以我们尽可以回过头来谈现代法国绘画而无须在所谓“圣灵般的意蕴形式”这一怪物面前颤抖：只要我们在看一幅画时忘却自己的自傲感，这怪物就不存在了。

事实是，在塞尚的绘画中，现代法国艺术迈出了向实体和客体回归的一小步。梵·高笔下的土地仍然是主观的，他将自我投射在了土地上。可塞尚笔下的苹果则表明他真的努力让苹果成为分离的实体，不再用个人的情绪使苹果变形。塞尚极力要让苹果离开画家自己，让它自成一体。这看来似乎是件小事，可这是几千年来人第一次真正表明自己愿意承认物实际上是存在的这一事实。说起来都有点奇怪，自从人吃了禁果而神秘地“堕落”后，几千年来人们一直否认物的存在，一直在试图证明物不过是精神的一种形式。可我们终于认识到物只是能量的一种形式，不管它是什么。与此同时，物站起来撞击我们的头颅让我们意识到它的绝对存在，因为它是坚实的能量。

塞尚在作画时通过感知苹果而悟出了这一点。他突然感到理智的霸道，精神既苍白又傲慢，理性意识是一个封闭在自己绘成的蓝天里的自我。他感到这是一座天蓝色的牢狱。于是他心中开始了巨大的冲突。一方面他被旧的理性意识所统治，另一方面他死活也要冲破这个桎梏。他想表达他突然抽搐着认识到的东西！这就是物的存在。他极想描绘肉体的真实存在，让它变得有艺术感。可他办不到，他没达到那个境界。这对他的生活是一种折磨。他想成为一个自我，一具富有生殖力的肉体，可他不能。他与我们大家一样，是一个十分理性的物件，或者说是一个精神的、利己主义的物件，他已经无法将自己与自己直觉的肉体相同一了。可他太想这样了啊。最初，他想通过虚张声势和大吹大擂来实现同一，可这办不到。后来他又像某批评家所说的那样，想变得谦逊些。可这根本不是一个谦逊与否的问题，这是一个放弃他的理性自傲和他的“意志野心”然后接触实质的问题。可怜的塞尚，在他最初炫耀般的自画像中，他像一只老鼠那样探头探脑地说：“我是个肉身人，不是吗？”他与我们一样，不那么有血有肉。有血有肉的人在过去几个世纪里被毁灭了，取而代之的是精神，理性人，自我和自我意识的“我”。塞尚那艺术的灵魂明白这一点，他极想作为一个肉身人挺立起来，可他做不到这一点。这实在令他痛苦不已。不过，他画出了这样的苹果，他借此把石头从坟墓的门口搬开了。

他想成为一个有血有肉的人，一个真正的人，摆脱那天蓝的囹圄进入真正的天空。他要真正肉体的生命，以自己的本能和直觉去感悟这个世界。他想成为有生殖力的血肉之人而不仅仅是理智与精神的人。他想这样，他太想这样了。可每当他努力的时候，他的理智意识都会像一个卑鄙的魔鬼一样阻挠他。当他要画一个女人时，他的理智意识却掣肘，不让他绘出一个肉身的女人，不让他绘出人间第一个女人，那是没有遮羞布的夏娃。他办不到，他无法直觉地、本能地描绘人，他的理智念头总是先行，使他做不出直觉与本能的画来。他的画只是他的头脑接受物的再现，而不是他直觉的感悟。他的理性不允许他凭直觉作画。他的理性总在插足，于是他的画印证的恰恰是他的冲突和他的失败，其结果极其可笑。

他的理性不允许他凭直觉去认识女人，他理性的自我这个无血无肉的魔鬼禁止他这样做；同样，也禁止他认识别的男人(只认识一点一滴)；也禁止他认识土地。可他的风景画却是对理性认识的反拨。经过四十年卓绝的奋斗，他终于成功地全面认识了一个苹果，并非如此全面地认识了一两个坛子。这就是他的全部成就。

这成就是显得小了点，为此他死得很痛苦。可这是决定性的第一步。塞尚的苹果要比柏拉图的“理念”强多了。塞尚的苹果搬开了坟墓口的石头，这样一来，即便可怜的塞尚无法挣脱身上的寿衣和精神裹尸布，即便他还躺在坟墓中至死也没关系，他毕竟是给了我们一个生的机会。

我们这个历史阶段，正是人们将勃勃的肉体绑在十字架上以此去礼赞精神——理性意识的时候，真让人恶心反感。柏拉图正是这种将人缚上十字架的大传教士。艺术这个仆人谦卑而忠诚地为这种罪恶的行为效忠了至少三千年。文艺复兴的剑戟刺透了早已上了十字架的身体，而梅毒又在被那想象力十足的剑戳出的伤口里注入毒液。这以后肉体又勉强存在了三百来年。到了十九世纪它就变成了一具死尸，一具头脑异常活跃的死尸。如今这尸首都发臭了。

咱们，亲爱的读者，我说的是你和我，咱们是生就的死尸，我们是死尸。我怀疑，我们当中有哪个人能够认识一只苹果，一只完整的苹果。我们所认识的都只是影子，甚至我们认识的苹果只是苹果的影子。一切的影子，全世界的影子，甚至是我们自己的影子。我们身处在坟墓中，它庞大而阴暗如同地狱，尽管乐观主义者把它绘成天蓝色也无济于事。我们认为这才是世界，可它是个大坟墓，里头鬼影幢幢，塞满了复制品。我们都是鬼影，我们甚至不能触摸到一个苹果。我们对各自来说也是幽灵。我对你来说是幽灵，你对我也是。你甚至对你自己来说都是影子。我说的影子指的是观念、概念、抽象的真实和自我。我们都不实在。我们都不是活生生的肉身。我们的本能和直觉死了，我们活活地被抽象之布裹着。每触到任何实在的东西我们都深感刺痛，这是因为我们的感知所依赖的本能和直觉死了，被割断了。我们行走、交谈、吃喝、性交、欢笑、排泄，可我们身上却一直缠着那一层又一层的裹尸布。

就是因了这个，塞尚笔下的苹果才刺痛了人们，刺得他们大叫。如果不是他的追随者们再一次把他说成个抽象派，他是不会被人们接受的。随之批判家们更向前跨了一步，把他那挺好的苹果抽象地说成意蕴形式，于是塞尚得救了，为人们普遍接受了。但他等于又被人们结结实实地塞进了坟墓，堵坟墓的石头又滚回去了，他的再生又被耽搁了。

人类的复活被这些裹在教养尸布中善良的中产阶级无限期地拖延了。为此，他们要为复活中的肉体修起礼拜堂，把这复活中的肉体就地扼杀，尽管它仅仅是一只苹果。他们可是警觉地睁大着眼睛呢。塞尚这些年来像一只可怜的耗子，极其孤独。在我们这精美的文明墓地中还有哪位能展现出一星清醒生命的火花？全都死了，死去的精神却在闪着灵光教人们审美什么是狂喜和意蕴形式。如果死了的能埋葬死了的就好了。可是死了的并不肯就此罢手，谁会埋葬自己的同类呢？于是他们狡诈警觉地盯着任何一朵生命的火花，不失时机地埋葬它，甚至就像埋葬了塞尚的苹果还要给它压上一块白色的“意蕴形式”的墓石。

塞尚的追随者们除了凑热闹参加塞尚成就的葬礼外还能干些什么？他们追随他的目的就是为了埋葬他，而且他们成功了。塞尚被追随他的马蒂斯们或弗拉芒克们给深深埋葬了，而那篇千篇一律的悼词则由批评家们来念。

要认识马蒂斯、弗拉芒克和弗里叶兹[①]之类的人是很容易的

---

① 弗里叶兹（Othon Friesz，1879—1949），法国野兽派画家。

事，他们不过是抽象化了的塞尚。他们全是些个骗子，尽管是聪明的骗子。他们全是理性化的利己主义者、利己主义者、利己主义者。正因此，他们才为聪明如死尸般的鉴赏家所接受。你不必害怕马蒂斯和弗拉芒克这号人。你吓死了他们也不会为你收尸的。他们不过是一些影子，是些江湖骗子，就会在画布上胡折腾。或许他们折腾得还很有趣儿，我也十二分地喜欢他们的骗术。可这都是坟墓中的游戏，玩这游戏的是些僵尸，是精神化的男人，甚至女人如劳伦辛[①]小姐。至于精神，塞尚说他才不理会那劳什子呢。可别这么说呀！那些行家们却为此花大钱呢。这等于请死人为他们的娱乐付钱，可这种娱乐是毫无生气的！

现代艺术中最耐人寻味也是唯一真正有趣的人物就是塞尚了。这与其说是因了他的成就倒不如说是因了他的奋斗。塞尚于一八三九年生于普罗旺斯艾克斯城。他矮小、腼腆，但时而又显得好斗、敏感、一肚子的野心。但他仍然深深地受着天真的地中海式的真理观念的影响，或许你可以称之为想象力吧。他不是个魁伟的人，可他的奋争却很富有英雄气概。他是个小布尔乔亚，我们不该忘记这一点。他的收入微薄。但是，说起来，普罗旺斯的小布尔乔亚比诺曼底的小布尔乔亚要真实得多，更有普通人的意味。他是更接近现实的人，可现实生活中的人

---

① 劳伦辛（Marie Laurencin，1885—1956），法国画家、服装设计师和图书插图画家。

对他那份可敬的中产阶级收入却不怎么感到敬佩。

塞尚算是天真到了极点，不过他可不傻。他一点都不大气，宏大令他深感压抑。但是，他心中燃着一团小而顽强的生命之火，那是他的是非感。他并不为了成功而背叛自己，因为他不能背叛自己，他的本性不允许他背叛自己——他这人太纯真，他不会为了既得利益而去背叛那微小的真理火花。或许对于一个人这是最好的评价了。正因此，塞尚才得以跻身于英雄之列，尽管他矮小，他绝不放弃他那生机勃勃的想象力。

他像阳光之乡里大多数人一样，被形状的奇光异彩所深深吸引。他极其崇拜委洛奈塞[①]、丁托莱托[②]，甚至巴洛克派[③]后期逊色的画家们。他想成为那样的画家。他太想了。而且他的确在这方面下了苦功夫，可他总是失败。用批评家们的行话说就是“他作不成画”。弗莱先生说：“尽管他禀赋非凡，可他却偏偏缺少描绘的一般才能，这种才能是任何绘图师在商业艺术学校中就应学会的。”

就凭这一句话就可断定现代批评是多么空虚。难道在一家商业艺术学校中就可以学到一种“才能”吗？我们无法不承认，才能是上苍、自然或任何高级力量所赋予的，我们无法选择才能。

---

① 委洛奈塞（Paolo Veronese，1525—1588），意大利威尼斯画派画家。

② 丁托莱托（Tintoretto，1518—1594），意大利威尼斯画派画家。

③ 巴洛克艺术是十六至十七世纪末欧洲的主要艺术流派，其特征是夸张、宏伟，富于动感。

那么，塞尚没有这种天赋才能吗？难道他连一只猫也画不像？一派胡言！塞尚的作品画得很准确。他那些效仿别的大师所作的小型作品画得很好——就是说画得很传统。他的不少风景画也是如此，甚至他画的那幅M．杰夫罗伊与书的画也是这样，而且这幅画还很有名呢。那为什么还有人说他不会作画呢？塞尚当然会作画，他跟别人一样画得好。他学到了艺术学校里所有必须学的东西。

他会作画。可当他十分认真地按照文艺复兴后期或巴洛克风格作画时，他却画得很差。为什么呢？并不是因为他不会画，也不是他牺牲了“意蕴形式”去追求“非意蕴形式”或熟练的再现，这是批评家所描述的绘画。塞尚太懂绘画了，他也像批评家们一样懂得意蕴形式为何物。可他无法把东西画得很正确，他也不能把他的造型组合起来变成真正的形式。反正他失败了。

他在这方面失败了，可他的画技熟练的继承者却闭着一只眼都可以成功。这是为什么？为什么塞尚的早期绘画成了败笔？回答了这个问题，你就会更好地了解什么是艺术。他并不是因为不懂绘画、意蕴形式或审美狂喜才失败的，他对那一套全懂，但绝不拿它们当一回事。

塞尚的早期绘画失败了，那是因为他使唤自己的理性去做他的活生生的普罗旺斯人的肉体不想做或无法做的营生。他实在太想像丁托莱托那样画点庞大而能满足肉欲和美感的东西。弗莱先生称之为“意志的野心”，这词儿太精当了。他还说要他学会谦逊，这个词可不好。

所谓“意志的野心”并不仅仅是意志的野心，它是一种真正的欲望。这欲望自以为会通过现成的巴洛克表现形式得到满足，其实它需要的是精神和物质的新结合。如果我们相信再生的话，那么我们就该相信，既然塞尚的灵魂能在他艺术家的肉体中一次次获得再生，他就会做出庞大而极富肉感的绘画来，但绝不是以巴洛克的形式。他真正毫无疑问的成功之作正是他向那个方向迈出的第一步——肉感、浓郁，但毫无巴洛克的痕迹。其新颖表现着人对实体的全新把握。

当然了，在塞尚想要描绘什么与他直感中能描绘什么之间是有分歧的。当理智产生可能性时，直觉却在现实中动作。而只有你直觉地渴望着的，那才是可能的。你在理智上“有意识”地渴望的十有八九达不到目的：你想把马车推上星球，可你却只能原地不动。

所以，按常理来说，这不是艺术家与媒介之间的冲突，而是艺术家的理性与他的直觉和本能之间的冲突。而塞尚要学会的绝不是谦逊（这是说教！）而是诚实，对自己诚实。这不是有没有意蕴形式或审美狂喜的天分的问题，而是塞尚能否成为自我而且仅仅是塞尚的问题。当塞尚是他自己时，他就不再是丁托莱托、委罗奈塞或任何巴洛克派画家。他是一个实体，甚至是性感的实体，这才是他和那些艺术大师们的共同之处。

顺便说说，如果我们想象一下亨利·马蒂斯这样的大师具有描绘宏大而色彩浓艳的巴洛克绘画的“意志的野心”，我们会知道，他用不着谦逊就可以动笔而一举成功。他能成功，那是因为他有大师的天分。所谓大师的天分其实就是说你用不着谦卑，用不着对自己诚实，因为你是一个聪明的理性动物，你有能力使你的直觉和本能服从你的理智。简言之，你可以使你的肉体向你的理智卖淫；你可以使你的本能和直觉向你的“意志的野心”卖淫；在短暂的近似手淫的过程中，你可以做出毫无生气的艺术品。当然，委罗奈塞和丁托莱托是真正的画家，他们可不像后来的某些人只是“艺术行家”。

这一点很重要。任何创作行为都占据人的整个意识，科学和艺术上的伟大发现证实了这个真理。真正的科学发现和真正的艺术作品是人全部意识通力合作的结果：本能、直觉、理性和智力融为一体，形成完整的意识去把握完整的真实、完整的想象和完整的有声启示。凡是一种发现，无论是艺术上的还是别的，多多少少都是直觉的和理智的发现，既有直觉也有理智在起作用。整体的意识时时都在介入。一幅绘画要求整体想象的运动，因为它是意象的产物。而想象正是整体意识的形式，它受制于直觉对形式和意象的意识，这就是肉体意识。

与创作一样，欣赏一件艺术品或掌握一个科学定律也需要这样。全部的意识都要投入，不仅仅是理性或肉体。单单理性和精神是无法把握一件艺术品的，尽管它们或许会用手淫的方式撩拨肉体产生激动的反应。可这种狂喜只会死亡并变成一堆灰烬。为什么有那么多的小科学家在散布一些莫名其妙的“事实”？这是因为不少的现代科学家只用理性工作，他们强迫直觉和本能卖淫般地承受理性。所谓水是氢二氧一（H_2O）之说就是理性的杰作。可我们的肉体，我们的直觉和本能却明白水不是氢二氧一（H_2O），这只是理性的蛮横所为。如果我们说在某些条件下水会分解为两个单位的氢和一个单位的氧，我们的直觉和本能会完全同意的。可硬要说水是由两个单位的氢和一个单位的氧组成的，我们的肉体却不能苟同。还缺点儿什么。当然，机警的科学并不要我们相信水是氢二氧一这一普通说法，可学校的学生却不得不相信。

同样的例子就是现代人对天文学、行星及其距离和速度的一通说法，大谈几十亿、几兆英里和几兆年等，实在玄妙至极。人的头脑在数字中陶然忘机，可直觉和本能却被忘却或向某种狂喜卖淫。其实，在诸如2，000，000，000，000，000，000，000，000，000英里或年或吨这样荒唐的数字（这样的数字充斥着现代天文学著作）后隐藏着的狂喜与那些过分理性的艺术批评家们的狂喜没什么两样，他们号称自己从马蒂斯的绘画中获得了这样的审美狂喜。纯粹是胡言乱语。它要么让肉体吓成僵尸，要么让肉体向荒谬的狂喜卖淫或冷漠视之。

当我从书上看到恒星离我们有多远，是由什么组成的云云，我就尽最大的努力、尽量发挥自己的想象力去相信这些说法。可一旦我的直觉和本能再也无法把握这些数字，我就不再思想了，我不再接受纯粹理性的断言。人的理智可以对任何事物下断言并佯装这断言得到了证实。我要把我的信念在我的肉体上进行考验，用我的直觉意识去考验我的信念。一旦我从那里得到了反应，我才接受这种信念。对诸如进化的规律这样的伟大科学“定律”我亦持同样态度。多少年来人们平白无故地、“谦卑”地接受进化规律，可现在我那生机勃勃的想象力却要对此做出巨大保留了。我发现，我就是费尽心机也无法相信物种是从一种普通的生命形式“进化”而来的。我实在无法感受到这一点。要让我相信它，我就不得不违背我的直觉意识和本能意识。因为我知道我的直觉和本能仍旧会受偏见的阻碍，于是我在这世上寻找一个能让我直觉、本能地感受这“规律”之真理的人，可我找不到任何一个这样的人。我发现科学家们像艺术家一样自以为直觉、本能地确信什么，其实那不过是他们的理性所为。一旦我发现一个直觉、本能地自信的男女，我就对他们肃然起敬。可对科学上和艺术上的牛皮大王们你怎么能尊敬得起来？利己主义的介入是造成直觉上不自信的原因。本能和直觉上自信的人是不会吹牛皮的，尽管他会为自己的信仰进行殊死的斗争。

这又把我们的话题引回到塞尚身上：为什么他做不成画，为什么他绘不出巴洛克风格的杰作？这是因为他真诚，他只相信自我的表现，只相信它所表现的自身意识完整的一瞬。他不能让自己的某一部分向另一部分卖淫。无论是在绘画中还是语言上他都不会手淫。这很说明不少今日的问题。今日的世界，正是手淫意识泛滥之时，理智迫使反应敏感的肉体卖淫，强迫肉体有所反应。这种手淫意识一时间可弄出各种耸人听闻的新鲜货色，但这东西来得快去得也快。它怎么也折腾不出任何真正新鲜的东西来。

我们要感谢的不是塞尚的谦卑，而是他那拒绝理性自我花言巧语的高傲精神。他不至于因精神贫乏而轻浮起来，也不会谦逊到满足于视觉与情绪的陈腐。尽管巴洛克风格的大师们令他震惊，可他还是意识到一旦自己模仿他们，他绘出的东西就一钱不值了，只能算旧货一堆。人的头脑里充斥着各式各样的记忆，视觉的，触觉的，情绪的，记忆群和记忆系列。一种陈货就是失去情绪和直觉之根的陈旧记忆，只能算一种习惯。而一种翻新的花样只是陈腐货色的再组装，是习惯性记忆的重新组合。这就是新花样易于为人接受的原因：它让你小有震惊，可它却不能搅动情绪和直觉的自我。它强迫你去看，却看不到什么新货色。它只是陈旧货色的翻新罢了。塞尚的追随者们当中，大多数人的作品都仅仅是花样翻新，是旧货的重新组装，所以很快就没滋味了。而他们笔下的货正是塞尚画过的旧货，正如塞尚早期的绘画大都是巴洛克风格的旧货一样。

画家塞尚的早期历史就是他与自身的陈腐斗争的历史。他的意识要获得一种新的认知。可他那陈旧的头脑为他提供的总是一种陈旧不堪的表达方式。但是，塞尚的内心是太傲慢了，他决不要接受那来自理性、充斥着记忆的头脑（理性似乎还不住地嘲弄他的绘画）的陈旧货色，于是他花大量的时间把他的表达方式砸得稀烂。对于一位真正的艺术家，对于生机勃勃的想象力来说，陈旧是一个不共戴天的敌人，塞尚与此进行了艰苦的搏斗。他千遍万遍地把它砸成齑粉，可它却仍旧重现。

现在我们总算明白为什么塞尚的画不好了。他画不好，是因为他的画再现了一种被击碎了的陈腐货色。如果塞尚乐意接受传统的巴洛克陈货，他的绘画就会是“毫无毛病”的传统画，也就没哪个批评家说个不字了。可是，偏偏他觉得这种传统上“毫无毛病”的画全走了样，是对他的一种讽刺。于是他对自己的画大光其火。他把画的形式全砸烂，让它干瘪无形。等他的画全走形了，他也为此疲惫不堪了，这才罢休。可他仍旧伤心，因为这还不是他所渴求的那种样子。从此，塞尚的绘画中注入了喜剧的因素。他由于仇视陈腐，所以对陈腐施以扭曲术，以至于成为对陈腐的滑稽模仿，如《帕莎》和《女人》。“你会成为陈词滥调，对吗？”他咬牙切齿地叫道。“那就随你便吧！”于是他在极度愤怒中把绘画做成一种滑稽模仿的货色，他的怒火使他的作品看上去有些让人发噱，可那笑容却把脸笑走了样儿。

塞尚的一生中久久地与陈腐作斗争，要砸烂它。是的，这斗争一直伴随他至死。他一遍又一遍地调整自己的形式，其实就是紧张地摆列陈腐的魔鬼并把它埋葬。可即便是当魔鬼从他的形式中消失了时，它还仍旧徘徊在他的画中，他仍旧得同形式的边沿与剪影作斗争，从而把魔鬼彻底消灭。他知道，只有他的色彩才不是陈腐。他把色彩留给了他的信徒们。

塞尚最优秀的绘画即最优秀的静物写生，在我看来是他最了不起的成就，可就在这些作品中，仍蕴藏着与陈腐的斗争。在静物写生中，他终得避免陈腐的真谛：只需留下鸿沟，让陈腐从中坠落，落入虚无。就这样，他使他的风景画成功了。

在他一生的艺术生涯中，塞尚都纠缠在一种双重的运动中。他要表达什么，可在这之前他必须与纷呈变幻的陈腐作斗争，他永远也无法取得最后的胜利。在他绘画中表现顶充分的就是与陈腐的斗争。战场上硝烟弥漫，血肉横飞，而他的模仿者们狂热地临摹的却正是这战尘和碎尸。如果你把一件衣服交给一个中国裁缝去仿造，碰巧衣服上有一块织补的绣片，你看吧，这位裁缝会把新衣服悉心地挖一个洞，然后仿照原来的样子丝毫不走样地补上一块绣片。塞尚的信徒们似乎就主要忙于干诸如此类的营生，各国的信徒皆如此。他们着迷于生产模仿的错误。塞尚引燃了许多炸药，为的是轰掉陈腐的堡垒。可他的信徒们却照此规模大放烟花，对于真正的攻击是怎么回事毫无所知。但他们的确对忠于生活的表现进行了攻击，只因为塞尚的绘画把这种表现全炸烂了。可我相信，塞尚自己渴望的却正是表现，他要的是忠于生活的表现，他就怕他的画不能忠诚地表现生活。而一旦你有了摄影，再想让绘画忠实于生活地表现什么怕是很难了，尽管它必须这样。

塞尚是个写实派，他要的是忠于生活，可他决不容忍视觉上的俗套。印象派画家们使纯粹的视觉想象变得完美，随之落入了俗套，从完美到俗套的过程竟是令人吃惊的迅速，塞尚看出了这一点。像库尔贝和杜米埃这样的艺术家虽然并非纯视觉派，但他们画中的智力因素是一种陈腐。他们给这种视觉想象增添了一种力的强压概念，如同液压一般，这也是一种俗套式的机械概念，尽管它很流行。杜米埃为它增添了一种理性的嘲讽，而库尔贝则为它添上点社会主义味道。这两样全是毫无想象力的俗套子。

塞尚需要的既不是视觉也不是机械和理性。可若要把一种非视觉、非机械性、也非理性——心理性的东西介绍到我们的想象世界中来，这需要一场真正的革命。这是一场由塞尚发起的革命，可很明显，却无人将其继续进行下去。

他想要再次直觉地触摸实体的世界，直觉地意识它并用直觉的语汇表现它。这就是说，他要用直觉的意识形式即触觉取代我们目前的理性视觉意识也即理性观念意识。在过去的年月里，原始人是凭直觉作画的，但他们遵循的方向却正是我们现在的理性视觉方向，是观念意识。他们其实是渐渐远离了他们的直觉意识。人类从未信任过自己的直觉意识，而当有人要信任它时，这决断本身就标志着人类发展上一个极其伟大的革命。

塞尚这位躲在老婆、姐姐和身为耶稣会会士的父亲背后胆小而传统的人其实是个纯粹的革命者，对此他并不自知。当他冲他的模特儿说“做一只苹果！做一只苹果！”时，他喊出的是耶稣会和基督教理性主义者堕落的预言，不仅如此，还是我们整个理性方式崩溃的预言，还预言它会被取而代之。如果人类要从根本上做一只苹果，塞尚的意思是，那样就会有一个人的新世界：一个没什么思想要表达的世界，只需静坐一处，只做一个肉体，而没有精神。这就是塞尚“做一只苹果”的意思。他十分明白，一旦模特儿开始让人格与“理性”介入，那就又变成了俗套子和精神，他依此绘出的就只能是俗套。模特的不俗，唯一不俗之处就是这种“苹果”性质，这一点让她不再是活死人。她的肉体，甚至她的性本身被人了解了，这是件令人厌恶的事。了解！了解！没完没了的因果关系，可恶的陈腐之网纠缠得我们不得安生。他明白这一切，恨这一切，拒绝这一切，这个腼腆、“谦卑”的小个子。作为一个艺术家，他知道女人唯一能逃避陈腐气和稔熟之处就是她的“苹果”特质。哦，做一只苹果，什么思想、什么感情、什么理性和人格全都不要。我们对这些全了解，已经忍无可忍了。不要这些个东西，做一只苹果吧！倒是塞尚画他夫人的那幅画中透出的“苹果”性质令人永远回味：这种性质同时还蕴藏着一种了解人的另一面的感觉，那是你所看不见的月亮的另一面。直觉对苹果的意识是实感的，它意识到的是苹果的全部，而绝非一个侧面。人眼只能看到正面，头脑总的来说也只满足于看到正面。但直觉需要整体，本能需要内在物。真正的想象力总是要迂回到另一面，到正面的背后去。

所以，我觉得塞尚画他夫人的那些画像（尤其是着红装的那一幅）比画M. 杰夫罗伊、女管家和园丁的画更有趣。同样，《两个玩纸牌者》就比《四个玩纸牌者》更让我喜欢。

但我们要记住，他在人物画像中虽然画出了“苹果”性，但他也有意画出所谓的人性、人格和“肖像”这些陈腐的物性东西。他刻意把这些绘出来，刻意把手和脸画得普通，因为如果他画得太完美这些东西就又落俗套了。一涉及人，男人和女人，他就无法超越陈腐的观念，不得不让它们介入、影响自己。

特别是对女人，他只能做出俗套的反应，这一点真令他发疯至极。无论怎样努力，女人对他来说仍旧是一个已知的、陈旧的客体，他无法冲破理性概念用直觉去感知女人。对他妻子则是个例外，他至少了解到了她的“苹果”性。可对他的女管家他却做不到这一点，把她画得落俗套，特别是她的脸，他画的M.杰夫罗伊亦是如此。

画男人时，塞尚时常为了避免陈腐而固执地画他们的衣服，画棉布外衣厚厚的褶子、帽子、袍子、还有门帘子。《玩纸牌者》系列里那些大幅的、四个人的，看上去挺俗，那些充斥画面的东西、衣服和人太落俗套了。鲜亮的颜色、精巧的构图和色彩的“层次”等等都无法拯救陈腐的情感，最多不过是将陈旧的情感巧加伪装让它看上去有点意思罢了。

如果说塞尚有时能够避免陈腐并能对客观实体进行完全直觉的解释，那是在他的一些静物画中。我以为这些静物是纯粹的描述，很忠实生活。在此，塞尚做了他想做的事：他把东西画得很逼真，他没有故意舍弃什么，他成功地，极其直觉地给予我们的是几只苹果和几件炊具的视觉图像。一旦他的直觉意识占了上风并发出喊声，此时他是无法被人模仿的。他的模仿者们模仿的是他笔下的小物件如卷成筒状的台布，那是他绘画中不真实的部分，可他们却不去模仿他笔下的苹果和炊具，因为他们模仿不来。就是这种“苹果”气质让你无法模仿。每个人都该绘出新鲜的与众不同的作品才对，一旦你画得“像”塞尚画的，这画就毫无价值了。

与此同时，塞尚的苹果虽然成功了，他仍然在与俗套做斗争。当他把塞尚太太画得如此“静”、如此富有的“苹果”气时，他让世界不安了。他的希望之一就是让人类的形式和生命的形式停下来，但绝不是静止。他要的是动的静。同时，他把不动的物质开动了起来：墙壁扭曲塌落，椅子弯了、翘了，衣服卷得像燃烧的纸。塞尚这样做的目的之一是要满足他的直感：没什么是真正静止的。当他看着柠檬萎缩或腐烂时他似乎更强烈地产生了这样的感觉（他保留了一组静物，为的是观察它们的渐渐变化）；目的之二是为了同这样的陈腐观念作斗争：无生物世界是静止的，墙壁是静止的。他否认墙和椅子是静止的，他的直觉感到了它们的变化。

他的这两种意识活动占据了他后期的风景画。优秀的风景画会以其景物神秘的动感迷住我们，它就在我们眼前动着。我们会凭直觉激动地意识到，风景画就是如此富有直觉的真。它绝不是静止的，它自有其超自然的灵魂，对我们拭目以待的感悟力来说，它就像一只活生生的动物在我们的视凝视中变幻。塞尚的绘画就具有这种了不起的特色。

可在别的画中，塞尚又似乎在说：风景画不像这样，不像这样，不像这样……每一个“不像”都在画布上留下一个小小的空白。有时塞尚基本上是靠“省略”来构筑起一幅风景画的。他给陈腐的复杂真空镶上边框，然后把它奉献给我们。其否定的风格是有趣的，可这并不新鲜。因为，“苹果”气和直觉从中消失了。我们所有的只是一种理性的否定，这类东西占据了不少后期的绘画，可它却令那些批评家们兴奋了起来。

塞尚是痛苦的。他一生中从来都没有冲破可怕的理性玻璃墙去实际触摸生命。在他的艺术中，他触到了苹果，这已经很了不起了。他直觉地了解了苹果并直觉地把它送上了他绘画的生命之树。可一旦当主题超出了苹果变成风光、人，特别是裸体女人时，陈腐又战胜了塞尚。他被战胜了，他于是变得痛苦，愤世嫉俗。当男人和女人对你来说是旧货色而你又仇恨陈腐时，你怎么能不变得愤世嫉俗呢？大多数人是喜欢陈腐的，因为大多数人都是陈旧货色。尽管如此，男人，甚至是裸体女人身上或许会有塞尚所难能领会的“苹果”气。陈腐气干扰人们，所以他抽身而去。他最后的水彩风景画只是对陈腐的抽取。这些画是些空白，周围画着几根淡黄的边框之类的东西。空白即是真空，他以此作为与陈腐作斗争的最终誓言。陈腐是一个真空，那些边框是用来强调其空虚的。

我们可以根据塞尚提供的少许启示就几乎可以立即恢复一整幅风景画，这个事实说明风景画是何等陈腐的东西，它是我们头脑中存在了许久的现成旧货，它存在于方寸之间，你只需得到它的号码就可以把它彻底唤出来。塞尚最后的几幅水彩风景画是涂在白纸上的那么几刷子色彩，那是对风景画的讽刺。“它们给人留下很大的想象余地！”这句不朽的套话让你知道什么是俗套子了。俗套就是为这个而存在的。那种想象力不过是一只杂货袋，里面装着成千上万陈旧而无用的素描和意象，全是俗套子。

我们可以明白，这是一场什么样的斗争，意味着逃离陈旧理性观念的主宰，理性意识里充斥着陈旧货，像一块幕布把我们和生命完全隔开。这意味着一场永不休止的战斗。不过塞尚总算弄懂了一只苹果。除他之外我再也不知道还有谁在这方面做出了什么成就。

当我们把它具体到某个人时，应该说这是一个人自我的斗争：一方是占据了自诩的蓝天或自诩的黑地狱的陈腐理性自我，另一方则是他的另一个自由的直觉自我。塞尚一辈子也未曾从自我中解脱出来，他一直在经验的边缘上彳亍。“我在生活中是个软弱至极的人。”他至少明白这一点，他至少为此感到痛苦，这已说明了他的伟大。这和那些个“欣赏”他的自负中产阶级可大不一样！

或许现在该轮到英国人了，或许这正是英国人的可乘之机。他们一直与此无关，似乎在伊丽莎白时代他们的本能与直觉肉体就受到了致命的打击，从此他们就缓缓死去，至今他们已成了僵尸。正如一位聪明而又实在的谦逊的英国青年画家对我说的那样：“我真的认为我们该开始绘出像样的画来了，因为我们已经懂得该怎么画好一幅画了。你难道不同意说我们在技术上该懂的都懂了吗？”

我吃惊地看着他。很明显，一个新生婴儿都像他一样够格儿去作画了。在技术上他是懂得了绘画的一切：平面和立体的构图，色彩的维度以及从脱离形式的构图角度得出的明暗配合，各种平面的配合，平面角度的配合，同样的色彩在不同平面上的不同配合；边缘，可见的边缘，有形的边缘，无形的边缘；形式群结，色块中心的星座化；色块的相对性，色块的重心引力和离心力，色块的综合撞击，色块在想象视线中的孤立；形状，线状，边状，色状和动感平面的模式；肌理，颜料的厚度，表层和画布边缘效应及画布上的审美中心，动力中心，辉煌中心，活动中心，数学中心和模仿中心以及前景的出发点、背景隐没点和介于这些点之间的各种各样的途径，就是直线距离，沉醉于知识的头脑如何曲线到达，等等；还有如何点涂，点涂什么，点涂哪里，多少涂点，涂点间的平衡，涂点的消退，爆炸性视觉中的涂点和辅助想象中的涂点；文学的兴趣以及如何成功地对警察隐瞒之；摄影描述的优劣；一幅画的性感召力，何时因为勾引人而被捕，何时因为淫秽而遭逮捕；绘画的心理学：它感动心智的哪一部分？它决意去展示哪种理性状况？何以排除展示其他理性状况的可能或者正相反，何以与此同时暗示与主题有关的其他补充性理性状况；颜料的化学性质：何时用温沙和牛顿公司的，何时不用，对拉弗朗斯的颜料则予以适度的蔑视[①]；颜料史，过去和将来都要懂，镉是否可以经得住岁月的考验，青绿色是否会变黑、变蓝或变成一团油墨，它对我们数代子孙所常用的碳酸铅白和氧化锌会有什么影响；在调制好的画布上留出空白的优劣，怎么调会撕裂，怎么调会发黑；

① 这三人均是现代水彩的完善者和生产者：温沙（William Windsor，1804—1865）、牛顿（Henry Charles Newton，1805—1883）、拉弗朗斯（Lefranc）是法国艺术用品的主要生产者。

用什么溶剂，亚麻籽油的坏处，松节油的危害，树脂的低劣，清漆所犯的无辜但难以言表的罪孽；让画有光泽，一定要有光泽，清除任何可疑的光斑，用生土豆摩擦；关于画笔，刷子把的长短，小羊毛的最佳部位，在各种情况下刷子上鬃毛的最佳长度，刷子是否向一个方向抹；伦敦的大气环境，格拉斯哥的大气环境，罗马和巴黎的大气环境以及这些地方大气环境对朱红色、朱砂 、浅黄 、中度含铬颜料、祖母绿、维洛纳绿、亚麻籽油、松节油和完美绘画的影响；关于品质，与光的关系，还有从罗马到伦敦光线发生巨变时如何保持本色——这年轻人什么都懂，天啊，他就要凭这些去作画。

凡此种种天真与诚恳的谦逊让我们确实相信，至少在绘画上我们英国人又变成了小孩子、小小孩儿、特小孩儿、婴儿，不，是未出生的胎儿。如果我们真的回到了未出生的胎儿阶段，或许我们是亟待出生了。在绘画上，英国人可以得到再生。或许，说实话，他们是第一次出生，因为他们压根儿不是画家。他们达到了这样一个阶段：他们纯真的自我全然被懵懂的浅蓝瓶子所封住，现在该跳出来了！

“你以为我们临近英国的黄金时代了吗？”一位顶有希望的青年作家带着与那位青年画家一样的胆怯和天真问我。我看看他，这可真是个可悲的年轻人，我几乎要把眼珠子瞪出来。黄金时代！他看上去一点都不“黄金”。尽管他比我要小上二十岁，可让我觉得像我的祖父一样老气横秋。好一个英国的黄金时代哟！连货币都像废纸！自我被封得毫无希望，与人生经验全然隔绝，与触觉和任何实在物相隔绝了。

“是不是黄金时代，这取决于你。”我说。

他默认了。

不过，此种天真和幼稚一定是什么东西的前兆。这是最后的一步了，所以为什么不可以说它是一个黄金时代的前奏？如果这种天真和幼稚是艺术表现方面的，同时又不痴呆，它为何不能变得宝贵？年轻人很可以丢掉理性的茫然，发掘一下他们活生生的直觉油田，让它哗哗地淌出油来。为什么不呢？金子般的艺术井喷！“我们已经懂得了绘画的一切技巧。”好一个黄金时代！

（继《查泰莱夫人的情人》在英国被禁后，劳伦斯画展也在伦敦遭到查封，一些画作遭到没收。此文写于1928年底，是劳伦斯为画展中展出作品所出画册撰写的前言，标题为译者所加，原文仅为《画作前言》。）

自画像一帧

人们问我："是否觉得活着挺不易、成功也不易？"我不得不承认，如果说我还算活着、还算成功的话，我并不觉得这有什么难的。

我从未住在亭子间里挨过饿，也没有苦等邮差送来编辑或出版商的回音，不曾殚精竭虑才写出沉甸甸的大作，也不曾一觉醒来发现自己成了名人。

我是个穷孩子。我本该在险恶的境遇中挣扎一番，再怀才不遇一阵子，才混成个进项微薄、声名可疑的作家。可我没挣扎，也没怀才不遇，不费吹灰之力就自然而然地成了作家。

这么说还真有点可惜了。因为我的的确确是出身劳动阶级的苦孩子，毫无前景可言。那么我现在算怎么一回事呢？

我生长于劳动阶级。我父亲是个挖煤工人，仅此而已，一点也不值得夸耀。他甚至不可敬，因为他常常酗酒，从不去教堂做祈祷，还总对井下的小上司长耍脾气。

作为一个承包人[①]，他从来没分到过好挖的地段。因为他总

① 承包人一般是有经验的老工人，指挥一个采煤组的人干活，自己也亲自干活，负责给全组人平分收入，零头往往用来下酒馆一起喝酒。

犯傻，不说矿上管事的好话，把人家都得罪遍了，可以说是有意这么做的。这样的人怎么能指望别人待见他呢？人家不待见他，他又要抱怨，就这么个人。

我母亲估计要优越些。她是城里人，的确算得上是个小布尔乔亚。她说一口标准的英文，一点土音都没有，她一辈子也不学一句我父亲讲的方言，我们这些孩子在家也不说那种土话，只在外头才说呢。

她写一手漂亮的标准字体，高兴了就玩个花样儿，把字写得逗人发笑。上了年纪后她又开始读小说了，但十分不喜欢《十字路口上的黛安娜》① 和《东林恩庄园》②。

可她只是个工人的妻子而已，寒酸的小黑帽子下是一张聪颖、光洁、“与众不同”的脸。父亲极不受尊重，可母亲却极受尊重。她生性敏感、聪慧，可能真的高人一等。可她却沦落到劳动阶级中，与比她穷困的矿工之妻们为伍。

我是个苍白羸弱的小东西，长着一只招人讨厌的鼻子，人们只拿我当一般的脆弱男孩看待，对我挺和气。十二岁那年我得了一笔奖学金（每年十二镑）到诺丁汉上了中学。

中学毕业后我当了三个月的职员，然后就生了一场严重的肺炎。那年我仅十七岁，那场病让我终生不得健康。

一年后我当了小学教师。我苦教了三年矿工的孩子们，终

---

① 英国作家乔治·梅瑞迪斯（Geoge Meridith，1828—1909）的主要小说之一。

② 英国女作家亨利·伍德（Henry Wood）夫人的小说（1861）。

于得以上诺丁汉大学，但读的是没学位的师范课程[①]。

正如我当年高高兴兴地脱离了教职一样，我离开大学也感到如释重负。上大学意味着的仅仅是失望，绝非人与人之间活生生的联系。离开大学，我去伦敦附近的克罗伊顿教小学，年薪是一百镑。

就是在克罗伊顿，我二十三岁那年，一个女孩子抄了我的一些诗，背着我寄给《英国评论》杂志，这些诗在主编福特·麦多克斯·胡佛手中获得了辉煌的再生。那女孩是我少年时代的密友，在我家乡的矿区当小学教师[②]。

胡佛实在太好了，他不仅发表了我的诗，还请我去见他。那女孩子就这样轻而易举地把我推上了文坛，就像一个公主为轮船剪了彩，船从此下海一样。

我苦写四年，才完成了小说《白孔雀》。小说很不成熟，全是凭着潜意识写成的。我想这小说中的大部分几乎是写了五六遍才算完的。不过我写写停停，从没把它当成什么神圣之作，也没有分娩的痛苦呻吟。

我会狠写一阵子，写完一点就给那女孩子看看。她总是表示羡慕。但我会觉得那不是我要的那个样子，于是又会再猛写一遍。在克罗伊顿我写得很有规律，是在放学后的晚上写。

---

① 劳伦斯以优异的成绩考入诺丁汉大学学院，但放弃了读学位课程（也就是放弃了将来的学士学位），选择了两年制的师范课程。这意味着他毕业后只能到小学执教。

② 劳伦斯的青梅竹马女友杰茜·钱伯斯，他们和和分分近十年，终未结为秦晋。

总算写完了，四五年间断断续续地写完的。一写完，胡佛就要看稿子。拿到稿子他马上就饶有兴致地读了。后来在伦敦的公共汽车上，他声调奇怪地冲我的耳朵叫道："英国小说的毛病都能在你这小说里找得到。"

那时，与法国小说比，英国小说毛病太多了，几乎难以生存了。"不过，"胡佛在车上又叫道，"你这人有**天分**。"

这话听起来挺可笑的，让我差点笑出声来。最初写小说时，他们都说我有天分，似乎是因为我比不上他们，他们反过来安慰我似的。

不过，胡佛的话里可没那种意思。我一直认为他自己是小有天分的。他看过我的手稿就把它交给了威廉·海纳曼，后者立即就接受了它，只让我改了四行字，现在谁看了那几行改过的都会讪笑[①]。当时说好出版后我能得五十镑。

与此同时，胡佛在《英国评论》上又发表了我更多的诗和小说，人们读后都说我有天分。这令我很难堪和气愤。我不想成为人们眼中的那种作者，因为我还是个教师。

二十五岁上，我母亲去世了。两个月后，《白孔雀》出版了，可这对我并不意味着什么。我又教了一年的书，然后再次

① 劳伦斯的手稿原文：

天啊！我们是激情四射的一对儿，她让我进了她的卧室，把我画成希腊雕塑，她的克罗顿，她的赫克利斯！我还从来没见过她的绘画呢。

这一段出版时被改成：

主啊！我们是相爱的一对儿，她用审美的眼光看我。在她眼里我就是希腊雕塑，克罗顿，赫克利斯，我都说不上是什么！

犯了严重的肺炎。病好后我没再回校执教，从此开始靠微薄的稿酬过活。

放弃教职靠写作生活至今已有十七年了。我从未挨饿，甚至没有感到受穷，尽管最初十年中收入低微甚至还不如留在学校当个小学教师强。

但是，一个生来就穷的人，有点小钱就够他花的了。如果说还有人认为我富有的话，那就是我父亲了。如果母亲活着，她也会认为我出息了，尽管我一点也不这么想。

但我总觉得哪儿出了毛病，我、这个世界，或者是我们双方。我到过很远的地方，结识过形形色色的人，什么处境中的都有，其中不少人很让我敬重爱戴。

人们几乎总是很友好，我说的不是批评家，他们是另一种动物。我真想与一些人友好相处，至少与我的同胞是这样吧。

但我在这方面从未做得成功。因此说，我在这世界上是否算活着都成了问题。但我肯定与这世界处得不好。所以我真的说不上我是否获得了世俗意义上的成功，但我隐约觉得，我的成功不能算人的成功。

我这样说的意思是，我感觉不到我与社会或我与他人之间存在很热切的或本质的接触。这中间有鸿沟。我是与某种非人的、无声的东西打着交道。

我曾认为，这是因为欧洲太老、太颓败的缘故。可到处走一遭后，我才知道不是这个原因。欧洲其实或许是所有大陆里最不颓败的一个，因为它最有生气，它生活在生命中。

是从美国回来后我才严肃地问起自己：为什么我与我认识的人之间那么缺少接触？为什么这样接触毫无生的意义？

我写下这样的问题并试图解答它，因为我感到这是个令许多人困惑的问题。

我认为答案与阶级二字有关。阶级是一道鸿沟，人与人最美好的交流全让它给阻断了。并不是中产阶级的胜利而是与中产阶级有关的东西的胜利使之夭折。

身为劳动阶级的一员，我感到，当我与中产阶级在一起时，我生命的震颤就被切断了。我承认他们是迷人、有教养的大好人，可他们硬是让我的某一部分停止转动了，某一部分必须切除不可。

那么，为什么我又无法与我本阶级的劳动者休戚与共呢？因为他们生命的震动在另一方面受到了局限。这么说吧，这些人狭隘，但仍不失感情深厚，不缺热情。而中产阶级倒是不狭隘，但他们浅薄，没有热情，太没热情了，他们至多是用慈爱来代替热情。对于中产阶级，慈爱就是顶伟大的感情了。

而劳动阶级呢？他们视野狭窄，偏见重，缺少智慧，亦属狴犴。一个人绝对不能成为任何阶级的一员。

可是在意大利这里，我却与在这座别墅附近耕作的农夫们进行着默默的接触。我与他们并不亲密，除了问声好以外几乎不怎么说话。他们并未为我劳动，我也不是他们的主子。

可他们就在我附近活动，是从他们那里向我流溢出人的情愫。我并不想与他们一起生活在他们的农舍里，那是一种监狱。

可我希望他们就在附近，他们的生命和我的生命一起交织。

我绝不把他们理想化，那想法实在太蠢！那比让小学生理智地表达自己的思想更坏。我不期望他们在这块土地上创造一个太平盛世，现在或将来都不。但我想生活在他们身边，因为他们的生命在流溢着。

直到现在我才有点明白，为什么我甚至无法步巴里[1]或威尔斯[2]这样的人的后尘。他们出身于普通人家但都功成名就了。现在我知道为什么我无法在这世界上有点出息，甚至能有点小名气，人也阔绰一点。

这是因为，我无法从我自己的阶级摇身一变进入中产阶级。我无论如何也不能为了中产阶级浅薄虚伪的精神自负而抛弃我的热情、抛弃我与本阶级同胞之间、我与土地和生灵之间生就的血肉姻缘，中产阶级一旦在精神上势利起来，就只剩下了这种自负。

（此文曾在1928年被《星期日快报》隆重推出，并配有劳伦斯画像和编者按，称劳伦斯是“我们在世的最伟大作家之一”。有出版社准备推出一个单行本，但劳伦斯认为文章篇幅过短，出单行本不宜，所以未出。事实上劳伦斯的几个优秀短篇都曾经出过单行本，薄册单行本在英语国家是较为普遍的出版现象。）

---

① 巴里（J.M.Barie，1860—1937），苏格兰作家，是苏格兰织布工的儿子。

② 威尔斯（H.G.Wells，1866—1946），英国著名作家，其父是破产的商店主。劳伦斯认为这两个人都堕落为发迹的“城郊人”了。